历史与现场丛书

孟繁华 贺绍俊 主编

超拔与悲怆

——路翎小说研究

周 荣◎著

中国社会科学出版社

图书在版编目（CIP）数据

超拔与悲怆：路翎小说研究/周荣著 . —北京：
中国社会科学出版社，2017.8
（历史与现场丛书）
ISBN 978 - 7 - 5161 - 9546 - 8

Ⅰ.①超…　Ⅱ.①周…　Ⅲ.①路翎(1923 - 1994)—小说研究
Ⅳ.①I207.42

中国版本图书馆 CIP 数据核字 (2016) 第 321700 号

出 版 人	赵剑英
责任编辑	郭晓鸿
特约编辑	席建海
责任校对	冯英爽
责任印制	戴　宽

出　　版	中国社会科学出版社
社　　址	北京鼓楼西大街甲 158 号
邮　　编	100720
网　　址	http://www.csspw.cn
发 行 部	010 - 84083685
门 市 部	010 - 84029450
经　　销	新华书店及其他书店

印刷装订	北京君升印刷有限公司
版　　次	2017 年 8 月第 1 版
印　　次	2017 年 8 月第 1 次印刷

开　　本	710×1000　1/16
印　　张	15.25
插　　页	2
字　　数	201 千字
定　　价	62.00 元

序

　　十多年前我到沈阳师范大学新成立的中国文化与文学研究所任职，周荣是研究所最早的几位硕士研究生之一，她给我最深的印象就是一张充满阳光的笑脸。毕业后她又留在研究所工作，干的是很琐碎的事务性工作，她显得很忙碌。但我发现她的办公桌上，总是摆着一些学术著作，我由此知道她对专业仍然非常上心。果然两年后，她又考上了吉林大学的博士研究生。读研期间，她偶尔会回到研究所来看看。四年后，她博士生毕业了，我们研究所把她召了回来，我们又成了同事。我发现，虽然一转眼就是八九年的光景，岁月在我们身上也刻下了痕迹，但周荣的那张充满阳光的笑脸依然没有变。

　　这部专著是周荣在博士学位论文的基础上修改而成的。记得她在准备博士学位论文开题时，曾将她的选题方向告诉过我，还征求我的意见。我认为她选择了一座难以攻克的碉堡，也为她有这样的勇气而高兴，但我没有专门研究过路翎，对她的论文提不出什么建议。后来她把论文做出来了，也发了一份电子版给我，实话说，读了之后我还是大为惊喜的，我没想到她做得这么认真和扎实。但她仍不满意，这次出书，她又反复进行了修改，使其论述更加严谨和充分。当她将定稿交给我时，提出了一个请求，希望我为她的这本书写序。尽管我马上答应了，但内心还是犹豫的，因为我毕竟不是研究路翎的专家，而且在周荣做这项研究的过程中，我基本上也没有给予帮助。从这个角度说，让我来写一篇序言，对她这部著作进行学术评价，那显然我是

不够格的。但是，我与周荣从师生关系到同事关系，十余年来，我见证了她是如何从一名爱提问的研究生逐渐成长为一名文学专业的大学教师及研究者的。我应该通过写序来表达我对她的支持和赞赏。

路翎是一位长期被文学史所忽略的作家，尽管新时期以后对路翎的研究逐渐受到重视，但研究的成果并不是很丰富；路翎在文学史中也是一位极具争议的作家，对于路翎的评价几乎是一百八十度的大颠覆。因此，我说研究路翎是一座难以攻克的大碉堡。周荣曾对新时期以后的作家和作品特别感兴趣，也做了相当的积累，最驾轻就熟的方法就是在原来的积累上选择论文方向，但她最终选择了大碉堡，显然她希望以此种方式拓展自己的学术空间，提高自己的学术能力。读到她的最后定稿，我很惊喜，因为我看到了她进步的步伐是如此之大。周荣在路翎研究已有成果的基础上，有自己的深入拓展，也提出了一些新的见解。她拎出的两个核心词："超拔"与"悲怆"，可以说是对路翎文学品质的精准把握。关于超拔，周荣认为："《财主底儿女们》在现实主义创作中建立了一种超拔的精神标杆——对道德感和精神'纯度'的要求，不'乞求'于'大我'肯定的'小我'个体意识，以及与精神倾向相匹配的文体形式，这是路翎创作对长篇小说发展的贡献。"现实主义从"五四"新文学诞生起就与启蒙主义紧紧铆合在一起，无论是左翼文学还是延安文学，都是以现实主义作为其理论依据的，这种现实主义强调与现实的密切关系，用当前的时髦语说，就是要"接地气"，要"贴着地面行走"。路翎从文学谱系上说应该归入左翼文学和延安文学的系列之中，但路翎从一开始就将异质带入现实主义写作之中，这种异质便是作者强大的主体意识，胡风将其概括为"主观战斗精神"。显然这与现实主义向下的、向现实的方向是背道而驰的，它指向精神，它试图超越现实，因此具有一种超拔的特征。周荣在比较路翎以及七月派与延安文学的"殊"与"同"时，重点分析了路翎的这一特征。关于悲怆，我以为用这个词来概括路翎小说的基调或风格是非常贴切的。在路翎的小说中，不乏死亡意象、苦难叙述、绝望情绪、孤独意识这些元素，这些元素共同演奏了一支悲怆交响乐。当然，周荣并不是以这两个核心词作为论文的基本框架的，她大致上还是以路翎文学发展的几个阶段为线索进行论述的，但在具体论述中，她围绕着"超拔"和"悲怆"进入路翎的文本，就能抓住文本的灵魂。周荣的不少观点也是值得我们关注的。例如，路翎《财主底儿女们》中的主要人物蒋蔚祖作为一个知识分子形象，是人们论述得比较多的对象，周荣将其置于整个现代文学的人物谱系中，与巴金等作家作品中的人物形象进行比较，从现代文学史中的"长子"悲剧命运中发现路翎的突破，她将路翎所书写的"长子"蒋蔚祖称为"夹心人"。周荣还强调了路翎在短篇小说上的成就，并通过对短篇小说的研究，认为路翎的风格具有多重性，在他的短篇小说中就表现出迥异于长篇小说的别致、灵巧的风格。这些论述无疑都是富有启发性的。

从我个人的学术偏好上说，我特别乐意看到周荣选择了路翎，因为我认为路翎是一个被文学史低估了的作家。在文学史叙述中，总会有一些作家被高估，有一些作家被低估。无论是高估还是低估，都反映了我们的文学史观有问题。文学史研究首先要在文学史观上进行突破，而被高估或被低估的作家就是最恰当的突破点。这也就是我特别乐意看到研究者在被高估或被低估的作家身上做文章的原因。路翎的被低估，就在于他本来是从革命文学的阵营里出发的，却在一出发时就显示出鲜明的异质。在20世纪40年代末，路翎刚刚冒出头时，马上引起强烈反响，好评如潮。但他的异质同样也马上引起革命阵营的警觉，胡绳很快写出了批评长文《评路翎的短篇小说》，对路翎的创作给予了彻底的否定。路翎是在始终不断的批评声中继续他的文学之路的，不能不说这些批评对路翎的创作产生了很大也很深远的影响，因此他后来的创作出现了明显的调整，这带来了路翎文学的复杂性。正是这种复杂性，使得人们对路翎的争议难以尘埃落定。如果说，过

去对路翎的低估在很大程度上是缘于政治意识形态的干涉，那么，政治意识形态的干涉在今天已经不是突出的问题了，为什么人们对于路翎的评价仍然存在较大的分歧，这显然只能用路翎文学的过于复杂来解释。一个作家越复杂也许越有研究的价值。当然对于研究者来说，要想破解作家复杂性的密码，也不是轻而易举的事情。我想在这里特别强调一下质疑的精神。我以为，学术研究必须具有质疑的精神，有所质疑才会有所突破。周荣在这本著作中能够提出一些新的见解，也是与她敢于对以往观点进行质疑大有关系的。不过，就质疑精神来说，我还想对周荣提点建议。一方面，我觉得周荣质疑的力度还不够，否则的话，她对某些观点的论述将会更加深入和透彻。另一方面，我觉得周荣的质疑还不太彻底。所谓彻底，就是说质疑应该是全方位的，不仅要对既有的观念质疑，而且也要对自己进行质疑。比方说，她断定路翎晚年的创作"乏善可陈"，这样的结论就给人感觉是把话说得太满了。不妨先对自己质疑一番，因为这样的结论很难体现出路翎的复杂性来。绝大多数从现代文学史进入当代文学史的作家，都有一个共同特点，他们在强大的政治文化语境中，自觉不自觉地戴上面具进行文学写作。路翎同样如此，但路翎又是一位对主体性特别敏感的作家，因此在他的内心，始终会存在两个"自我"，一个主体性的自我，一个戴着面具的自我。我以为，这种状况在他晚年政治上得到平反后仍然存在，而从他的晚年创作中，可以发现这两种自我是如何相互冲突又相互依存的。如果以这样的思路去读解路翎在晚年创作的数量不菲的诗歌和小说，就会透过文字表面发现一个隐晦、孤独甚至有些被扭曲的灵魂。这也说明，周荣对路翎的研究还可以继续做下去。我对周荣的建议也许不切实际，但也是由于我期待她在学术研究的道路上收获更多的果实啊。

贺绍俊

目　　录

绪　　论

第一节　路翎创作概述

路翎（1923—1994），原名徐嗣兴，出生于江苏省苏州市仓米巷 35 号，在南京度过了童年和少年时光，抗战爆发后，辗转武汉、重庆多地求学、谋生。路翎自幼喜爱阅读和写作，广泛涉猎古今中外名著。抗战中，路翎开始向报刊投稿，1938 年，他陆续发表了散文《秋在山城》《在襄河畔》《一片血痕与泪迹》等。1940 年，年仅 17 岁的路翎在《七月》上发表小说《“要塞”退出以后》，标志着七月派最重要的作家，也是 20 世纪 40 年代最重要的作家开始崭露头角。1943 年，《饥饿的郭素娥》出版，其独特的思想内涵和极具冲击力的美学风格在文坛和评论界引起了高度的关注和讨论。20 世纪 40 年代，路翎佳作不断，陆续出版了小说集《青春的祝福》《在铁链中》《求爱》，长篇小说《财主底儿女们》（上、下）。新中国成立后，为了适应政治环境与文学规范的变化，路翎在创作上做出了一些调整。他多次深入工厂一线，实地体验生活，出版了反映新社会工人劳动生活的小说集《朱桂花的故事》；又奔赴抗美援朝前线，创作了《“洼地”上的战役》

《初雪》《战士的心》等志愿军题材小说，出版了散文集《板门店前线散记》，在当时引起较大反响。这些作品虽在读者中获得赞誉不断，却遭到了密集的政治批判。1950年，路翎由南京调入中国青年艺术剧院工作，创作的剧本《迎着明天》《英雄母亲》《祖国在前进》不仅未能公演，而且受到多方批判。1955年，路翎因"胡风案"被捕入狱，身心受到了极大的伤害。"文革"后，路翎重新拿起笔，积极恢复创作，但二十多年的牢狱之灾严重地损害了他的艺术才华，艺术水准已大不如前，虽然创作了几百万字的作品，但大多乏善可陈。

正所谓"史家不幸诗家幸"。20世纪40年代的中国，战争阴云密布，解放区、国统区、沦陷区分区而治。20世纪初的文坛也因不同区域间政治文化和文艺导向的差异而呈现出"百花齐放"的多样形态：一批20世纪二三十年代进入文坛的作家在艺术上更趋成熟，另一批极具冲击力的新锐作家又横空出世。国统区的路翎、解放区的赵树理、沦陷区的张爱玲等作家，不仅具有鲜明的个人美学风格，也为文坛贡献了新鲜各异的文学经验。这些"专属"20世纪40年代的"新"作家与老舍、巴金、曹禺、沙汀等"老"作家，一起构成了20世纪40年代多样共生的文坛生态。路翎一"出场"便以其沉郁、凝重的风格，尖锐、复杂的心理刻画引起关注。在短短几年里，他在小说、散文、评论上佳作不断，迅速走到了文坛的"第一线"。作为七月派最重要的作家，路翎深为胡风所器重，得到了胡风的大力帮助与支持。路翎文学创作与胡风文艺理论之间彼此印证、支撑的互动缠绕，以及两人之间亦师亦友的亲密关系，既为路翎在文学道路上的"腾飞"提供了巨大的动力，也为日后不幸的个人遭际埋下了伏笔。路翎的创作从"现代文学"的"四十年代"延续到"当代文学"的"十七年"，再到努力重返文坛的"新时期"。他在20世纪40年代和"十七年"都留下了足以代表当时最高艺术水准的作品，又常常发出与主流相异的不和谐"声音"。可以说，路翎既是一位才华横溢、锐气逼人的天才，又是一位充满"争议"与矛盾的作家。而在当下的文学研究格局中，对路翎的研究日趋"边缘化"，当一个作家离我们的文学生活越来越"远"的时候，也许恰恰是在提醒人们，空间的距离与时间的检验是重新认识一个作家的最好契机。

对作家作品的研究，既要从宏观上梳理、把握作家的整体创作情况，在文学史流脉中"定位"作家，确定价值坐标，又要从文学内部对作家创作的特质、流变做出细致的辨析。路翎的小说创作时间跨度长，风格变化较大，为了便于研究的展开与深入，有必要对作家的创作进行阶段性的划分。从时间和艺术风格上综合考量，路翎文学可以分为四个阶段：1938 年至 1940 年，创作准备期；1940 年至 1949 年（新中国成立前），创作高峰期；1949 年（新中国成立后）至 1955 年，创作转型期；1980 年至 1994 年，创作复出期。这样划分的依据有两个方面：一是路翎不同时段的创作实绩和风格变化；二是意识形态、政治文化和社会变革对作家创作的影响。

1938—1940 年，创作准备期

1937 年抗战爆发后，路翎跟随家人到达武汉，后辗转进入四川，躲避战火。这期间路翎开始向报刊投稿。1938 年，他在《时事新报》副刊上发表《秋在山城》《夜渡》《在襄河畔》《高楼》等多篇散文；在《大声日报》上发表《在空袭的时候》（散文）、《血底象征》（诗歌）；署名"烽嵩"在《弹花》上发表散文《一片血痕与泪迹》；1939 年在《大声日报》文艺副刊上连载小说《朦胧的期待》，这是路翎的第一部小说作品。遗憾的是，这些作品未能完整地保留下来，无法判断它们与路翎之后的创作具有怎样的内在关系，只能暂时把这段时期的创作视为路翎正式走向文坛前的"练笔"和准备。其间，路翎出众

的文学潜质和才情吸引了合川民营刊物《大声日报》的注意，他被邀请编辑文艺副刊"哨兵"，任职"哨兵文艺社主编"。虽然名曰"主编"，但除了路翎的好朋友偶尔给写写稿子外，副刊的编辑和撰稿基本上由路翎一人承担。

1940—1949 年（新中国成立前），创作高峰期

1940 年，路翎的小说《"要塞"退出以后》在胡风主持的《七月》上发表。1940—1945 年，路翎陆续创作了一系列反映矿山和工人生活的小说：《家》《何绍德被捕了》《祖父底职业》《黑色子孙之一》《卸煤台下》等；反映知识青年精神动向的小说《青春的祝福》《谷》等。这些作品中，路翎文学的一些标志性特征——对知识分子、具有流浪汉气质的人物的青睐，对人物精神世界的关注与追索，欧化、繁复的语言风格，沉郁、涩滞的叙事风格——已经形成。

1943 年，路翎的代表作《饥饿的郭素娥》出版，在文坛引起强烈的反响；1945 年，长篇小说《财主底儿女们》（上）出版，1948 年，《财主底儿女们》（下）出版，胡风称之为"中国新文学史上一个重大事件"。这一时期，路翎的重要作品还有《蜗牛在荆棘上》《罗大斗底一生》《王兴发夫妇》《王炳全底道路》等，出版小说集《求爱》《在铁链中》。20 世纪 40 年代中后期，路翎对多种题材的驾驭、叙事节奏的控制、故事结构的安排、人物心理的把握都更趋娴熟，塑造了各类性格复杂的人物；短篇小说创作呈现出与中、长篇小说截然不同的艺术风格：轻巧、灵动，嘲讽中带有批判，冷峻中蕴藏浓烈。这些不同艺术风格的作品不仅丰富了路翎文学的多样性，也体现了路翎多样的艺术才华。

1949—1955 年，创作转型期

新中国成立后，为了适应政治环境和文艺规范的要求，路翎在文学题材、语言、主题上做出了较大的改变，呈现出"化繁为简"的趋势。1952 年，路翎出版了小说集《朱桂花的故事》，收入其中的多是中短篇工人题材小说；1953—1954 年，陆续发表了志愿军题材小说《洼地上的"战役"》《初雪》《战士的心》《你的永远忠诚的同志》。其中《洼地上的"战役"》代表了路翎新中国成立后创作的最高水平，也是"十七年"文学最重要的小说之一。他的长篇志愿军题材小说《朝鲜的战争与和平》创作完成后因为政治原因未能在当时发表。这一时期的路翎意图在创作上响应意识形态的要求，但作品呈现的"异质性"又与文学规范和意识形态要求相抵牾。这些作品在当时遭到了严厉的批判，但恰恰是这些"异质性"因素和独特的表达构成了其作品重要的艺术价值所在，为我们反思文学与政治、主体与规训提供了有益的视角和经验。

1980—1994 年，创作复出期

20 世纪 80 年代，平反后路翎重新投入创作，创作了大量的文学作品，包括小说、散文、诗歌等，但发表的只有《钢琴学生》《拌粪》《海》等很少一部分。路翎这一时期的小说创作紧紧围绕"文革"后的社会生活，歌颂轰轰烈烈的国家建设、和谐平等的社会氛围，描绘新时期祖国的宏伟蓝图。作品努力追随社会公共话题，借以表达对祖国和社会主义事业的忠诚与热情，格调昂扬，浅近平易。可惜的是，绝大部分作品的艺术性和思想性都有所欠缺。1998 年，这些作品中的一部分结集出版为《路翎晚年作品选》。

客观地说，路翎复出后的小说创作在思想和艺术上都没有贡献新的经验，反而丧失了作家独立的思考和艺术个性。而路翎不幸的个人命运和坎坷的艺术道路却为我们反思那个政治化的时代，思考文学与政治之间的关系提供了鲜活而宝贵的例证。

第二节　路翎小说研究综述

对路翎小说的研究可以分为三个阶段：第一个阶段从路翎初登文坛到 1949 年，第二个阶段从新中国成立到 1955 年，第三个阶段从 20 世纪 80 年代至今。

第一阶段：20 世纪 40 年代路翎小说研究状况

20 世纪 40 年代对路翎的研究主要集中在人物形象、艺术特色、思想价值等方面，重要的文章主要出自胡风、邵荃麟和胡绳，此外刘西渭、冯亦代、唐湜等也有评论文章。

作为"七月派"的灵魂人物，胡风的评论文章对路翎研究具有重要价值。1942 年，胡风为《饥饿的郭素娥》写序言《一个女人和一个世界》①，这是介绍和研究路翎的最早的重要文献。胡风肯定了其在塑造人物形象上的新颖和成功，"替新文学的主题开拓了疆土"，通过人物的命运反映出底层人民的精神动向和他们身上蕴藏的"原始强力"，体现了路翎追求人物精神深度的艺术特色。胡风同时也指出，作家结构生活、表现生活的艺术能力还有所欠缺，理性分析不足。胡风的另外一篇重要评论文章是《财主底儿女们》的序《青春底诗》②，写于 1945 年。胡风高度赞扬了小说所展现的广阔的生活场景"并不是历史事变底纪录"和"现象底巨大俱收的罗列"，而是提炼出"历史事变下面的精神世界底汹涌的波澜和它们底来根去向"，真实地刻画了各

---

① 杨义等编：《路翎研究资料》，知识产权出版社 2010 年版，第 51—53 页。
② 同上书，第 60—64 页。

类知识分子在动荡时代中的痛苦和挣扎。胡风站在新文学和世界文学的角度,认为《财主底儿女们》继承和发扬了鲁迅开创的传统,同时吸收了外国现实主义的优秀资源,是新文学史上最重要的文学作品。胡风的评价对《财主底儿女们》研究具有重要的价值,他的文章对小说的人物形象、思想意义、文学史地位的概括切中肯綮,显示了论者深厚的理论素养与敏锐的艺术鉴赏力,但他的论断和观点也在一定程度上限制了后续研究的视野和拓展。

胡风也是最早从文学史的角度阐释路翎文学价值的批评家。首先,路翎在塑造人物上的创新和深化,"新文学里面原已存在了的某些人物得到了不同的面貌,而现实人生早已向新文学要求分配坐(座)位的另一些人物,终于带着活的意欲登场了"[①]。其次,对人物精神世界的深入关注,他认为路翎的作品不只提供了"只够现出故事经过的绣像画的线条"和"只把主要特征的神气透出的炭画的线条",还是"追求油画式的,复杂的色彩和复杂的线条融合在一起的,能够表现出每一条筋肉的表情,每一个动作的潜力的深度和立体"[②]。胡风准确地抓住了路翎20世纪40年代中前期创作的艺术特点。胡风的推介与评述不仅奠定了路翎研究的高起点,也为路翎的文学创作迅速走向成熟并为读者接受创造了条件。

20世纪40年代对路翎小说做出评价的另外两位革命文艺理论家是邵荃麟和胡绳。邵荃麟在同名文章《饥饿的郭素娥》中[③],站在"新现实主义文学"的高度上肯定了《饥饿的郭素娥》的历史地位,认为作品所表现出的"强烈的生命力"和"人类灵魂的呼声"拓展了"现实主义"的内涵空间,通过郭素娥、魏海清"叫出了多世纪来在

---

① 杨义等编:《路翎研究资料》,知识产权出版社2010年版,第51页。
② 同上书,第53页。
③ 同上书,第54—58页。

旧传统磨难下的中国人的痛苦、苦闷与原始的反抗，而且也暗示了新的觉醒的最初过程"。邵荃麟还特别注意到了路翎文学所特有的高密度、强力度的心理描写。而胡绳的《评路翎的短篇小说》① 则对路翎创作提出全面批判，批判的重点集中在：（1）没有写出"真实"的工人、农民，路翎将知识分子的精神和思想特征强加到农民、工人身上，有失真实；（2）关于知识分子的出路，路翎作品弥漫着小资产阶级知识分子的迷茫、颓废的气息，没有写出知识分子必须通过和人民的结合，改造自我的过程；（3）人物心理描写的不真实，为了配合作者所强调的"原始强力""精神奴役的创伤"而偏执于描写"神经质人物、疯子、流浪汉"的精神世界，这说明作者的创作"那就是越来越离开真实的生活。作者所'寻求'的是那些空洞抽象的非现实的东西"。胡绳虽然对路翎创作持否定意见，但其对路翎创作特色和精神内涵的把握却不失敏锐、准确。胡绳与胡风、邵荃麟的意见分歧既从侧面反映了当时文坛政治走向的"风向"，也是革命文艺内部一直存在的分歧与论争的反映。

刘西渭和唐湜主要对路翎小说的美学形式和风格予以分析评价，他们都注意到路翎作品中情感浓烈的特点。刘西渭的文章《三个中篇》认为②，"拙"和"冲"构成了路翎小说强大的冲击力，"长江大河，漩着白浪"，同时也指出了路翎创作中两个重要问题：语言"机械化""欧化"带来的阅读的"涩窒之感"；人物性格超出生活真实，"'满足于一个孤立的人格'——作者自己，艺术因而有所损失……每每有一部分不在生活以内"。唐湜的文章《路翎与他的〈求爱〉》③，比较早地观察到路翎创作上的变化和成熟，认为路翎 20 世纪 40 年代中

① 杨义等编：《路翎研究资料》，知识产权出版社 2010 年版，第 87—103 页。
② 同上书，第 69—70 页。
③ 同上书，第 78—86 页。

后期的创作在艺术形态上更加细腻、洗练、自然，内容上更具"生活的实感"。冯亦代的文章《评〈蜗牛在荆棘上〉》认为①，路翎的"故事"有"深湛的人情味"，擅于写出生活和人物的多面和深度，在路翎笔下，"即令只是人生场景的一角，也总是兼容并蓄，旖旎而又瑰丽的。……平易地他执着了他的人物，把他们罗织在一些动人的故事里，给予他们必需的生命。看来这些人物多孤单伶仃，可就从这些孤单的人物身边，感到了生活滔滔的洪流"。

比较而言，胡风、邵荃麟、胡绳等革命文艺理论家对路翎的评述多采用社会历史批评的方法，从政治倾向和阶级立场出发，以作家是否写出革命的发展趋势、进步力量和时代精神为首要的评判标准。刘西渭、冯亦代等则侧重于对作品的艺术性和审美特质的分析、阐释。整体上，这一阶段的路翎小说研究集中于对单篇作品的分析，对路翎小说创作特色的把握比较客观，提出了很多精辟的见解，但也存在研究方法、研究视角和价值立场单一化的倾向，缺少对路翎小说整体及演进的研究分析。

第二阶段：20 世纪 50 年代路翎小说研究状况

新中国成立后，首先是路翎创作的剧本《祖国在前进》遭到批评，《光明日报》《文艺报》等重要报刊发表了多篇批评文章，紧接着批判的范围扩大到工人题材小说集《朱桂花的故事》。

1953 年，路翎从朝鲜战场归来后发表了小说《初雪》《洼地上的"战役"》等，受到了读者的热烈欢迎，引起了较大反响，但这组作品遭到了更密集猛烈的批判，侯金镜、陈涌、宋之的、魏巍、杨朔等文艺界重要理论家和作家均撰文，批评小说"有着严重的缺点和错误，

---

① 杨义等编：《路翎研究资料》，知识产权出版社 2010 年版，第 66—68 页。

对部队的政治生活作了歪曲的描写"，"歪曲了士兵们的真实的精神和神圣的责任感"，"把他们崇高的品质，写成庸俗的、不健康的、甚至是丑恶的"，是"宣传了个人主义的有害的作品"①；小说中爱情描写的作用是"松懈战斗意志、妨碍战斗"，"不仅是歌颂了资产阶级的个人主义，也攻击了工人阶级的集体主义精神"②。对路翎小说的批评是1948年开始的对胡风文艺思想的批评的延续与扩大，及至发展到在全国范围内展开对"胡风集团"的大规模批判，政治斗争已经完全取代了文学批评、学术讨论。

这一阶段的路翎小说研究除个别篇章外，都以极"左"的政治观念和政治话语对作品进行断章取义式的批评，以庸俗社会学批评替代文艺问题的讨论，进而上升到有组织、有目的的政治斗争，这些批评已经丧失了学术价值和意义。

第三阶段：20世纪80年代以来路翎小说研究状况

20世纪80年代以来，随着学术观念、方法的转变和对西方文艺理论的接受，研究者开放的学术视野、多样化的视角及所持价值尺度的多元性使路翎研究在深度和广度上都有了较大的突破和发展。这一阶段，路翎小说研究大体可以分为两类：整体研究和专题研究。

（一）整体研究

钱理群的《探索者的得与失——路翎小说创作漫谈》③ 比较早对路翎小说创作进行整体性的分析和评价。文章既肯定了路翎创作中三个重要方面——"原始的强力"、知识分子道路、对灵魂的开掘——

---

① 侯金镜：《评路翎的三篇小说》，《文艺报》1954年6月30日第12号。
② 荒草：《评路翎的两篇小说》，《文艺月报》1954年9月号。
③ 钱理群：《探索者的得与失——路翎小说创作漫谈》，《中国现代文学研究丛刊》1981年第3期。

所具有的独创性和文学史价值，也比较客观地指出了其中存在的不足。昌切的《路翎的小说世界》① 认为，痛苦是作家情感和小说世界共同的精神特征，也是形成作品文体风格与审美特征的根本原因。

新时期以来，赵园发表了一组路翎小说研究的文章。《路翎小说的形象和美感》② 从审美主体感受出发，对路翎小说的美学风格进行分析和研究。文章认为，路翎小说中的人物形象和意象世界呈现出"犷放""雄强"的特征，文学整体风格体现出强烈的"悲壮美"，小说意象中涌动的"渴欲"和"追求"的心理倾向，共同形成了文本"狂躁不安"的情绪氛围。通过对作品的细读，赵园发现了路翎创作倾向上的一个缓慢变化：作者在创作中不断修正着对"原始强力"的强调，增强了时代性、社会性、历史性的内容和品质。文章肯定了路翎文学在反映现代大工业生产生活和产业工人精神品格方面的突破。在另一篇文章《路翎：未完成的探索》③ 中，赵园将路翎的创作与外国文学相联系，重点分析了路翎创作与外国文学的精神"共通"，同时指出了路翎创作中存在的重要缺陷："意象"超出"生活"，由"观念"出发的性格损害了人物"个性的丰富性"和真实性。赵园的研究准确地把握了路翎文学的整体美学风格、精神特质和创作演进，对理解路翎有重要的价值和启示作用。

路翎是"七月派"的重要作家，其坚持的主观现实主义与20世纪40年代延安文学的现实主义构成了革命文学的两个分支，昌切的《赵树理与路翎：现实主义小说潮流中的两脉流向》④，朱珩青的《路

---

① 昌切：《路翎的小说世界》，《文学评论》1990年第1期。
② 赵园：《路翎小说的形象与美感》，王晓明编《二十世纪中国文学史论》（第三卷），东方出版中心1997年版。
③ 赵园：《路翎：未完成的探索》，曾逸编《走向世界文学——中国现代作家与外国文学》，湖南人民出版社1986年版。
④ 昌切：《赵树理与路翎：现实主义小说潮流中的两脉流向》，《华中师范大学学报》1992年第3期。

翎小说新论》①，从"现实主义"的角度为路翎的创作定位。昌切采用比较研究的方法，将路翎和赵树理的现实主义文学创作作为 20 世纪 40 年代现实主义小说潮流中的两脉流向，比较了两者创作中人物形象、语言、情节、精神世界等方面的差异，以及创作思想取向、创作背景上存在的差异。通过对比，追踪考察革命文学中现实主义文学的发展流变，从"史"的角度把握路翎小说的现实主义品格。朱珩青则认为路翎的小说在"现实主义"中发出"别一种声音"，小说不拘泥于现实主义固有的规定，强调对心理的刻画、情绪的设计、环境的渲染，呈现出现代主义的特质，后期创作逐渐转向对现实的讽刺和批判，具有批判现实主义的品质。

从整体上把握路翎小说的文章还有：张新颖的《没有凭借的现代搏斗经验——与胡风理论紧密关联的路翎创作》② 从路翎文学创作与胡风理论之间的"重合、引证、支持、启迪和偏差、抵触、冲突、遮蔽的复杂关系"入手，辨析双方之间的"错位"，路翎文学中的人物是没有任何支撑、凭借地与"纠结的很深的历史和现实进行搏斗"，作品呈现出的凌乱、唐突的精神特征和语言的欧化是这种与"历史和现实进行搏斗"的反映。郝亦民的《胡风的主观战斗精神和路翎的小说创作》③ 认为，胡风的文艺思想为路翎创作提供了重要的精神资源和方法论指导，使路翎的创作在 20 世纪 40 年代超越了当时主观公式主义和客观主义倾向，对主观战斗精神和感觉的强调也让路翎的创作因为缺少必要的理性调整而失之粗放。高旭东的《现代性：鲁迅、胡风与路翎》④ 认为，胡风的文学理论和路翎的文学创作继承了鲁迅所

① 朱珩青：《路翎小说新论》，《海南师范学院学报》1992 年第 3 期。
② 张新颖：《没有凭借的现代搏斗经验——与胡风理论紧密关联的路翎创作》，《当代作家评论》2001 年第 5 期。
③ 郝亦民：《胡风的主观战斗精神和路翎的小说创作》，《中国现代文学研究丛刊》1988 年第 3 期。
④ 高旭东：《现代性：鲁迅、胡风与路翎》，《鲁迅研究月刊》2001 年第 12 期。

开创的新文学传统的正脉，矫正了 20 世纪 40 年代文坛民间化与传统化倾向，批驳了公式主义与客观主义。

（二）专题研究

1. 人物形象研究

路翎小说为现代文学提供了蒋纯组、蒋少祖等一批经典知识分子形象，塑造了富有独特精神品格的流浪汉形象。知识分子和流浪汉也构成了路翎小说人物形象研究的两个重要方面。

赵园的《蒋纯组论》① 是知识分子形象研究的重要成果。文章在中国近现代历史发展的具体语境下，考察作者思想发展的路径及偏差，通过蒋纯祖与重大历史活动、社会思潮之间的疏离与联系，提炼出对中国历史发展、现代革命与个体命运具有普遍意义的命题：要由怎样的道路，才可能使历史的进步不至于以个性的牺牲为代价，怎样的革命才能在自己的任务中包含个性解放和人的觉醒。钱理群的《展示知识分子心灵历程的史诗——路翎〈财主底儿女们〉简论》② 认为，小说继承了鲁迅开创的"灵魂的写实主义"的传统，展现了动荡时代中知识分子精神世界的"来根去向"，实现了社会结构剖析与心理结构分析的统一，艺术家、心理学家与历史学家的统一。秦弓的《〈财主底儿女们〉：苦吟知识分子的心灵史诗》③ 另辟蹊径，重新审视被普遍认为是"反面"人物的蒋少祖，挖掘人物的精神历程和思想立场所具有的合理性，肯定其对独立思考、思想自由的坚持，以及文化保守主义立场对反思知识分子角色定位与生存方式的借鉴意义。邓腾克在

---

① 赵园：《蒋纯组论》，《艰难的选择》，上海文艺出版社 1986 年版。
② 钱理群：《展示知识分子心灵历程的史诗——路翎〈财主底儿女们〉简论》，《抗战文艺研究》1983 年第 4 期。
③ 秦弓：《〈财主底儿女们〉：苦吟知识分子的心灵史诗》，《中国现代文学研究丛刊》2001 年第 2 期。

《路翎笔下的蒋纯祖与浪漫个人主义话语》① 中，主要讨论的是蒋纯祖与西方浪漫个人主义话语之间的关系，认为个人主义是抗衡战争语境中的政治压迫，摆脱传统思想束缚，实现知识分子自我救赎的唯一资源。作者将这部小说视为中国式成长小说，蒋纯祖的精神历程是自我意识觉醒与确立的过程。

邓姿的《论路翎小说中的流浪汉形象》② 和马燕的《路翎小说中的流浪者形象解读》③ 对路翎小说中的流浪汉形象进行分析阐释。两篇文章分析了流浪汉产生的社会环境原因，并描述了流浪汉群体的性格特征和生活形态，但未对流浪汉精神世界的构成、意义进行深入的分析和论述。孙萍萍的《论七月派小说的"流浪汉意识"的文化内涵》④，认为流浪汉精神是路翎文学和七月派共同的文化基调，是一种"以坚持五四'人性解放'为前提的，对个体潜质不断探索挖掘的文学精神"，是批判传统文化、追求精神自由和个性意识的切入点，同时又契合了七月派的文学理念和美学追求。

2. 艺术特色研究

语言风格研究。文贵良的《路翎的欧化：语言创伤与生命开放》⑤ 以路翎语言的欧化现象为切入点，从汉语的现代生长角度探讨路翎"欧化"语言中"语言创伤"的文学意义，文章分析了路翎语言的结构特点，认为欧化的语言和"语言创伤"是塑造人物复杂精神世界、建构人物自我意识的一种手段，目的在于通达人物生命开放的存在状

---

① 邓腾克：《路翎笔下的蒋纯祖与浪漫个人主义话语》，《南京师范大学文学院学报》2010 年第 4 期。

② 邓姿：《论路翎小说中的流浪汉形象》，《娄底师专学报》1999 年第 1 期。

③ 马燕：《路翎小说中的流浪者形象解读》，《淮北煤炭师范学院学报》1999 年第 1 期。

④ 孙萍萍：《论七月派小说的"流浪汉意识"的文化内涵》，《贵州社会科学》1999 年第 2 期。

⑤ 文贵良：《路翎的欧化：语言创伤与生命开放》，《中国现代文学研究丛刊》2009 年第 5 期。

态。郜元宝的《"给他们许多话"：胡风、路翎与鲁迅传统》① 从现代文学白话文发展的角度考察路翎语言的欧化现象，认为路翎和胡风对文学语言的理解坚持是与鲁迅一致的启蒙传统，语言欧化的目的在于破除"语言奴役创伤"的禁锢，解除底层人民身上"精神奴役的创伤"。路翎的"欧化"与延安文学的"白话"背后隐藏的是七月派与《讲话》对知识分子主体、文艺与大众等问题的分歧。谢伟民的《路翎小说两题》② 认为，路翎语言多运用名词、形容词与他对社会凝滞状态的认识、偏好表达主观情感有关，他对语言独特的使用方式既是对语言的突破和创新，也是造成晦涩、不规范的弊端。

心理分析研究。路翎擅长挖掘人物复杂多变的心灵世界，杨义的《路翎——灵魂奥秘的探索者》③ 认为，路翎把灵魂的探索作为艺术创作的核心，擅于表现人物身上"精神奴役的创伤"与"原始强力"之间的交织、纠缠、搏斗的过程，侧重于探索人物内心深处的潜隐意识和大起大落的心理变化，刻画人物痛苦的灵魂搏斗的过程，塑造立体、多层次的人物性格。文章把路翎与鲁迅、陀思妥耶夫斯基、托尔斯泰及罗曼·罗兰等人加以比较，为以后的路翎影响研究和比较研究开了先河。谢慧英的《"心灵危机情境"：路翎小说的情节结构模式》④ 认为，路翎突破了传统小说的情节结构模式，通过持续营造"心灵危机情境"和表现人物心理发展的过程结构文本，将人物推向高强度的心理冲突和灵魂极端紧张的状态中，而路翎小说中的这种独特的情节结构模式是构成其"心理小说"的重要因素。

---

① 郜元宝：《"给他们许多话"：胡风、路翎与鲁迅传统》，张业松编《待读惊天动地诗——复旦师生论七月派作家》，安徽教育出版社 2008 年版。

② 谢伟民：《路翎小说两题》，《中国现代文学研究丛刊》1990 年第 1 期。

③ 杨义：《路翎——灵魂奥秘的探索者》，《文学评论》1983 年第 5 期。

④ 谢慧英：《"心灵危机情境"：路翎小说的情节结构模式》，《龙岩学院学报》2009 年第 1 期。

3. 其他研究

刘云的《从"思想式写作"到"马克思主义式写作"》① 讨论了《财主底儿女们》与《战争，为了和平》美学风格上的差异，认为两部作品中场景、文风、人物的变化是作家主体独立精神被意识形态规范取代的过程。秦弓的《论四十年代中后期路翎的小说创作》② 认为，路翎20世纪40年代中后期的创作扩大了题材选择的范围，通过日常生活场景表现各类人物的喜怒哀乐及精神弱点，这一阶段的创作增强了对社会各种丑陋现象的嘲讽和揭露。商金林的《"因忠实和勇敢而致悲惨"——评路翎的"志愿军题材"小说》③ 以新中国成立后路翎创作志愿军题材小说的前后遭遇为例，通过分析路翎创作与文艺规范间的碰撞、文坛批判的来龙去脉，讨论作家主体、文学权力和意识形态之间的相互关系，反思新中国成立初期文艺政策的得失。

20世纪90年代以来出现了一些研究路翎的专著。刘挺生的《一个神秘的文学天才——路翎》④ 是较早的研究路翎的专著，从思想研究、创作研究、影响研究三个方面对路翎的文学创作进行了全面的阐释，材料翔实，论述结合，努力展示路翎完整而又深厚的精神世界和文学世界。朱珩青的《路翎传》⑤ 以"时间蒙太奇"的手法对路翎的人生历程和文学之路做了全面的追溯，认为路翎不仅是小说家，而且兼具精神界战士、思想者的品格。作者对路翎创作的独创性、精神资源、艺术思维、表现方式，以及前后创作的变化进行了分析，做了富有启发性的阐述。谢慧英的《强力的"挣扎"与主体性的"突

① 刘云：《从"思想式写作"到"马克思主义式写作"》，《上海文化》2006年第5期。
② 秦弓：《论四十年代中后期路翎的小说创作》，《淮阴师范学院学报》2000年第5期。
③ 商金林：《"因忠实和勇敢而致悲惨"——评路翎的"志愿军题材"小说》，《江苏行政学院学报》2008年第1期。
④ 刘挺生：《一个神秘的文学天才——路翎》，华东师范大学出版社1997年版。
⑤ 朱珩青：《路翎传》，大象出版社2003年版。

围"——路翎创作研究》①从作家主体精神的内在矛盾与张力入手，将路翎及其创作状态概括为"挣扎"与"突围"，通过对人物、语言、精神分析等路翎创作中形式方面的异质性特征的分析，找寻其与特定历史语境之间文化内涵上的关联，揭示文学形式的基本特征及复杂性的内在矛盾与文化内涵。该著作从叙事学的角度对路翎的心理分析进行了富有新意的解读，认为路翎所擅长的心理分析不仅是一种艺术手段，而且具有结构小说情节的功能，通过"心灵危机"的缘起、发展、高潮、结束建立起"心理小说"的基本结构。

通过以上梳理可以发现，从20世纪40年代至今，路翎小说研究已经取得了很多优秀成果，但还存在一些薄弱环节。

首先，研究范围与研究视角的局限和固化。路翎20世纪40年代的创作"百花齐放"，长篇、中篇、短篇创作均有优秀作品问世，但研究多关注于其长篇和中篇小说，短篇小说的艺术问题则鲜有论及，这无疑是一个缺憾。事实上，路翎20世纪40年代中后期创作的短篇小说在技术层面上较之前的创作更纯熟，提供了更为丰富多样的美学形态和思想内容。研究对这一时期作品的"忽视"必然会影响对路翎小说整体性的把握和考察。同样，在知识分子人物谱系研究中，对蒋纯祖的研究占绝大多数，而对蒋少祖和蒋蔚祖的研究并不充分，为数不多的涉及蒋蔚祖和蒋少祖的研究多局限于"长子""复古者"的角度，多持批判、否定性意见。站在今天的角度反观，无论是蒋蔚祖在文化转型时期的生活经历，还是蒋少祖的文化保守主义立场所具有的思想价值并不比蒋纯祖少，研究的不足显然忽视了两者的学术价值。

路翎遭遇坎坷，平反后虽然坚持文学创作，但作品已经完全是另外一种形态，造成这种后果的是二十多年的牢狱之灾和精神禁锢，其

---

① 谢慧英：《强力的"挣扎"与主体性的"突围"——路翎创作研究》，中国社会科学出版社2012年版。

个人经历与文学创作的起起伏伏不失为一类现代知识分子命运的缩影。这段特殊的历史对于路翎和路翎文学的影响都是绕不开的，但很少被研究者关注。目前已有文章关注到路翎晚年的诗歌创作，但对路翎 20 世纪 80 年代"复出"后的小说创作鲜有触及。

路翎是胡风最为倚重的七月派作家，两个人一生保持着亦师亦友的关系。因此，后世对路翎小说的研究阐释多依托于胡风文艺理论和当年胡风对其的评述，这种角度虽然揭示了路翎创作思想资源的一个重要方面，对作品做出了有效的解读，但也在一定程度上"画地为牢"，限定了路翎文学的阐释空间，削弱了路翎文学的丰富性。

其次，作品"再解读"与研究深化。当前对路翎小说的研究主要集中在 20 世纪 40 年代的作品上，有限的关于"十七年"时期小说创作的研究几乎全部集中于《洼地上的"战役"》，而其他工人题材小说和志愿军题材的作品几乎被"遗忘"。之所以产生这种现象，到底是由于一种对这些作品缺乏艺术价值的"理所当然"的论断，还是由于一种研究的"惯性"是值得评论界进行反思的。重新深入具体文本，回归历史语境，我们会发现文本所提供的意义与经验显然要比"想象"的丰富，重新认识和讨论这些作品，对于全面理解认识一个作家和那段特殊的历史岁月都不乏有益的启示。

第三节　研究思路、内容与方法

路翎的文学创作跨越现代文学、"十七年"文学和新时期文学三个阶段，这三个历史阶段有着截然不同的政治文化、文学思潮和意识形态。三个阶段中，路翎的创作既呈现出较大的变化与反差，又保持了某些内在的连续性与恒定的"质地"。对路翎小说的研究，一方面，要把跨越三个历史阶段的创作视为一个"整体"加以观照，从整体上把握路翎文学创作中贯穿始终的、稳定的特质，梳理其创作发展的内在线索；另一方面，对作家创作的考察也离不开对这三个阶段创作的差异性的分析和比照，探寻其中隐含的作家的、文学的、时代的、政治的等诸多因素的消长与参与。整体性的考察与阶段性的比照，这两个维度的观照不仅是进入作家和创作"内部"的手段，更是在文学史流脉和大文学"场域"中确定作家位置与艺术价值的必需。因此，本书的研究将从两个方面展开。一是作品"再解读"，就是暂时抛弃既定论断，将作品视为意义不断生成的动态空间，而非一成不变的封闭体，在新的理论视域的激发下，通过文本与历史语境的互动，重新阐释文学作品意义生成的复杂性，焕发文本全新的意义空间。二是分别选取路翎不同历史阶段的创作进行对比分析，尝试绘制路翎创作发展走向的"简谱"。

本书研究的立足点既不是对路翎小说创作进行全景式的"扫描"和阐述，也不是对路翎小说创作中已经得到充分重视和研究的问题的重复论述，而是尝试突破流派的窠臼，挖掘路翎文学中被"遮蔽"或尚未论述充分的艺术特征和作品，结合当时具体的历史语境及其个人经历，加以阐释或进一步讨论；在现当代文学发展的大背景中，重新审视路翎小说创作的贡献与局限。

具体来说，本书共分四章。

第一章主要在现代文学发展的背景下考察路翎文学创作的艺术特质，从美学风格、文体形式、人物形象三个方面讨论20世纪40年代路翎文学对现代文学发展的贡献，以及文学创作的发展、变化。

第二章主要从文学现代化的角度，梳理七月派的路翎与延安文学之间在文艺理念、创作实践上的"殊"与"同"。通过对比分析路翎

与赵树理在人物形象、叙事模式、语言风格等方面的异同，梳理革命文学内部不同立场之间的分歧与重合，以及文艺观念、文化实践与政治诉求之间既紧密关联又"错位"偏离的互动。在此基础上，总结文学"现代化"进程中两种不同路向选择的得与失。

第三章对路翎的代表作《财主底儿女们》中的知识分子叙事进行专题研究。本章主要讨论蒋蔚祖、蒋少祖和蒋纯祖所代表的三种不同类型的现代知识分子的精神世界与社会实践。研究将蒋蔚祖放置于现代文学"长子"人物的历史序列中加以考察，重点分析蒋蔚祖独特的生活经历和精神特质所隐喻的传统与现代之间、东方与西方文化之间的冲突及其对"长子"人物的思想空间和时代意义的开拓与创新。通过对蒋少祖从文化先驱到"复古者"的精神历程的梳理与辨析，"复原"并梳理出现代思想史上被"压抑"的文化保守主义思潮的流脉，对其历史意义和局限予以澄清。通过考察蒋纯祖从离家出走到旷野流浪，从参加革命到"走向民间"，这几段具有典型意义的社会活动经历，讨论现代文学知识分子叙事的核心问题：个人与革命、道德自律与自我修为、思想独立与集体规约。

第四章主要研究新中国成立后路翎在"十七年"和新时期两个阶段的文学创作。首先，对新中国成立后路翎文学的"转型"做整体性的描述，并结合作家自身和历史语境分析其"转型"的原因。通过对工人题材小说与志愿军题材小说的文本细读和"再解读"，分析作家意图、文本效果与文学规范之间的"貌合"与"神离"。其次，将路翎新时期的文学文本作为文化研究与文学研究的双重"案例"，考察个人经历与艺术创作、意识形态"规训"，作家思想改造与艺术水平"退化"之间的相互影响。

本书以路翎小说创作为研究对象，属于小说艺术本体论范畴，但研究并不囿于此，而是在艺术形式、美学风格、思想内容研究的基础上，进一步借鉴思想史研究、社会学研究、文化研究等理论方法，对小说文本做出具有新意的深层解读，以此来探析其背后包含的社会性内容，建立起文本与历史语境之间充满张力的互动。研究以传统的社会历史批评方法为主，并结合文化研究、比较研究和新批评等方法。每一种研究方法都有自己的优势和相应的局限性，多种研究方法的综合使用可以拓宽研究的视域，赋予多角度、多层次的视角，克服研究方法彼此间的局限。

总的来说，本书研究以路翎小说创作为论述框架，以文本解读为中心，将宏观研究与微观分析、社会历史批评与比较研究等相结合，联系作家的独特命运、文学观以及时代语境，在溯前推后的文学史长河中，在政治、思想、文化等多向话题的关联中勾勒出路翎小说创作的意义及局限。

第一章　融合与拓新：路翎与
现代文学传统

　　20世纪40年代是路翎文学创作的"黄金"时期，短篇、中篇、长篇小说均佳作不断，路翎文学全部的"独特性"都在这一时期的创作中得以呈现。作为一位有着强烈个人风格的作家，路翎的创作离不开现代文学传统的"滋养"，同时又丰富了现代文学的审美空间。本章选取三个方面：美学风格、文体特征、人物形象，讨论现代文学时期路翎的艺术成就。

第一节　短篇小说的艺术特色

　　提到路翎的文学创作，读者马上会想到一系列鲜明的特征：浓烈滞涩的语言风格，繁冗沉郁的叙事方式，深广激烈的心理剖析……的确，路翎的个人风格是如此的突出，以至于读者合上小说，留下的最深刻的感受和印象往往不是小说的故事，而是小说的风格。鲜明独特的美学风格是作家成熟的重要"标签"，也是区别于其他作家的"标志"，但同样也会带来一些"负面"影响，某些太突出的风格会潜移默化地被"固化"为作家唯一的美学特征，遮蔽了研究者和读者对作家其他艺术风格的发现和欣赏。

路翎是一个早熟的文学天才，初登文坛时只有十几岁，《"要塞"退出以后》是他正式发表的第一篇小说，小说在情节设置、叙事节奏等方面都还显稚嫩，但已经显露出偏好刻画复杂多变的性格、剖析极端情境中的心理波动的特质，这些特点在《饥饿的郭素娥》《罗大斗的一生》《财主底儿女们》《燃烧的荒地》等作品中不断凸显、深化，也强化了读者的阅读印象，评论界讨论最多的也是路翎这些方面上的成就。事实上，路翎的创作在20世纪40年代中后期已经悄然发生了细微的变化，小说的格调不再像前期那样浓烈贲张，语言由前期的滞重趋于明晰，由前期"笨拙"的叙事转向简约含蓄，被评论界诟病的过于"膨胀"的精神剖析的运用也趋于节制，尤其是短篇小说创作，呈现出与中长篇小说截然相反的别致、灵巧的风格。

在这些细微的变化中潜隐着路翎创作中被忽视的一个方面：讽刺艺术。这样的提法或许有些冒险，但在路翎20世纪40年代中后期的创作中又确实存在一种独特的讽刺风格。《爱民大会》《一个商人怎样喂饱了一群官吏》通过展现社会生活中荒诞不经的闹剧，抨击和讽刺了政治的黑暗；《泡沫》《新奇的娱乐》截取生活中的一个个小片段，嘲讽了特定阶层和群体的精神痼疾；《蠢猪》《瞎子》发挥了路翎擅长的精神剖析的才华，通过人物心理动向与特定情境的错位反差，讽刺了特定人物的性格弱点，这是路翎贡献给现代文学的一种独特的讽刺方式。

一　"另一副笔墨"：轻巧、灵动

路翎的中篇小说和短篇小说具有两种截然不同的风格，中篇多延续了长篇小说沉郁滞重的风格，《罗大斗的一生》《卸煤台下》《棺材》都属于这类风格的作品；短篇小说无论从题材还是风格上都显得灵活

多变、新巧别致，《蠢猪》《新奇的娱乐》《平原》都属于这种风格的作品。前一类作品的主题围绕着社会批判展开，作品直接切入主题，情感直露浓烈，忧愤深广；后一类作品的题材涉及更广泛，官场、商界、底层、市民阶层……篇幅短小，笔致生动，情感蕴藉幽深，切入生活的角度也更灵活独特，这类作品的存在"平衡"了路翎中前期过于"拙""实"的文学风格。

无论是中长篇小说，还是短篇小说，路翎偏好的对人物精神世界的挖掘和探索始终占有重要的位置。中长篇小说的"容量"让路翎可以在创作中更恣意地发挥自己的独特才能，无论是《财主底儿女们》《燃烧的荒地》，还是《饥饿的郭素娥》《罗大斗的一生》，对幽微深邃的精神世界的敏锐洞察和犀利剖析都是小说重要的"看点"，也是作者塑造人物形象的重要手段，使小说富有心理深度。但不能回避的是，在一些作品中，路翎对心理剖析的运用太"膨胀"，对人物精神世界的探索"突兀"于小说的情节和故事之外。不难发现，《谷》中林伟奇内心活动和故事情节之间存在"颠倒"的安排：小说不是通过人物内心世界的展开推动故事情节的发展，而是把故事情节作为"诱发"人物精神起伏的手段，以至于林伟奇更像是不同精神状态的"容器"，这种精神状态又因为脱离了具体历史情境和社会情境的支撑而损失了丰厚性和普遍性。甚至在获得普遍赞誉的《饥饿的郭素娥》中，郭素娥的形象也略显"模糊"，作者将郭素娥塑造为充满"情欲"、生命欲望的"个体"，而不是具有普遍性，代表特定身份、阶层的群体的典型人物。反而是在短篇小说中，在篇幅的限制下，路翎比较多地运用对话、动作、神态描写等手段，在动态中塑造人物，对心理剖析的运用更为节制，把对人物精神世界的分析和心理活动的描摹控制在塑造人物和推动情节发展的合理尺度内。

《英雄的舞蹈》中，张小懒是小镇茶馆里的说书艺人，年轻时曾有过短暂辉煌的武术生涯，收徒弟、吸鸦片、混日子，年老体衰了，靠说书勉强维持生计，却总沉湎于往日的威风。突然有一天，对面茶馆里来了一对拉胡琴唱歌曲的父女，吸引了听众的兴趣，张小懒使尽浑身解数也未能挽回听众，最后气郁而亡。张小懒是封建地痞文化孕育的乡村恶民，粗俗、玩世、逞强、虚空。路翎在刻画人物时，把说书人的语言、动作、神态与人物内心的波动结合起来，把一个曾经的强势人物的强弩之末、无力回天的挣扎、失落、乖张，表现得活灵活现。作者巧妙地利用了说书人的身份，让现实中被流行歌曲抢了生意的落寞说书人讲述曹操败走华容道的典故——"说书人"与"书中人"同是英雄落魄、风光不再。张小懒使尽浑身解数，上蹿下跳，声嘶力竭，时而"叫喊着曹操、关公、青龙偃月刀、大火和参天的古树"；时而突然间语无伦次，宣称"不是吹的话，要是生在几百年前，我还不是一个吕布！"[1] 张小懒既是在讲书中的人事，也是宣泄心中的愤懑。小说讲述"说书人"的经历，"说书人"又在讲述"书中人"的经历，两者之间互为影射，制造了一种说书人既讲述别人，又喻示自己的互文效果。

小说依然关注人物情绪、心理的变化，但不再是依靠大段大段的论述，而是在情节的起承转合中通过人物细微的动作、神态来传达情绪的波澜起伏。张小懒刚走上讲台时，并没有太重视对面茶馆里流行歌曲带来的挑战，开场只是"用神秘的、轻微的声音说"，"拍了一下惊堂木"。当他发现观众都跑向了对面茶馆，"猛力地、愤怒地拍了一下他手上的坚强的、光亮的木头"，"凝聚着一种可怕的力气，慢慢地耸起他底消瘦的、仅剩了两块骨头的肩膀来，并且鼓起眼睛来，用那两颗露出的、巨大的眼珠，轻蔑地凝视着什么一个远方"[2]。直至留下

---

① 《路翎小说选》，四川文艺出版社 1986 年版，第 112—113 页。
② 同上书，第 110—111 页。

听书的听众的注意力也转移到对面传来的流行歌曲上，"突然地他觉得有一阵眩晕"，在流行歌曲的刺激下，"他呆住了。同时他觉得手脚发冷"①。小说比较有层次地呈现了张小懒由轻视、不屑到颓败、恼火的情绪走向，而且把小说的叙事节奏掌控得错落有致、舒缓得当。

《英雄的舞蹈》故事结构简单，语言简洁，有趣味的是对比性的人物、结构设置。张小懒是旧社会辉煌不再的说书艺人，对方是新派的唱《何日君再来》的流行歌曲艺人。小说创作于1945年，这时距辛亥革命已经过去了三十多年，但故事发生的小镇依然"生活在一种非常古旧的英雄的氛围中"，依然是旧习气、旧传统笼罩的精神荒漠，一句"这个中国应有的东西，它都有了"②，意味深长地喻示了小镇在中国社会中的普遍性和代表性。在短篇小说中，路翎的语言化繁为简，显示出精练简约、意近旨远的一面。作品虽然只截取了张小懒生命中最后的一段时光，但透过张小懒个人的命运折射的是中国传统封建社会和文化在时代冲击下的挣扎与颓败。作者既批判张小懒身上的国民性弱点，又对他的死怀有同情与怜悯，无论是批判还是同情都表达得节制而冷静，完全不同于《罗大斗的一生》《棺材》中对国民性批判的直切浓烈。作者雕刻张小懒痞气粗俗的性格，街上开展"新生活"，种了一棵树，他要批评，挖开小石板，他也要批评一通，结果就是"那棵可怜的小树，和那一块遭了恶运的石板底周围，都布满了他底黄绿色的浓痰"③。寥寥数语，寓无声的批判于冷静的嘲讽中。小说结尾，张小懒拼了性命，以为自己"战胜"了胡琴和歌声，实际上换来的只是"一个苍老的、严肃的、安静的声音"说了一句"死了"，内敛的文字中既饱含了对生命逝去的喟叹与悲悯，又批判了"看客"

① 《路翎小说选》，四川文艺出版社1986年版，第112页。
② 同上书，第108页。
③ 同上书，第109页。

们的冷漠。

　　这种灵巧、松弛的风格也出现在《幸福的人》《新奇的娱乐》《求爱》等短篇作品中，"他似乎有意把郁积的热情和沉重的生活感受倾入中、长篇，而在篇制短小的作品里，容纳另一些较为单纯、轻松的人生体验"①。在这一时期的创作中，路翎对小说的"掌控"由凭借早期的艺术"感觉"逐渐转为理性的艺术自觉，由对文学理念的凸显和强调转为追求小说形式结构的艺术性、思想内容的深厚性，以及形式与内容之间的"融洽"，早期作品中急于对世界"发言"、倾诉的急切逐渐趋于内敛、克制与沉着。虽然这些短小的作品不足以"支撑"路翎的独特性，但从另外一个方面拓展了路翎文学的丰富性和多样性，在中长篇的沉郁与短篇的灵活两副笔墨之间"游走"，让路翎的艺术才华挥洒得更酣畅。

　　在短篇小说中，路翎尝试了很多中长篇小说创作中不常用的艺术手段，不仅没有失掉自己所擅长的对人物精神世界的剖析与开掘，反而为作品增添了灵动活泼的气息。短篇小说的篇幅和容量决定了这种体裁并不适合完整地表现人物的精神成长历程，只能截取最具代表性、最精彩的片段反映生活，塑造人物。这也决定了在短篇小说中，对人物内心世界和精神起伏的把握必须精练、简洁，既要用最精准的文字在有限的篇幅里刻画人物的性格，又要使心理的变化和情节的发展融为一体。《蠢猪》恰到好处地把握了这个尺度，克服了中长篇小说中心理分析冗长、游离于情节之外的弊病。

　　《蠢猪》讲述了船夫王树清被安排摆渡专员张汇江过河，渡河过程中，专员对他极尽挑剔、责骂，王树清在忍无可忍的情况下终于爆发，把专员撺下船。小说不足七千字，在如此短小的篇幅里，作者竟

　　① 赵园：《路翎小说的形象与美感》，王晓明编《二十世纪中国文学史论》（第三卷），东方出版中心1997年版，第59页。

然设计了两个叙事视角，一个视角是通过船夫的眼睛和经验观察专员，另一个视角是通过专员的眼睛观察船夫。身份、地位完全不同的两人都从自己的角度和经验出发，猜测对方的心理和意图，在互相错位的揣摩中构成一种独特的反讽和喜剧效果。

王树清是一个胆小的船夫，对于渡专员到码头这件工作不敢有丝毫马虎大意，小心翼翼地伺候着他惧怕的"阔人"专员，无奈山洪暴发，行船困难，他竭尽全力，船还是很慢，被骂是大烟鬼，他"非常愤懑了，然而不敢发作"，"挨着骂，只是默认着，不作声；而且慌张起来了"[1]。这是一个读者熟悉的阿Q型的老中国的子民。接着又因为没有控制好船的方向，使专员受了惊吓，骂他"不是一个正经人"，这让王树清"感到了大的屈辱"，在空旷的江面上看着专员惊慌的表情，"他感觉到了自己的力量和高超"，开始敢于和专员辩驳，在心里对专员产生了蔑视，"你是什么东西"[2]。专员的两个耳光和恶劣的言辞终于激怒了王树清，先是不再撑船，然后怒斥专员对他的侮辱，最后把专员撺下船。小说清晰地呈现了在专员一而再、再而三地欺辱下王树清情绪的变化，由惧怕、忍气吞声到开始反驳、蔑视专员，进而完全爆发，直接和专员对抗。这是一个和《饥饿的郭素娥》中魏海清"神似"的人物，都背负着"精神奴役的创伤"，又都在环境的刺激下爆发出反抗的力量。《蠢猪》的篇幅较之《饥饿的郭素娥》短小很多，但是对王树清由软弱、忍耐到奋起反抗的心理历程的刻画层次更为清晰、细腻，读者可以鲜明地感受到人物身上的"原始强力"积蓄迸发的过程，人物情绪、心理的变化与情节的发展合理地融合在一起，魏海清的反抗则稍显突兀，缺少内在心理渐变过程的支撑。

小说更有趣味的地方，在于作者把同一个事件在两个人心理上所

---

① 《路翎文集》（第四卷），安徽教育出版社1995年版，第236—237页。
② 同上书，第239—240页。

引发的错位反应分别呈现，制造了一种反讽的效果。例如，王树清因为被专员骂了"不是正经人"感到屈辱，"阴郁地沉默着"，而专员看着王树清阴郁的样子，竟以为他是强盗，产生了恐惧，竟然在脑子里考虑"人们在这种时候是怎样对付强盗的。应该和强盗亲近，表示自己没有钱，或者应该先发制人，装作自己是有手枪的样子，等等"①。在一系列心理活动中，一个色厉内荏、虚张声势的小官僚形象呼之欲出。王树清被专员打了耳光后，赌气不撑船了，沉默地坐着抽烟，刚刚还强硬跋扈的专员慌了神，看着王树清，"脸上充满了那种为一般的养尊处优的人所有的稚弱的、担心的神色，好像担心着这个船夫会闹出什么事情来似的"②，而王树清却把专员的表情当成是对他的"慈善"和"亲切"。在短短的对视中，小说巧妙地呈现了两个阶层人物的精神疾患：所谓上层人物内心的胆怯软弱，底层劳动者精神上的卑怯谄媚。这样灵巧的设计恰恰是路翎中长篇小说中缺少的。《蠢猪》出色地发挥了路翎擅于把握人物心理动向的特长，小说的情境、人物都极尽简单——一条船、两个人、渡河，仅此而已，通过精准地把握错位情境中两个人心理变化的张力，在最简的条件下成功地塑造了底层人民和官僚阶层两类人物形象。《蠢猪》开创了路翎心理分析的另一种途径：不单单在"静态"中剖析"某一个"人物的内心世界和精神走向，而是通过展现特定情境中不同人物的心理反应，在动态的心理交锋中塑造人物的性格与个性，较之前一种手段，后一种方法使人物更贴近生活，一定程度上克服了路翎被诟病的"心理容量"大于"人物形象"的偏颇。

---

① 《路翎文集》（第四卷），安徽教育出版社1995年版，第239页。
② 同上书，第241页。

二　批判中的讽刺

在短篇小说创作中，路翎做了多方面的尝试和变化：题材的拓展、风格的变化、语言的精简。而"变"中蕴藏的"不变"是对一切丑陋现象的批判，人性的丑恶、社会的阴暗、国民性痼疾，都是路翎批判的对象。在对人性和社会丑陋的批判中，路翎展露了另外一种才华：讽刺。中国现代文学史上有很多擅长讽刺的作家，沙汀、张天翼、老舍、钱锺书，都是自成一派的讽刺大家，张天翼夸张、沙汀冷峻、老舍善意幽默、钱锺书机智轻灵。与这些前辈相比，路翎的讽刺是冷中有热，"冷"的是作品叙述的语调，"热"的是作者激愤的情绪，在作者看似不经意的笔调中充溢着强烈的个人情感，读者可以分明地感受到作者陪伴着人物一起痛苦、愤怒，一起挣扎、反抗，一起批判、控诉。

压迫、剥削底层人民的官僚阶层是路翎嘲讽批判的重要对象。《爱民大会》是一出丑陋无比的闹剧。"某县城"发生饥荒，民不聊生，官员、地主、乡绅却过着舒服的生活，为了安抚民心，官方决定召开"爱民大会"，并邀请省主席参加。朱四娘八十多岁了，五个儿子都牺牲在战场上，精神受到严重的刺激，美其名曰被授予"荣誉之家"，却过着贫苦孤独的生活。为了举办"爱民大会"，县长强迫朱四娘参加，走形式，但神志不清的朱四娘破坏了大会的氛围和过程，被主席的副官打死，愤怒的群众发起了暴动，一个所谓的"爱民大会"以士兵枪击群众收场。从小说的题目中就可以读出作者对中国基层政权腐朽统治的批判，作者的批判不是痛斥、指责，而是以嘲讽的口吻不动声色地展现官僚地主的种种丑态。小说中对官僚地主面目的刻画不是张天翼式的夸张手法，也不是沙汀习惯的制造喜剧效果，而是抓住这个群体的某个突出特征加以"点染"，使之成为暴露人物本质的关键。如县城饥荒肆虐，老百姓吃不上饭，绅士、地主、官员们却生活安逸，"并且一天一天地更肥胖"，"肥胖"将一群鱼肉百姓、安逸享乐的寄生虫淋漓尽致地展现在读者面前。人们看见县长从县政府里走出来，"在街边上徘徊"，就知道省长要来了，因为"县长是从来不曾在街边上这样徘徊过的"①，看到这里，读者可能会心一笑，顿时明白了这个所谓的父母官到底是怎样的养尊处优、无所作为。县长一干人等声势浩大、装腔作势地来请朱四娘参加"爱民大会"，县长和参议员为了显示自己的"亲民"，争着先进朱四娘的屋子，结果两个人刚走到门槛，"却又互相鞠躬，举手，谦让了起来"②，一连串动作形神毕肖地揭开了两个人虚伪、嫌恶的嘴脸，又间接地向读者暗示了朱四娘恶劣的生活环境。路翎的讽刺看似无心为之，随意点染，实则精心考量，形神毕现。

《一个商人怎样喂饱了一群官吏》以辛辣的笔触摹画了政商勾结、欺上压下、恃强凌弱的社会生态图景。表面上，视察官员刘柱石刚到煤坪"没多久"就走到街上察访民情，"每走到一处都同样地说'好！好！大家辛苦……啊！'"装出勤政亲民的样子，背后却不满煤商送的礼物不够丰厚，第二天马上"圆圆的脸有一点苍白"，威胁要清查煤矿情况，当煤商送来更多的贿赂时，还装出一副清明廉洁、"不快地"样子③。而为他筹集贿金、办践行宴会的代价是把一个本已负债累累的破产小商人逼上了自杀的绝路。小说笔锋看似轻松，实则基调沉痛，"寄沉痛于精微的写实，寓热情于阴郁的嘲笑"④，"一个商人喂饱一群官吏"是对整个社会倾轧、民生艰苦、官僚黑暗的强烈控诉。路

---

①《路翎小说选》，四川文艺出版社 1986 年版，第 221 页。

② 同上书，第 222 页。

③ 路翎：《求爱》，海燕书店 1946 年版，第 90—92 页。

④ 吴福辉：《怎么样暴露黑暗——沙汀小说的诗意和喜剧性》，黄曼君、马光裕编《沙汀研究资料》，知识产权出版社 2009 年版，第 253 页。

翎个性深沉耿倔，笔锋沉郁，讽刺笔触带有俄罗斯文学的沉重，没有幽默只有嘲讽，没有戏谑只有冷峭，读后掩卷，读者甚至会陷入更沉重阴冷的情绪中。

与对官僚地主的辛辣嘲讽相对的是对底层民众深沉的同情。朱四娘幻想着儿子还活着，县长太太却厚颜无耻地告诉四娘她的儿子已经死了，给她钱，要求她在省长面前说好话，四娘刚开始只"呆定地看着前面"，接着"发出了一声很轻的，可是令人战栗的叹息。于是就有两颗眼泪颤动在她底昏花的眼睛里"①。此时，路翎又恢复了那种沉郁悲愤的笔调，"一声叹息"，"两颗眼泪"，把一个孤苦伶仃的老人的伤痛渲染得几近绝望，而作者几乎是与老人一起承受着这份心酸和绝望。县长太太残忍地把一个只能依靠幻想支撑生活的风烛残年的老人暴露在真相中，却"高兴地红着脸"，以为自己办了件大事。在一边高兴一边伤痛的对比中，作者把对黑暗现实、无耻品行的讽刺推向高潮，令人心痛而激愤。

路翎的短篇小说不太刻意追求主题的深刻严肃，更乐于在生活的小细节中挖掘其蕴含的艺术价值，把生活中喜怒哀乐的片段转化为作品的"画面感"。《平原》是描绘现实生活中夫妻间吵架、怄气的小图景；《人性》是金钱暴发户夸张、招摇、无耻的"表演"。小说只截取生活中的某一个"点"，由点及面，透过"点"拓展到对社会生活中某些"面"的反映。《平原》中夫妻间的吵架起于妻子把家里所有的粮食都捐了征粮，结束于即将到来的新一轮的征粮，这对夫妻的生活也是诸多遭受盘剥、艰辛度日的底层平民生活的缩影，丈夫对妻子既蛮横又疼惜的情感中流露着艰难时世中辛劳生活的小人物的酸楚与无奈。《秋夜》中的张伯尧既羡慕富贵又不肯脚踏实地地工作，是社会

---

① 《路翎小说选》，四川文艺出版社1986年版，第231页。

上好逸恶劳、好高骛远一类人的代表。

对于底层人民，路翎既批判他们身上的精神痼疾，又对他们悲惨的命运、不幸的生活抱以深深的同情，而对所谓的文明人、上流人士则极尽嘲讽之能事，彻底剥掉他们身上虚伪的光环，暴露其庸俗不堪的本质。专员张汇江（《蠢猪》）是一个受过高等教育的知识官员，却既没有知识分子的操守，又没有官员的责任感，满脑子都是自私自利的想法。"过一条带子一样的小河，也要战战兢兢的；走在桥上，就害怕这桥会突然断下去"①，伴随身体孱弱的是精神上的庸俗委顿，抱怨自己没有受到重视，抱怨中国科学不发达，转瞬又由悲入喜，设想中国要发展科学，建立实业机构，这样"到那时候他就要到部里去活动一下，弄一个实实在在的主管当一当。为了实业，经费应该多；自然是多的"②。这个想入非非的"美梦"竟然让他禁不住发出"兴奋的、干燥的笑声"，"全然忘记了他的发跳的左眼了"③，活脱脱一个恶俗透顶的小官僚形象。周善真（《翻译家》）既自私自利，又奴性十足，看到小城里来了美国兵，他把原本开的旧书店改成了咖啡馆招揽生意，在美国人面前阿谀奉承、卑躬屈膝，为了保住自己的生意，故意错误翻译，愚弄自己的同胞，这个在美国人眼里"一点脾气都没有"的"翻译家"却"愤怒地""威胁地"对同胞大嚷大喊，用"温柔地""快乐地""热烈地"态度和美国人讲话④，一个洋奴的嘴脸跃然纸上。路翎的这类作品是短篇中的"短篇"，寥寥几千字，作者在有限的篇幅中通过抓住讽刺人物独特的神态、动作加以突出，达到暴露其本质的目的。

《新奇的娱乐》是一群所谓文明人的群丑图。下雨天，一位盲人

---

① 《路翎文集》（第四卷），安徽教育出版社 1995 年版，第 237 页。
② 同上书，第 238 页。
③ 同上。
④ 路翎：《求爱》，海燕书店 1946 年版，第 102—107 页。

用竹竿探索着走路，不巧撞到了排队等车的人群，只要任何一个人躲让一下，盲人就可以通过，偏偏一群衣冠楚楚的所谓的文明人都不让路，还纷纷戏弄盲人取乐，打发等车时间，路人也乐于享受、欣赏取笑盲人的快乐。路翎擅于通过对比的方式嘲讽文明人精神上的痼疾。《新奇的娱乐》只有两千字左右，作者却不厌其烦地细致地描述每一个文明人的衣着和戏弄盲人的言语行为，"穿西装的，在看报的"，"穿长衫，戴礼帽，拢着手的"，"穿着黑色的大衣的"，"提着长衫的，戴着漂亮的鸭舌帽的"，大家保持着"默契"，"骄傲""热烈地哄笑着"盲人不断的碰壁，"全体都兴致浓厚地加入这件新奇的娱乐"，最后站出来帮助盲人的却是一个"衣衫破污"的年轻人。[①] 光鲜亮丽的外表与低俗缺德的行为举止，衣衫破污与善良心地，通过一组组反差强烈的对比，对所谓文明人和上流阶层金玉其外败絮其中的庸俗本质发出无声的批判和辛辣的讽刺。路翎的讽刺"带有他固有的挖掘人类灵魂的伤疤、善于选取特异的类型、从具象的讽刺指向更广泛的内涵，而仍然闪烁出别人无法替代的独特光彩"[②]。

　　纵观路翎 20 世纪 40 年代的创作，前期独树一帜的文学风格奠定了他在文学史上的地位。路翎是七月派的重要作家，深受胡风文艺思想的影响，对胡风文艺思想的借鉴和认同直接影响路翎小说的形态和品格。一些研究者认为，路翎作品滞涩、沉重、躁动的风格是由于作品所表现的精神品格和思想内容造成的，不可否认，这种基于作品内容研究的论断有一定的道理，胡风文艺思想本身就充满了焦灼感和压迫感，对胡风文艺思想的认同和"转译"也势必使作品带有这种风格。不能忽略的还有作家主体的因素。20 世纪 40 年代初，路翎创作中对胡风思想的运用"拿来主义"多于吸收融化，作者在文学理念和

---

　　① 路翎：《求爱》，海燕书店 1946 年版，第 20—22 页。
　　② 朱珩青：《路翎小说新论》，《海南师范学院学报》1992 年第 3 期。

艺术技巧尚未成熟的时候急于在作品中表达他认同的观点和思想，艺术思维和形象塑造都拘泥于胡风文艺理论的空间。作者思维的拘谨和对理论的刻意追随、强化了作品叙事节奏与美学风格上的紧张、压抑，以及"理念"大于"形象""生活"的缺陷。机缘巧合加天赋让年轻的路翎刚起步就"定型"在了文学史上。20世纪40年代中后期，无论是艺术表现力，还是对社会的理解，路翎都更趋成熟、独立，在七月派文艺思想、自我艺术理念和艺术表达之间不断平衡与融合。在这一时期的创作中，路翎在艺术表现上更加自如，随心所欲，叙事从容，风格多变，题材广泛，更富有内在意蕴。

通过20世纪40年代初期的锤炼，路翎在20世纪40年代中后期的创作中对前期创作的稚嫩简单的形态逐渐进行调整和完善，提供的审美丰富性和复杂性超越了前期作品的单一性，创作呈现出不断成熟的趋势。但恰恰是这部分作品遭到"冷遇"和"遗忘"，究其原因，除了前文提到的作者某些方面突出的艺术特征掩盖了其他方面的才华，可能还有"人为"选择的原因。首先，可能是这些作品与抗战关系"疏远"。20世纪40年代文艺界曾经出现过群诛"与抗战无关"文学的状况，一些"与抗战无关"（或者距离比较远）的作品不为时代所欢迎，逐渐地，时代的选择积淀为"历史"的选择，这类作品慢慢被边缘化，甚至被遗忘。其次，与路翎七月派的身份有关。七月派中胡风最看重路翎的创作，为路翎撰写的各类评论文章也最多。研究者也"顺理成章"地乐于从七月派理论立场的角度考察路翎的创作，与七月派理论"匹配"度高的作品得到重视，而一些"偏离"的作品则有意无意地被"忽略"。

第二节　长篇小说的文体贡献

中国现代文学中，乡土小说和知识分子小说是发展最成熟、最充分的两个题材类型，作为中国现代性经验的表征，两者承载着同一问题的两面——物理空间上乡土社会的现代转型与精神空间上知识分子的价值重建，乡土小说和知识分子小说表达的是知识分子眼中的中国与自我的何去何从。在鲁迅的创作中两者之间的"同构性"表达得尤为明显，"乡愁"的产生本身就是在传统与现代中徘徊的现代知识分子特殊精神境遇的象征。《故乡》中，"离去—归来—离去"模式是现代知识分子既游离于西方现代话语，又无法在传统文化中安身立命，精神无"家"可归的演绎。知识分子与现代民族国家、集体话语之间的复杂纠葛，知识分子的信仰追求与精神困境，几乎是现代小说知识分子叙事的全部核心。在小说的不同体例中，知识分子叙事的发展呈现出不同的脉络，中短篇小说在 20 世纪二三十年代已经诞生了最成熟的作品，而长篇小说的发展则相对平缓，20 世纪 40 年代《财主底儿女们》的出版，将知识分子叙事带到了相当的高度。

一　"知识分子"文学叙事的演进

因为鲁迅创作的存在，中短篇小说中的知识分子叙事在新文学发展之初迅速走向成熟，《故乡》《在酒楼上》《孤独者》等作品用象征性的表达方式构造了知识分子的精神空间，简约凝练的叙事、圆熟老道的笔法，赋予小说幽远绵长的意味，把知识分子精神上的幻灭、孤寂、彷徨，与时代的距离感、疏离感，表达得透彻而感伤。柔石的

《二月》用哀伤细腻，甚至近乎绝望的笔触将知识分子在现实面前的无力感、挫败感强化，小说用乍暖还寒的早春气候喻示知识分子的心境，为小说平添了几分悲凉。《沉沦》《伤逝》《海滨故人》《八骏图》《闯关》《在医院中》……一系列作品从各个角度勾勒了不同历史时期中知识分子的精神历程，诸多作家共同完成了对现代知识分子精神"图谱"的"绘制"，同时也促进了中篇小说形式的发展和创新。

相对而言，在长篇小说中，无论是文体形式，还是思想内容，知识分子叙事的发展和成熟都要缓慢得多，这当然是由于长篇小说的复杂形式和驾驭难度所决定的。长篇小说是一种"重文体"，它的长度和容量决定了适合表现更广阔的生活层面、更长的时间跨度、更复杂的人物性格，也更适于表现知识分子复杂精微的内心世界和性格中的多面。但这些有利的因素必须是建立在对长篇小说文体形式熟练驾驭的前提下的，而作家对这个"前提"的掌握则需要时间的积累。在长篇知识分子小说发展的过程中可以清晰地看到文体形式与思想内容的"磨合"过程。

现代文学中长篇知识分子小说为数不少，不管在内容、情节上有多么大的差别，所要呈现的问题几乎是一致的，即中国现代知识分子的精神动向和心理结构。在早期作品《冲积期化石》《一叶》中，小说局限于表现特定历史时期中知识青年觉醒后的精神苦闷。《家》虽然产生于 20 世纪 30 年代，但也属于这一类型作品，这些作品还处在呈现知识分子的精神"片段"的阶段，作品中的知识分子形象无论是在人物形象还是在精神深度上，都不够完整，没能呈现出成熟的人物形象所应该具有的精神和性格上的发展和变化的过程，只能算是知识分子的"青春期"形象。作者对人物思想的"片段"式把握也反映在小说形式上：作品流于对社会生活表象的展现，缺乏对表象的穿透力和对生活素材的提炼。《冲积期化石》《一叶》在形式上都存在线索凌

乱、结构散漫、叙事视角混乱的弊端，小说并没有提供超出中篇的思想"分量"和文体特征，这也是长篇小说在发展初期不可避免的稚嫩。即便是在思想性和文体形式上有所发展的《家》中，最具冲击力和时代感的觉慧，留给读者的深刻印象也还是他那似乎随时都要喷发的情绪，而不是相对完整的精神历程，更没有呈现出人物思想的"成长"。

《倪焕之》《虹》《蚀》反映的是大革命前后知识分子的精神历程和生活经历，与《一叶》《冲积期化石》相比，在更广阔、更复杂的社会生活中表现知识分子的精神追求和思想上的波澜起伏，小说中的知识分子也走出了精神苦闷的阶段，走向了追求理想、探索社会的具体实践，与中国复杂的社会现实"短兵相接"。在这一时期的小说中，知识分子开始具有比较独立的精神空间，倪焕之从"教育救国"的热情到失败后的幻灭，面对革命浪潮时的犹疑；梅行素在婚姻、社会、革命中不断追求又逃离；《蚀》《虹》触及各类型知识青年在革命前后不同的道路选择，作品开始描摹知识分子内心的矛盾和性格上的弱点。从小说的形式上看，作品已经可以承担比较长的时间、空间的跨度，在情节和事件的设置、展开中塑造人物形象，刻画人物性格。更重要的是，小说触及了与中国现代知识分子精神动向密切相关的几个方面，如革命、乡愁、信仰、个人主义。这些几乎是所有中国现代知识分子在中国由传统乡土社会向现代民族国家转型过程中必须面对和思考的，又深深地影响着知识分子的人生选择和精神走向。小说的得失又全系于此，既意识到了知识分子与革命、政治、信仰等之间欲说还休的复杂关系，又无法突破这层关系网获得独立的视野。普实克对茅盾小说叙事上的"悖论"看得很清楚，一方面，小说的描写"从外在现实转到内在现实、转到涉及人物的思想和习惯性思维方式的特殊过程"，转向历史中的个人。另一方面，小说结构上淡化"情节"，转向"精心构思的一些个别场面"，通过描写（而非叙述）"场面"展现历史的"横断面"，人物沦为"对客观现实作出记录和反应"①。这一阶段的小说对知识分子的塑造还局限于个人与现实之间的联系，没能跳出"现实"的层面，塑造拥有"个人的整个历史"的现代知识分子形象，以及相应的精神空间。直到 20 世纪 40 年代，长篇知识分子小说创作才渐趋成熟，能够与现实和历史保持审视的距离，深入把握知识分子的心理结构，塑造具有完整的"个人的整个历史"的知识分子形象。《财主底儿女们》从内容到形式都做了诸多有益的探索和尝试。

《财主底儿女们》完成于 1944 年，小说展现了从"一·二八"事变到苏德战争爆发期间中国宏阔的社会现状，涉及政治、文化、战争、伦理等各个领域，笔触遍及城市、农村、后方、战场多地，小说以苏州豪门望族蒋捷三的三个儿子的生活经历为主线，串联起各阶层的生活，刻画了几类知识分子的思想成长与精神历程。长篇知识分子小说发展到《财主底儿女们》达到了一个高潮，这个高潮出现在 20 世纪 40 年代可以说是多方"合力"而为。首先是时间的积累。中国现代意义上的知识分子是伴随中国社会转型应运而生的，知识分子的社会实践和精神脉络与现代中国社会发展轨迹有着千丝万缕的联系，因此，对知识分子精神结构的完整考察，须放到较长的中国现代社会变迁的时间流程中进行，以获得足够的全面和深度。从封建王朝瓦解到 20 世纪 40 年代抗战爆发，三四十年政治风云的波诡云谲，社会思潮的此消彼长，为作家思考知识分子与政治、时代、历史的关系提供了足够的时间和经验。其次是路翎的天赋。知识分子最丰富、最复杂、最有魅力的是他们幽深的精神世界，路翎几乎无师自通的剖析人物灵魂世界的艺术才华让他更擅长驾驭这类题材，他在艺术上的早熟也确保他敢于在作品中恣意运笔，而没有受到太多意识形态的束缚。

---

① ［捷］雅罗斯拉夫·普实克：《普实克中国现代文学论文集》，李燕乔等译，湖南文艺出版社 1987 年版，第 140—142 页。

最后是 20 世纪 40 年代特殊的语境。抗战爆发后，动荡的社会现实反而成为考量知识分子的"熔炉"，各种立场、信仰的知识分子思想上的分歧得以显现，为小说的创作提供了丰富的原始素材。《财主底儿女们》是现代长篇知识分子小说的转折点，之前的众多文学经验被合理地吸收，之后的知识分子叙事转向了另外一种模式：《青春之歌》模式。因此，对《财主底儿女们》的文体形式和内容的研究，既是对文本思想价值和艺术价值的分析，也是对现代长篇知识分子小说文体发展的考察。

二　知识分子的精神结构与文本叙事

《财主底儿女们》是一部庞大繁杂的小说，故事容量巨大，主线明晰而副线繁复。小说不仅面面俱到地展现了蒋家儿女们各自不同的人生道路，而且描绘了 20 世纪三四十年代上至社会名流、演艺明星、政府要人，下至贫苦百姓、兵卒将士，斑驳陆离的生活画卷。因此，胡风毫不夸张地称其为"自新文学运动以来的，规模最宏大的，可以堂皇地冠以史诗的名称的长篇小说"①。小说成功地展现了以蒋家三兄弟为代表的几代知识分子的心路历程，并将与之交集的各类型知识分子一一呈现——洋派分子王伦、务实报国的汪卓伦、走向歧途的王桂英、热血莽撞的夏陆、消极反抗的张春田等。而承载这些现实事件和精神容量的小说结构却非常简洁、清晰。小说不断地转换空间，每个空间既是具有现实意义的物理空间，又是承载不同价值立场的精神空间，人物在不同空间中的表现即是人物精神发展的脉络。

小说上半部的核心人物是蒋蔚祖和蒋少祖，下半部是蒋纯祖，每一个人的经历和性格都足够复杂，小说通过具有象征意义的生活空间

---

① 胡风：《路翎文集·序》（第一卷），安徽文艺出版社 1995 年版，第 1 页。

的穿插转换塑造了性格迥异的兄弟三人。蒋蔚祖主要生活在苏州—南京，蒋少祖往返上海—苏州，蒋纯祖游走于旷野—演剧队—乡场。在不同的生活空间里，作者赋予人物不同的"现实事件"和"精神事件"。蒋蔚祖在苏州是传统世家养尊处优的少爷，在南京是无所适从的精神错乱者，在这条主线上连缀的是苏州传统世家与南京市民阶层，金钱、欲望与伦理、道德的冲突，折射出传统文化和乡土社会在时代冲击下的溃败，封建大家族的分崩离析。生活在上海，蒋少祖是"五四"文化名人，回到苏州则是反思西方现代文明的文化保守主义者，上海和苏州分别象征着新与旧、现代与传统、激进与保守的价值分歧，通过这条线索，作者致力于对东西方文化的反思。蒋纯祖的生活经历更清晰——旷野上流浪、演剧队的冲突、乡场上"战败而逃"，这不仅是蒋纯祖精神蜕变、成长的过程，也是对中国现代知识分子心理结构的精辟发现和分析。《财主底儿女们》的文体形式既是知识分子的精神结构，也是整合社会生活、结构长篇小说的框架，作者安排人物"与世界一同成长，他自身反映着世界本身的历史的成长"①，个人的生命历程和历史的形成紧密地联系在一起。

小说脱胎于叙事诗歌，由叙事诗中交代事件缘由的叙述部分转化而来，并逐渐发展为独立的文学体裁，但小说在发展过程中又与其"母体"诗歌保持着"暧昧不清"的关系，如小说的评价标准中"史诗性"依然是一个重要指标，这个标准又"无意"切合了中国文学中自古有之的"史传"传统。因此，中国现代长篇小说自诞生之日起"史诗性"就是衡量其艺术价值的一个重要标准。被冠以"史诗性"的小说：《子夜》《财主底儿女们》《大波》《太阳照在桑干河上》，无一不是因为作品对社会生活全景式的展现，以及浓墨重彩、气势磅礴

———————————

① 《巴赫金全集》（第三卷），河北教育出版社1998年版，第232页。

的品格。现代长篇小说在发展的过程中建立了比较"实"的叙事传统，现实主义的发达，浪漫主义、表现主义的"式微"，是这种传统的另一个"佐证"。即便是在表现知识分子这样一个被认为是精神至上的群体的作品中，大部分作品关心的也只是"现实"中的知识分子，而不是知识分子眼中的"现实"，知识分子"独立之精神、自由之思想"的确立始终摇摆、飘忽，进入共和国后，更变得不可能。《财主底儿女们》难能可贵地通过几条线索在作品中建立了两个世界，一个是蒋蔚祖、蒋少祖、蒋纯祖独立的精神世界，另一个是三个人置身的现实世界。《财主底儿女们》是一部"野心"不小的作品，年轻的路翎几乎想在小说中包罗当时生活、政治、思想层面上所有的状况与倾向，并试图超越既定见识做出自己的解释，所以小说中随处可见作者对现实事件议论、评价性的文字，而且"冒险"之处比比皆是：对陈独秀的溢美；对毛泽东的略有微词；春秋笔法讽喻左联，虽然不排除有左翼内部纠葛的原因，却也着实点到了革命文学和左联的"死穴"。小说几乎把抗战前后诸多重大历史事件和生活情境"还原"进小说，在"介入现实"这点上，路翎与一些左翼作家对现实主义创作的理解有相似的一面。不同的是，小说构建了一个独立、丰富的精神世界，也就是胡风称之为的"历史事变下面的精神世界底汹涌的波澜和它们底来根去向"①，这也体现了七月派所坚持的主观现实主义的审美方式，更重要的是，小说叙事中理解并尊重了知识分子情感的独特性。

"理解"指的是，《财主底儿女们》是长篇小说中最全面、最恰切把握中国现代知识分子的心理结构和情感矛盾的作品，把知识分子在面对历史洪流与自我个性要求发生矛盾时的犹疑、困惑、迷茫、悲

---

① 胡风：《路翎文集·序》（第一卷），安徽文艺出版社 1995 年版，第 1 页。

凉，表达得淋漓尽致。小说对蒋纯祖精神发展鞭辟入里的分析集中体现了作者对现代知识分子精神结构的认识，这种认识又在形式上决定了小说情节的设计。作者选择了战争、革命、乡土作为蒋纯祖精神成长的"试验场"。晚清以降，中国社会最深刻的观念变革、紧迫的现实问题都与这三个方面密不可分，《倪焕之》《虹》《家》《八月的乡村》等作品都不同程度地涉及了某些方面，与这些作品相比，路翎将上述问题集中并强化，以更激烈直接的方式呈现。通过这三个环节，小说把一个精英知识分子在现代中国历史进程中的沉浮、躲闪、错位与疏离，对时代的思考与忧虑，对自我的反思与坚守，对一切绝对价值的怀疑，几乎一一呈现，从这个意义上说，知识分子的精神历程就是《财主底儿女们》的形式结构。

"尊重"指的是，作品对知识分子群体精神世界的维护与高扬。小说中，路翎塑造了一个个独属于知识分子的精神空间，之于蒋蔚祖是疯癫中冷眼戳穿现实的黑暗；之于蒋少祖是在传统文化中安顿灵魂；之于蒋纯祖是对"自由之思想，独立之精神"的誓死捍卫。这是一个与现实世界和历史潮流完全"相悖"的空间，蒋少祖的保守"复古"，蒋纯祖对个性的强调，放在 20 世纪 40 年代的社会语境中都显得不合时宜，但作品没有按照已有定位和意识形态要求批判知识分子的精神诉求，而是在确立现代知识分子"本质"的意义上给予肯定。与《家》《倪焕之》《蚀》不同，《财主底儿女们》在叙事上存在明显的参照系的反差，前者是记录现实世界参照下的知识分子，后者是以知识分子的主体视角为参照，观察世界。如果用一个不确切的比喻形容：前者中，知识分子"跟随"现实的"脚步"亦步亦趋；后者则是让现实在知识分子面前"流过"。动与不动之间的微妙差别，既反映了身处历史旋涡中的知识分子的抉择分歧，也反映了作家主体对知识分子"本质"的不同理解。也正因为此，蒋纯祖望着呼啸而过的革命

浪潮时，内心无法言表又支离破碎的情感，竭尽所能地追随革命又异乎顽固地坚守内心，才具有震撼心灵的力量。现代文学中的个人主义从来都不是一种彻底的传统和精神资源，以个人自由和思想独立为根本特征的"个体意识"只是"以集体性和文化的普遍性为其特征的民族主义"的历史衍生物①，知识分子"小我"最终都寻求在集体"大我"中获得认同，蒋纯祖可能是在"小我"道路坚持最远的一个。敢于疏离于时代的集体话语需要强大而丰富的内心，敢于逆历史潮流而动需要特立独行的勇气与坚持，这也正是现代意义上知识分子所强调的，而小说中提供的多种情感与价值的错位、纠缠，内心的困顿、挣扎，又契合了西方现代文学的主题：现代人的精神困境。莫瑞提认为，成长小说是欧洲"现代化的象征形式"，是"内在的矛盾"，并围绕着青年人的"性情多变"和"内心感知"②，自我意识的确立是与现代性密切相关的情感经验。从这个意义上说，《财主底儿女们》，尤其是下半部，所表达的自我和自我意识的形成，构成了中国现代性的特殊情感与经验的一部分。《财主底儿女们》是现代长篇小说中为数不多的建构了知识分子"精神"史诗的作品，也为现代文学提供了世界性的情感经验与文学表达。

三　得与失

路翎开始创作《财主底儿女们》时只有 17 岁（一个中学生的年龄），在烽火遍地、奔跑求生的岁月中，没有机会接受比较系统的学校教育，可以说，他几乎是凭借与生俱来的文学天赋，以及大量文学阅读所得的知识完成了 80 万字的创作。因此，在《财主底儿女们》

　　①　汪晖：《预言与危机——中国现代历史中的"五四"启蒙运动》（下），《文学评论》1989 年第 4 期。

　　②　Franco Moretti，*The Way of the World*：*The Bildungsroman in European Culture*，London：Verso，1987，pp. 5-6.

中，读者既可以感受到一个文学天才对长篇小说文体超乎寻常的理解力和把握力，也可以看到因为"太年轻"而在作品结构上留下的缺陷和"硬伤"。

把《财主底儿女们》放在现代长篇小说的"长河"中加以考察，如果说这是一部由外国文学翻译而来的小说，恐怕很多人都不会觉得太离谱。路翎可能是最少受中国古典文学影响的现代作家，巴洛克式浓烈繁复的话语风格，对骤起骤落的心理波动的迷恋，对人物主观精神的强调，都与传统美学观念相去甚远。路翎对长篇小说文体形式的理解也深受西方文学的影响。在中国现代文学史上很多重要的长篇小说中都可以看到欧洲小说叙事传统的"痕迹"，如茅盾的"编年"意识和对史诗性的追求不难看出巴尔扎克、托尔斯泰的风格；老舍创作中的写实和戏谑风格深受英国文学的影响，李劼人对法国"大河小说"的自觉"追随"，等等。《财主底儿女们》在文体形式上更是借鉴了多种西方长篇小说的叙事传统，而且在文体形式的运用与思想内容的契合上更进一步。

在《财主底儿女们》的结构中可以看到欧洲诸多重要长篇小说的文体特征。在大的线条结构上秉持了法国长篇小说的结构特点——简洁，主线清晰。小说结构的组成、叙事推进的线索一目了然，以蒋家三兄弟的个人命运为主线，每个人不同阶段的生活构成了小说"有机体"的组成部分。但小说呈现的整体风格却更似俄罗斯长篇小说的"气质"。从小说对社会生活方方面面的关注，对人物复杂性格的塑造、叙事中插入大量的议论、整体把握社会思潮流变的意图等方面上看，小说追求的无疑是托尔斯泰式的"容量"。如果说，上述特征确定了《财主底儿女们》创作属于现实主义的范围，那么，小说对人物精神深度景观的迷恋，人物精神世界所呈现出的绝对的孤独、挣扎与疏离感，又使小说具有了某些现代主义的品格。赵园在谈论对路翎的

阅读体验时提到，"当我一点点艰难地啃下去，我想到了陀思妥耶夫斯基"①，没错，路翎可能是现代作家中最擅于营造"精神磨难"的作家之一。路翎的创作并不完全遵循"典型环境中的典型人物""真实性""倾向性"等现实主义的规定性原则，而是偏重具体情境中人物精神的"真实"，对人物精神世界"高度"甚至达到"残忍"的苛求。《财主底儿女们》在现实主义创作中建立了一种超拔的精神标杆——对道德感和精神"纯度"的要求，不"乞求"于"大我"肯定的"小我"个体意识，以及与精神倾向相匹配的文体形式，这是路翎创作对长篇小说发展的贡献。

孙郁认为，"长篇的创作，到了路翎时代，可说是一个高潮，作者的才华之高，心绪之宏阔，为许多人所不及，可惜在俄苏小说里陷得过深，自我的力量依附在俄国人的意象里，那种小布尔乔亚式的风范，与大众之间，是很有距离的"②。批评者对路翎长篇小说创作艺术水准的肯定，以及苏俄文学对其影响的见地都是精准的，而把文体的"不完美"归结为小说格调上的"小布尔乔亚式"风范过于小众，似乎有待商榷。知识分子小说是中国古典小说没有涉及的题材范围，所以，完全沿用古典小说的艺术手段塑造这个群体的个性和精神品格是不切实际的，而且这个群体的界定本身已含有"超越"大众之意，因此，依据大众化的审美取向作为评价作品的标准尺度并不能完全成立。

路翎长篇小说文体上的欠缺也是不能回避的。首先，体现在语言上面。正如前文所说，路翎"特立独行"的语言风格"识辨度"很高，但缺少行文的变化，既表现在句式上，也表现在词语的运用上。据统计，在《财主底儿女们》中，每万字中"可怕"出现的次数为13

① 赵园：《艰难的选择》，上海文艺出版社1986年版，第322页。
② 孙郁：《文体的隐秘》，《当代作家评论》2001年第5期。

次，"不幸"出现9次，"冷酷"出现8次，"冷淡""悲惨""恐惧""幸福""美丽"均5次以上，"可怜""凶猛""险恶""温柔"皆4次以上。[①] 一个词语可能会被他用来形容迥然相反的事物，造成读者阅读上的歧义、费解。路翎的语言偏向"欧化"，词语的运用有一种过度浓烈密集的"饱""涨"感，这种"欧化"的语言没能与中国文化语境融会贯通，缺乏锤炼雕琢，直露理性有余，内敛张力不足，因此，行文中不免有生硬晦涩之感，汉语之美没有被合理地继承。其次，小说叙事上存在的缺陷。《财主底儿女们》的叙事中一些线索会莫名的中断，又会"随时"出现，如蒋捷三去世后，蒋家姐妹准备和金素痕对簿公堂，小说在这里却戛然而止，不了了之，抗战爆发后，沈丽英在码头又偶遇金素痕，她生活潦倒，失去了儿子，这中间发生了什么，以及其之后的命运，读者均不得而知。这样的问题也出现在关于王桂英的叙述中。路翎在叙事中经常插入议论，有对社会时政的评论，有对人物内心世界的剖析，但是插入的议论时常超越了情节的发展，突兀地打断叙事的正常节奏。这些缺欠都影响了小说整体叙事的流畅，也造成了阅读上的"断裂"感。

第三节　人物形象及精神内涵

"在路翎君这里，新文学里面原已存在了的某些人物得到了不同的面貌，而现实人生早已向新文学要求分配座位的另一些人物，终于带着活的意欲登场了"[②]，胡风的寥寥数语精辟地点出了路翎文学人物

---

① 引用谢伟民《路翎小说两题》中的统计数据。
② 胡风：《路翎文集·序》（第三卷），安徽文艺出版社1995年版，第1页。

谱系的特点。路翎文学中个性鲜明独特的人物形象主要有三类，分别是农民、知识分子和流浪汉，前两类在现代文学中发展最成熟，积累最丰富，路翎在继承已有文学经验的同时又拓展出"新"的特质，而流浪汉无疑是胡风所言的"向新文学要求分配座位的另一些人物"，也是路翎为现代文学人物长廊贡献的新鲜面孔。这三种身份又并不是完全独立的，有的人物兼有两种身份，混合了不同的性格特征和精神品格，如王炳全，出身农民，又在外漂泊求生多年，因此，性格中兼有农民和流浪汉的部分特征。

流浪汉是西方小说中的经典人物形象，流浪汉小说中的主人公都是居无定所、游手好闲、玩世不恭的无业游民，小说以底层市民的视角观察社会，揭露现实的黑暗、不公。路翎文学中的流浪汉形象和内涵都与西方文学有较大的差异，西方小说对流浪汉身份的界定是基于人物的生活经历和身份，路翎则是侧重于从精神品格方面塑造人物的"流浪汉"精神气质。路翎文学中的流浪汉并不是真正的无所事事、浪荡街头的游民，他们只是因为各种原因有过一段或短或长的动荡、漂泊的生活经历，这种生活经历直接影响或形成了他们独特的性格和精神世界。路翎所想象的"流浪汉"精神是旺盛勃发的生命力，不受世俗羁绊的自由灵魂，敢于向命运和自我挑战的反抗精神。这种精神品格与中国传统农耕文化中忍耐、卑怯、恋旧的性格相对，是作者借用通常意义上流浪汉天性中热爱自由、无所束缚的特点，并加以升华发挥而形成的。

七月派的文学理念强调人的"主体性"，这不仅是对作家的要求，也是建构艺术人物精神世界的重要尺度，流浪汉自由、独立、不羁的精神气质契合了"主体性"的内涵。不仅在路翎文学中，七月派其他作家，如丘东平、彭柏山、贾植芳等作家的作品中也常常出现具有流浪汉精神特质的人物，对流浪汉精神气质的偏爱反映了七月派作家整体的价值取向，也是在 20 世纪 40 年代语境中对"五四"个性解放的继承和发展。

一　流浪汉产生的社会背景

流浪汉是现代文学中比较稀有的人物形象，这与中国传统农耕社会保守、安稳、封闭的生活状态有关，流浪汉的精神品格也与内敛、低调、克制的传统民族性格相悖，无论是现实生活中，还是文学作品中，流浪汉通常都被认为是负面人物，是不务正业、好吃懒做、游手好闲的代名词。路翎则反其道而行之，不但在文学作品中建立了一个比较完整的流浪汉人物序列，而且毫不吝惜对这个群体的赞美，这无疑具有一定的冒险性和挑战性。路翎追求的恰恰是这种挑战性，通过"另类"的人物形象和精神气质挑战传统审美心理习惯，挑战沉滞的生活状态和生命状态，这也是 20 世纪 40 年代路翎文学创作一以贯之的个性——"反常规"。当然，路翎并非凭空捏造出一群毫无生活基础的虚构人物，流浪汉与 20 世纪 40 年代特定的社会环境和精神土壤有着密切的关系，同时，作者又将流浪汉精神作为改造国民性、激发民族生命力的鲜活力量。

20 世纪 40 年代的社会现状是"催生"流浪汉的客观原因。首先，与传统乡土社会的离散有关。中国传统社会是农耕社会，对土地的眷恋和依赖维持着社会稳定而保守的生活状态，进入 20 世纪 40 年代，阶级统治的腐败、阶级矛盾的加剧破坏了这种稳定的生活状态，大量农民失去赖以生存的土地，人口和生活的流动性都大大增强了，催生出大量辗转各地四处谋生的群体。其次，与农民身份的转型有关。随着现代工业在中国的发展，大量农民脱离土地，转型为产业工人，工人的工作性质决定了他们较少受到地域、时空的束缚，不必拘泥于稳定的生活。最后，与战争有关。抗战爆发后，生活艰苦动荡，人民流

离失所，很多人被迫四处流浪谋生。

20世纪40年代前后，战时特殊的文化氛围和精神导向是促使作家重新思考文学的社会功用，寻求新的精神资源的思想背景。抗战爆发后，救亡压倒启蒙，"五四"新文学所倡导的思想启蒙、个性解放在战争语境中变得有些"不合时宜"，与取得战争胜利所需要的集体主义和奉献精神有所冲突。在国统区，国民党为了稳固和维护自己的统治，极力宣扬儒家的价值观，鼓吹忠诚、权威崇拜。而共产党在延安的政治革命虽然因为政治纲领和革命策略上所持的民众立场、民粹倾向而获得广泛支持，但在一系列运动和讲话的背后依然可见"儒家化"的趋势——向民众灌输单一的意识形态，树立个人权威。文学为了配合急迫的现实形势也淡化了"五四"新文学的精神传统，一面是现实生活中民众依然背负着沉重的精神枷锁，一面是文学对民粹立场的趋向。路翎和七月派对这种状况并不满意，身处大后方，又夹在革命文学阵营与国民党保守势力之间，使他们对这种"复辟"文化氛围感受得更为强烈，在后来的回忆录中，胡风曾经表达过当时腹背受敌、四面围城的心理感受。

正是基于当时的文化环境，胡风对革命文学与革命战争之关系的理解也多了一层警惕。胡风认为，在民族战争中，"全民性的爱国主义是以人民性的爱国主义做中心的。换句话说，并不是反帝反封建的斗争现在仅剩下了反帝，而是以反帝来规定并保证反封建，以全民性的爱国主义来规定并保证人民性的爱国主义，即社会斗争的"①。显然"全民性的爱国主义"是指全社会各阶层人民联合起来抵抗敌人的侵略，"人民性"的爱国主义是民族内部的阶级斗争和民主斗争的社会现实要求。民族主义和民主主义在胡风看来同等重要，胡风警惕的也

---

① 《胡风评论集》（下），人民文学出版社1984年版，第273页。

正是以民族主义的名义侵害民主主义的方向和诉求。因此，文学在反映民族战争要求的同时，更应该"从人民底生活现实来把握民族解放的要求"，关注"广大人民，特别是劳苦人民的负担、潜力、觉醒和愿望"。胡风对此做出了进一步的解释，"怎样的负担？历史的负担和战争的负担。怎样的潜力？通过痛苦的历史负担底减轻以至解放，就会把战争负担转化为主动要求，一定能够使战争真正胜利以至实现战争的历史去向的伟大的潜力。怎样的觉醒和愿望？把从战争负担来的痛苦压力转变为对于历史负担的觉醒，由这获得主动力和创造力，通过战争过程去减轻以至最后接触历史负担的愿望"①。因此，路翎和七月派文学始终对战争语境下的精神自由和个性解放保持高度的关注，通过建构充满活力、强韧的精神品格充实民族的生命力，而流浪汉精神承载了七月派文学的精神诉求，同时也是在 20 世纪 40 年代战争语境中对"五四"个性解放和启蒙精神的继承与坚守。

二　流浪汉精神内涵

路翎文学中的流浪汉身份、职业、经历都不尽相同，大致可以分为两类：一类是从事非农业生产的产业工人，如金仁高（《家》）、孙其银（《卸煤台下》）、程登富（《程登富和线铺姑娘底恋爱》）；另一类是脱离了正常生活秩序、四处漂泊求生的各色人等，如陈福安（《两个流浪汉》）、王炳全（《王炳全底道路》）②。这些流浪汉的性格、品行、精神气质并不是统一、稳定的，而是一直处在发展、变化中。在路翎文学中，流浪汉精神体现在三个层面上，首先是人的"本能"层面，路翎极力凸显流浪汉身上的"原始强力"，把"原始强力"作为

①　《胡风评论集》（下），人民文学出版社 1984 年版，第 284 页。
②　路翎文学中的知识分子也具有某些流浪汉的精神气质，如蒋纯祖（《财主底儿女们》）、章华明（《青春的祝福》）、林伟奇（《谷》），第三章将单独分析路翎文学中的知识分子形象，因此不列入本节的讨论。

反抗压迫、张扬个性的动力；其次是社会层面，通过挖掘流浪汉性格和精神中所具有的社会性的内容和阶级层面的精神自觉，扩充、丰富流浪汉精神的社会意义；最后是非功利的精神诉求层面，作者将流浪汉精神升华为人不断突破自我、道德完善的超越性品格，赋予流浪汉精神更纯粹的审美意义。

"精神奴役的创伤"和"原始强力"是七月派文学理念中最核心的关键词，也是七月派作家塑造人物、反映生活的切入点。在七月派的观念中，人民身上蕴藏本能的追求自由、平等、尊严的反抗力量，即"原始强力"。同时，沉重的封建统治和精神桎梏又在其心理和精神上留下惯性使然的奴性，即"精神奴役的创伤"，农民懦弱、卑怯、顺从的性格反映了"创伤"的深重和绵长。因此，揭示"创伤"，寻找反抗"创伤"的"力量"，塑造健康的人格是路翎文学的主题之一，而流浪汉和流浪汉精神是这种文学理念与主题的直接演绎。最初，路翎文学中的流浪汉是作为与农民相对立的形象而存在的，用流浪汉精神中的"原始强力"反抗"精神奴役的创伤"，《饥饿的郭素娥》中张振山与魏海清的人物设置就反映了作者的这种理念和意图。

张振山是一个矿山工人，从小浪迹四方，艰难谋生，饱受磨难，流浪谋生的经历丰富了他的见识，形成了他坚强、积极、富于反抗精神的性格。与魏海清的软弱、怯懦相比，张振山的个性锋芒以及优越感都是显而易见的，作者对两者的臧否也是一目了然的。如果小说的叙事到此为止，那么这种流浪汉精神未免太"观念化"，也太单薄了，幸好小说没有回避张振山性格中一些负面的特征，如冷酷、自私、缺乏责任感。张振山维持与郭素娥的关系，满足私欲的成分远远大于爱情，更没有真心想帮助郭素娥摆脱困境，这种极端利己的品质是流浪汉在底层生活中摸爬滚打、单打独斗所必然形成的，也正是这种自私自利的性格决定了张振山在权衡利益得失时的立场导向，在郭素娥最需要他的时候，也是最危险的时候，他选择保全自己，一走了之。作者最初设想在流浪汉和流浪汉精神中寻找个性解放的力量，但在人物性格的发展轨迹上，作者的设想出现了偏差，"原始强力"只是在"想象"中被放大了有效性，它所具有的正面力量是有限的。

作者在辨析以"原始强力"为依托的流浪汉精神的盲目性和非理性的同时，也在不断地从更开阔的角度丰富流浪汉精神的内涵空间。作为社会性存在的个体和精神品格，流浪汉和流浪汉精神的形成离不开具体的社会环境和文化环境，因此，作者对流浪汉精神的塑造也从"本能"层面上升到社会历史层面，挖掘流浪汉精神中体现特定历史时期的生活内容和生存状态的精神特质。

有研究者注意到，路翎是最早歌颂现代大工业的作家——这与许多现代作家对工业文明厌恶、批判的态度相反，路翎文学中所呈现的现代大工业的"宏大气魄"和"壮阔境界"是一种现代文学所"稀有的美感"，在这种美感中融会了人对自我创造力的认识。① 与现代大工业一起进入路翎文学中的还有产业工人，这同样也是现代文学中"稀有"的人物形象。路翎不满足于张振山那种出自本能的、原始性的流浪汉精神的单薄，进而把作为阶级性的群体存在的工人所具有的"力量"，"由他们的阶级、社会存在性中汲取、蓄积的力"作为流浪汉精神的源泉。在《卸煤台下》《家》《程登富和线铺姑娘底恋爱》等作品中出现的流浪汉精神与张振山的精神气质已经有了明显的区别。如果说张振山所体现的流浪汉精神还处于"原始"的本能使然阶段，那么，孙其银、金仁高身上的流浪汉精神则显示出经过理性沉淀后的成熟的阶级意识和革命意识。张振山的雄强和力量只限于满足自己的生存欲求，维护个人的利益，而金仁高、孙其银则通过合理的抗争维

---

① 参见赵园《路翎小说的形象与美感》，王晓明编《二十世纪中国文学史论》（第三卷），东方出版中心 1997 年版，第 44 页。

护、争取整个阶级群体的利益。金仁高自己出钱帮助"河南人"租房子，安顿住所；料理遇难朋友的后事，与房东交涉要回钱物，抚恤家属。孙其银沉着、冷静，拒绝与煤矿包工头亲属同流合污，积极为生活困顿的许小东争取工时；帮许小东与包工头交涉，张弛有度、软硬兼施的谈判策略体现了作为工人领袖的魄力和胆识；许小东失业后，又不断接济他的生活，离开矿场前积极安排许小东的生活。在金仁高、孙其银的行动中，流浪汉精神不是单纯的个人欲望和追求的扩张，而是建立在其特定阶级身份上的优秀品质，这种流浪汉精神品格是对 20 世纪 40 年代社会现实生活中阶级觉醒与革命斗争的另外一种形式的反映，展现了特定历史时期的底层人民的精神风貌。

如果路翎文学中的流浪汉人物谱系中只有张振山、孙其银、金仁高，流浪汉精神的内涵空间只是从生命本能层面的"原始强力"扩展到社会层面的阶级意识，那么也还不足以撑起作为一类人物形象的"独特性"和美学意义，真正提升了流浪汉精神的美学价值的是其所具有的超越性品格：人对自我局限的突破和道德上的不断完善。"人无完人"，但人之所以为"人"，就在于他有能力、有意识地克服自身的缺点，超越自我，追求崇高，这也是文学永恒的母题之一，路翎文学中的流浪汉精神也正是在这个层面上体现出一种纯粹的、精神性的美学价值。

在《卸煤台下》《程登富和线铺姑娘底恋爱》《家》等作品中，路翎从社会价值层面延展流浪汉精神的内涵空间，发展了流浪汉精神中"实"的一面，但在人物的精神气质中总可以感受到汹涌其中的"渴欲"和"追求"[①]。金仁高感叹因为家庭拖累没能"走"出去，"他底

---

① 赵园：《路翎小说的形象与美感》，王晓明编《二十世纪中国文学史论》（第三卷），东方出版中心 1997 年版，第 49 页。

眼睛底光，在黑暗里燃烧着"①，压抑不住对"远方"的渴望；在决定离开矿山后，孙其银"似乎内心异常安静"，唐述云明朗的脸"好像在早晨的清洁的冷的空气里洗过了一般"，眼睛"愉快地闪着光"；②在迎娶线铺姑娘的锣鼓鞭炮声中，程登富带领着他的兄弟大吼着起航，"这条船，消沉了十天之后，就又轻轻地振奋了起来，斜着船体冲进急流，向着迎面那有名的险滩奔去了"，"程登富觉得他的心已经是幸福而有力的"。③这种共同的对"远方"的渴望构成了流浪汉精神中"虚"的一面，它是人类不断拓展生活的限度，"孜孜不倦地力图认识自己，认识自己的生存条件，认识存在与自身的可能性"④的不竭的生命动力。这种生命动力的奔突、涌动也是构成路翎文学躁动不安风格的一个重要原因。路翎也还不满足于将这股生命动力囿于现实层面，仅停留在突破生活的限制与束缚上，而是深入更彻底，也是更艰难地超越自我道德和精神局限的层面，获得精神与道德的飞跃和升华。

《两个流浪汉》中，陈福安是一个渴望成功的"精明的北方人"，"渴望升腾而高飞。他的心里，始终有一个火辣的热情"⑤，混迹社会多年，原本希望通过给营长做勤务兵爬到上层社会的美梦，也因营长亏空公款殒命而破灭。陈福安再一次流落到社会上，偶遇同乡张三光，两个人搭档以耍猴儿戏为生，他并不喜欢这个同乡，只希望借此攒够钱就拆伙，可还没等赚到钱，张三光就在一次演出的意外事故中被保安队长抓走了。在小说大部分的叙事时段里，陈福安并不是一个令人喜欢的角色，他和张振山一样野心勃勃又自私自利，自负而虚

---

① 《路翎小说选》，四川文艺出版社1986年版，第22页。
② 同上书，第86页。
③ 同上书，第171—172页。
④ 赵园：《路翎小说的形象与美感》，王晓明编《二十世纪中国文学史论》（第三卷），东方出版中心1997年版，第49页。
⑤ 《路翎代表作》，华夏出版社1999年版，第140页。

空。《两个流浪汉》与《饥饿的郭素娥》在文本内容上差别很大，但从结构上看，两者又有相似之处，甚至不妨看作一个"故事内核"的两种"外衣"。张三光和郭素娥在文本中所占的比重和意义不同，但在角色功能上，两者又都承担着同一种"功能"：考验，郭素娥和张三光的"遇难"是对张振山和陈福安的巨大考验，是拯救还是逃避？是挺身而出还是一走了之？如果陈福安像张振山一样逃之夭夭，故事就太乏善可陈，作者也不想在两个小说中重复一个角色，于是《两个流浪汉》后半段的发展呈现出与《饥饿的郭素娥》不同的"方向"。

张三光被抓进了镇公所，陈福安陷入了自我"搏斗"中，他想一走了之，"'我原来就准备和张三光拆伙的，这根本就是他的错……'"又想起了自己少年时被同乡欺骗、抛弃的痛苦，"他将要背叛张三光，恰如那个人在他的一生的紧要的关头背叛了他一样"①。这是陈福安对自我的审视和反思，也是否定那个个人主义的、狭隘的自我的开始，"这个思想，粉碎了几年来他赖以生活的他的对自己的确信，使他迷乱而痛苦"②，终于，陈福安"击败"了张振山，他留下来了。但是一千元钱并没能救出同伴，张三光依然忍受着皮鞭，陈福安也再一次面对抉择，这一次的"考验"更为严峻，一方面，他"惧怕鞭挞，惧怕羞辱，惧怕伤害"，更害怕失去"荣华的好梦"③，生活万劫不复。另一方面，他又对自己灵魂深处的自私狭隘进行着更残酷的"鞭挞"。走出镇公所的陈福安"异常的痛苦"，"他觉得自己罪恶而卑怯，他从来不曾这样觉得的，这个思想使他的骄傲的心痛苦得要发疯"④。如同鲁迅笔下的"我"被人力车夫榨出了灵魂中的"小我"一样，同伴被抓，榨出了陈福安灵魂中的"小我"，但也意外"照亮"了游荡在黑

---

① 《路翎代表作》，华夏出版社 1999 年版，第 160 页。
② 同上。
③ 同上书，第 163 页。
④ 同上。

暗中的灵魂，使他敢于"轻蔑他自己"的过去，于是，他明知道寡不敌众，还冲进镇公所。张三光的被捕意外地激发了陈福安灵魂的蜕变与精神的迸发，使他不但超越了"张振山"的局限，超越了"权势和豪华"，而且还超越了自身精神的局限与束缚，凸显了大写的"人"所具有的道德力量，在更高的精神层面上实现了"自我"的确立，这是整部小说的华彩所在，也是路翎所建构的流浪汉精神的最高层面。

路翎文学中的流浪汉虽然生活在社会底层，但在精神层面上却是"从物质、精神双重压力下站起来的强者，从自我的软弱和卑琐情欲、渺小激情中挣脱出来的强者，从个人悲剧、苦难中走出来的强者"①。从这个意义上说，陈福安、王炳全与蒋纯祖虽然地位、身份悬殊，但在精神和人格上却是平等的，他们都是精神上的"贵族"，对精神纯粹、灵魂纯洁、道德尽善尽美的苛刻与追求超越了物质生存的诱惑，这也构成了流浪汉精神中最具审美价值的意义层面。

---

① 赵园：《路翎小说的形象与美感》，王晓明编《二十世纪中国文学史论》（第三卷），东方出版中心 1997 年版，第 48 页。

第二章 革命文学谱系中的
"殊" 与 "同"

倘若选择 20 世纪对中国文学发展影响最深刻的事件，非五四新文化运动与延安文艺运动莫属，两者的重要性不仅在于对主体精神、文学观念、文体结构、语言形式彻底的颠覆，更在于两者背后隐含的强烈的政治诉求鲜明地指向了两种截然不同的现代性发生"路径"。在这两种文学实践中，文学从来都不仅仅是"文学"本身，更是关于东方古国如何进入现代——跟随"西方"的脚步，还是超越"西方"的羁绊——的"想象"性空间。

20 世纪 40 年代，七月派主要在国统区从事文艺活动，是革命文学阵营中除延安文学之外的最重要的文学力量，因为起始于左翼文学时期的几次众所周知的论争——典型论争、"两个口号"论争、"民族形式"论争、"主观"论争，以及至新中国成立后的"胡风反革命集团"案，七月派更多地被视为延安文学的"同路人"，是"五四"新文学传统在 20 世纪 40 年代的继承者。事实上，七月派与延安文学的"交叉"与"背离"，以及对文学审美性与功用性的理解，都无法划出泾渭分明的界限：一方面，七月派与延安文学在文艺理念上存在分歧是不争的事实，另一方面，双方又在思维方式和文化心态上显示出高度的"观念同一性"①。

　　作为七月派的重要作家，路翎既身处革命文学之内，又与"五四"新文学保持着精神渊源，本章在文学"现代性"的视角下，分析路翎文学创作与延安文学之间的差异与趋同。

第一节　"农民"或"人民"的不同想象

　　如果在现代文学人物长廊中选择一个形象，透过它，既可以缕析出现代文学思潮的流变，又可以鲜明地反映出中国社会政治文化的变迁，那非农民形象莫属。农民是中国现当代文学中最成熟的艺术形象，几乎每一个文学时期的精神取向、价值立场都在这个形象中得以贯彻。新文学之初，鲁迅站在思想启蒙的立场上，以悲悯的笔触暴露阿Q、华老栓的精神愚昧，批判的矛头直指国民性与封建专制文化；20世纪30年代，左翼文学引入阶级和革命的视角，塑造了老通宝与多多头这对喻示着过去与未来力量的农民形象；20世纪40年代，小二黑、王贵等一批活泼健朗的新式农民在解放区"横空出世"，宣告一股新生力量在中国革命历史舞台上崛起。"农民"作为一种文学形象载体，承载的不仅是对一类人群生活形态风俗画式的描绘以及作家审美趣味和思想倾向的文学化表达，更重要的是，这一连串的形象演变构成了对中国现在与未来的集体性"想象"，以及与此紧密相关的中国"现代性"经验的表达。

---

　　①　孟繁华：《中国20世纪文艺学学术史》，上海文艺出版社2001年版，第234—241页。

一 "精神奴役的创伤"与"人民性"

鲁迅以深刻的文化洞见、成熟的艺术形象开创了国民性批判的文学传统，在此后的 20 年里，虽然不断有新的思想资源注入，但这种传统几乎成为乡土文学审视乡土生活、农民性格最稳定的视角。在这种视域中，乡土是保守、野蛮的封闭空间，滋生了农民精神上的愚昧、麻木与冷漠。"乡土生活作为一个景观是由'五四'以来的新文学第一次带入表现领域的"①，随即被放置于"他者""被看"的视域中。孟悦分析了形成这种视角的文化心理：

> 新文化对于乡土社会的表现基本上就固定在一个阴暗悲惨的基调上，乡土成了一个令人窒息的、麻木僵死的社会象征。……新文学主流在表现乡土社会上落入这种套子，一个重要原因在于新文化先驱者们的"现代观"。在现代民族国家间的霸权争夺的紧迫情境中极力要"现代化"的新文化倡导者们往往把前现代的乡土社会形态视为一种反价值。乡土的社会结构，乡土人的精神心态因为不现代而被表现为病态乃至罪大恶极。在这个意义上，"乡土"在新文学中是一个被"现代"话语所压抑的表现领域，乡土生活的合法性，其可能尚还"健康"的生命力被排斥在新文学的话语之外，成了表现领域里的一个空白。②

作为一种乡土"想象"，无论是"健康的"还是"病态的"，一旦进入文学表现的领域中都是一种"想象"性的建构。延安文学也是在这个意义上建构了一种全新的乡土的"健康"的生命力，"'五四'以

---

① 孟悦：《〈白毛女〉演变的启示》，唐小兵《再解读》，北京大学出版社 2007 年版，第 66 页。

② 同上。

来主导文坛的黯淡无光、惨不忍睹的乡土表象至此为之一变"①，取而代之的是淳朴热情的生活气息、朝气蓬勃的乡村景象和健朗活泼的农民形象——也许更能凸显其中蕴含的阶级意识和政治意识的称谓是"人民"，这些都构成了延安文学"人民性"的表征。在这个意义上，延安文学真正实现了"五四"文学可望而不可即的创造新历史的"夙愿"，建构了一个弥漫着浓重的"历史意识"的"意义世界"。

小二黑和罗大斗同时存在于 20 世纪 40 年代的革命文学中，通常认为，赵树理代表了延安文学的"方向"，而路翎和七月派坚持的是"五四"文学的启蒙传统，两者之间有着本质的区别。但是深入文本内部会发现，双方的对立并非泾渭分明，延安文学明朗、乐观的基调并不能掩盖深藏其中的"精神奴役的创伤"，路翎文学也并没有回避表现农民阶级的觉醒和集体的力量。

路翎笔下的 20 世纪 40 年代的中国乡村既不同于辛亥革命后的未庄，又与革命烽火流传、面貌焕然一新的延安解放区相去甚远。阿 Q 生活的未庄虽然封闭落后，但封建伦理道德依然维持着未庄日常生活的稳定，20 世纪 40 年代的乡场比未庄更破败、凋敝、无序，封建伦理道德在辛亥革命后的二三十年里失去了对乡村社会的整合力，人性的阴暗、文化的坍塌、战争的毁灭，各种破坏性力量笼罩着乡村生活的每一个角落。《棺材》中王德全兄弟生活的来龙场兵匪横行、鸦片肆虐、伦理败坏、手足相残，"棺材"这样一个让人不寒而栗的意象不仅是结构故事的核心，也是乡村社会黑暗、封闭、窒息、阴暗的生存现状的隐喻。《嘉陵江畔的传奇》中的乡土社会和农民被愚昧、迷信的氛围所笼罩，罗云汉正是利用了农民精神上的愚昧招摇撞骗，屡屡得手。乡村固然为现代革命囤积了战斗生力军，但也滋生了比封建

---

① 孟悦:《〈白毛女〉演变的启示》，唐小兵《再解读》，北京大学出版社 2007 年版，第 66 页。

统治者更为险恶的现代乡场投机者。此时，现代工业已悄然进入乡村生活中，但却没有带来现代工业文明，也没有改善农民的生存境遇。《燃烧的荒地》中，地主吴顺广原本控制着土地，又掌控了玻璃厂和煤矿，他俨然成了兴隆场的"国王"。在兴隆场，底层农民忍受着他的重重盘剥和压榨，"忙着生，忙着死"。路翎在抗战期间辗转于四川的乡村、码头和矿区之间，目睹了乡村生活的破败、凋敝，在他笔下的乡村生活中，传统文化中的乡村诗意消亡殆尽，现代文明和革命之火又鞭长莫及，乡土社会就像是悬置在"前现代"与"现代"之间的模糊地带。路翎就是在这种暴乱、蒙昧的背景下塑造他眼中的农民。

路翎与鲁迅一样，对农民精神上的麻木、奴性和自欺欺人深恶痛绝。《送草的乡人》讲述了老佃户董家贵领着年轻人刘福山到城里给东家的女儿送草的小故事。刘福山第一次被派遣这种差事，一路上对各种新鲜事物都感到好奇，对着疾驰的火车狂叫，跟着轮船跑来跑去，而已经干了三四年差事的董家贵对刘福山的态度很不满意，在他看来，能被东家派到这项差事是值得骄傲的，他"对这件事有着庄严的感情的"，刘福山的漫不经心竟然把他"气得发抖了"，训斥刘福山不守规矩。可见奴性已经深深扎根在董家贵的精神深处，在"暂时做稳了奴隶的时代"，"奴隶"安然于被"赐予"的"安稳"。到了小姐家，董家贵"所有的疲劳都消失了，很庄严，很高大，很陶醉的样子"，而且再三叮嘱刘福山，"停下小姐先生出来，你千万要有礼性啊！"甚至在说到"小姐先生"几个字的时候声音都是"非常柔和"[①]。小姐并没有因为董家贵的"礼性"而给予其尊重，赏钱反而给得更少了，对此，他先是感到难过，进而"很怜恤过着那样的生活的东家小姐了"，出了城就找到了合理的"安慰"自己的理由，他猜想小姐这

---

① 《路翎小说选》，四川文艺出版社 1986 年版，第 251 页。

么做一定不是本意，"想必是先生出的主意了"，还不忘劝说刘福山，"不过，不管怎样，我们对东家还是要尽仁义！他们尽管不合情理，我们是合情理的！"① 董家贵的自欺欺人一点不逊于阿Q，比阿Q更可怕的是，他既是不合理的封建制度和封建文化的受害者，又浑然不知地"帮助"统治者驯化下一代，维护统治者的地位。阿Q在中国依然无处不在。

董家贵是现代文学中比较成熟的农民形象，并非路翎独有，他对这类农民的把握也远不如对罗大斗、罗云汉这类乡村地痞式农民的塑造生动独到。罗云汉、罗大斗这类地痞农民将自身的精神"创伤"转化为对社会的施暴力量，他们生活在社会底层，又欺压底层社会的其他人；他们生活不幸，又制造别人的苦难，他们比董家贵更具有破坏力。罗云汉、罗大斗是乡村苦难与暴力自我繁衍的重要"祸根"。

罗云汉既不是启蒙叙事中令人同情的承受着生活和精神上双重重负的底层劳动者，也不是通常意义上的乡村统治阶层、地主恶霸。他出身乡绅家庭，却不务正业，败光了父母留下的遗产，开厂、经商、找女人、抽鸦片，在小说中出场时已是倾家荡产、一无所有的无产者。在乡场上，罗云汉既没有经济地位，也没有权势，却凭借对乡场文化的熟悉，游刃有余地穿梭于各阶层中，凭借多年闯荡社会的眼界和见识将民众玩弄于股掌中，威吓蒙骗善男信女捐钱，并据为己有；软硬兼施让旅店老板免食宿费；以卖符咒香灰、替人看病敛财；借助迷信把戏赶走顶撞他的黄太婆；连骗带抢地掠走了富裕寡妇张芝英的产业。相较传统封建统治者的霸道凶狠，罗云汉对农民的欺骗和掠夺更具有迷惑性，花样更多，他狡猾地利用了大众的愚昧无知和软弱心理。在中国农村从前现代向现代过渡的"空隙"中，罗云汉这类有一

---

① 《路翎小说选》，四川文艺出版社1986年版，第256页。

定"头脑"的农民凭借对时代风潮和乡村规则的熟悉，成为新的乡村霸权者。

如果认为罗云汉只是生存在革命曙光尚未照射到的黑暗地带的封建"余孽"，显然忽视了人物所具有的普遍性，延安文学中同样活跃着诸多罗云汉的"精神孪生兄弟"。《小二黑结婚》中的兴旺、金旺，《孟祥英翻身》中的牛差差，《邪不压正》中的小旦，都是罗云汉的"精神孪生兄弟"，如此之多的类似人物的出现，足见生活在解放区的赵树理并不比路翎更为乐观。在路翎看来，罗云汉这类"毒瘤"对乡村社会的危害更大，即便是在新的政治权利分配中，他也是最有可能成为掌控乡土社会的获益者，金旺、牛差差在解放区新政权中的投机表现已经证实了这点。

路翎和延安文学的"相通"并不止于此。"精神奴役的创伤"是七月派文学观念的关键词之一，也是理解路翎文学的核心理念，更是七月派与延安文学的分歧之一，但这种精神特征却并非与延安文学"绝缘"，而是以另外一种形式顽强地存在于延安文学的文本"缝隙"中。赵树理的《小二黑结婚》是一个耐人寻味的文本，既被视为延安文学的"典范"之作，又在文本内部存在诸多与意识形态诉求相悖的"错位"。《小二黑结婚》故事结构简单明了，通过小二黑和小芹反抗父母包办婚姻、争取婚姻自由的故事，反映解放区新政权给农村带来的新风新貌。小二黑、小芹代表了解放区农村中的进步力量，"新人"、二诸葛、三仙姑、金旺等是封建思想、落后保守势力的代表。小说立意塑造农村"新人"，但通篇阅读不难发现，小说中最精彩的笔墨都聚焦于保守势力一方——二诸葛、三仙姑外号的来历、怪异的举止打扮以及兴旺、金旺的家史。笔致生动，诙谐幽默，趣味十足，充满了浓郁的乡土生活气息，这也是小说中最精彩的部分。而当笔涉"新人"时，小说反而失去了那种生动的韵味，语言简单，甚至有点干瘪。《孟祥英翻身》中，恶婆婆也比孟祥英更生动。这是一个富有意味的现象。二诸葛、恶婆婆等人无疑应该属于背负"精神奴役的创伤"的落后农民，小二黑、孟祥英等是延安文学所期待的"新人"，背负着"精神奴役的创伤"的"旧人"反而比"新人"更具个性和艺术魅力，是否说明"精神奴役的创伤"因其深厚的历史根源而更具普遍性，"新人"形象反而因为概念化而有失丰富呢？作者对乡土生活和底层农民的熟稔无意中"超越"了他所意图表现的新人新风貌，也正因此，赋予原本结构简单的小说更开阔的意义空间。

与小说趣味性、乡土味十足的开头相比，《小二黑结婚》的结尾不能不说稍显仓促，给读者留下了质疑的余地。二诸葛直到走出乡政府都没改变态度，表面上接受了区长的解释，却依然以命相不合为由反对小二黑的婚姻，临走还请区长"恩典恩典"，但回家后，二诸葛确实没再施加阻挠。小说给出的解释是："二诸葛见老婆都不信自己的阴阳，也就不好意思再到别人跟前卖弄他那一套了。"① 这显然不是一个合情合理的、有说服力的解释，村里人嘲笑二诸葛已经不是新鲜事，也没能阻止他宣扬迷信，区长谈话一次，他竟然改了主意。真正的原因恐怕还是"区长"的身份，二诸葛虽然不接受区长的解释，却深知"区长"的权力和地位，再三恳求区长"恩典"就是最好的例证。二诸葛可以不接受法律、不接受婚姻自由，却不敢不屈服于区长所代表的权力，这恰恰暴露了根植于农民精神深处的奴性和权力崇拜。同样的影响也发生在三仙姑身上。三仙姑在区上因为外表和衣着遭到工作人员和区长的冷嘲热讽，回家后，她"这才下了个决心，把自己的打扮从顶到底换了一遍，弄得像个当长辈人的样子"②，对身边几十年的闲言碎语都不为所动的三仙姑也不过是畏惧区长"身份"的

---

① 《赵树理文集》（第 2 卷），人民文学出版社 2005 年版，第 16 页。
② 同上。

压力才决心改变。在一个"大团圆"的表层文本结构中包含歧义频出的隐形结构，在意图宣传民主新政权、革命新思想的文本故事中潜隐革命力有未逮的封建专制遗留的精神创伤，也从另一个侧面证明了"精神奴役的创伤"的隐蔽绵长，以至于对农村生活了如指掌的赵树理未做过多的艺术"加工"，直接呈现，周扬和荒煤也对此"视而不见"，把赵树理树立为延安文学的"方向"。

作为革命文学内部的两种立场倾向，路翎和延安文学构成了一种互证关系，彼此的文本恰好印证了对方思想的普遍性，把路翎的文本和延安文学的文本互为借鉴地阅读，更能全面地反映特定时代、特定人群的精神特质。

革命是为了"建设一个中华民族的新社会和新国家。在这个新社会和新国家中，不但有新政治、新经济，而且有新文化。这就是说，我们不但要把一个政治上受压迫、经济上受剥削的中国，变为一个政治上自由和经济上繁荣的中国，而且要把一个被旧文化统治因而愚昧落后的中国，变为一个被新文化统治因而文明先进的中国。一句话，我们要建立一个新中国"①。在这种宣言中，回荡着创造历史的使命感和自豪感。作为对这段革命风云的艺术再现，延安文学具有浓重的"创世纪"的史诗味道，丁玲的长篇小说《太阳照在桑干河上》，从题目、结构到内容、思想，以充满想象力的方式参与了对这一历史进程的文学想象。延安文学不仅要以文学想象的方式"创造"全新的物质世界，更要构建与物质世界相匹配的全新的精神世界和伦理道德体系，个人的精神取向高度统一于建构历史的意识形态，弱化甚至取消个人性的情感，强化国家意识和集体精神。文学中对农民的"改写"深刻地体现了这种意识形态诉求。

---

① 《毛泽东选集》（一卷本），人民出版社1969年版，第624页。

左翼文学把阶级意识和集体主义带入乡土叙事中，延安文学在此基础上又塑造了作为历史主体的农民阶级的精神品格。延安文学中有一个比较有趣的现象："新人"都要比反面人物"简单"，这种现象一直延续到十七年文学中。小二黑与二诸葛、兴旺相比，性格更单纯，而且性格中并没体现出多少与乡土生活、乡土文化有关的特质，反而是二诸葛、兴旺等人的性格，甚至外号的由来都和乡土生活密切相关。文本淡化处理"新人"与乡土的关系，一方面可以使人物"摆脱"乡土（封建）文化影响可能带来的精神负担，另一方面也便于建构革命意识形态所需要的超越传统农民精神特质之上的品格。赵树理文学是"动态"的文学，擅长通过动作、语言塑造人物。相对而言，小二黑没有二诸葛"话"多，也缺乏二诸葛个性化的语言，小二黑、孟祥英多处于被"叙述"的状态，他们更长于"行动"，小芹不同意三仙姑包办婚姻，直接去找小二黑，商量逃婚对策；孟祥英组织妇救会，带领同乡采野菜。行动与执行相关联，话语与心理相关联，减少"话语"、诉诸"行动"更能突出人物身上的执行力，也就是与革命相关的参与力量。延安文学对农民的"改写"，一方面要凸显他们身上所具有的参与革命改变历史的能动力量，另一方面又要尽量消除乡土文化可能带来的负面精神影响。

在读者通常的印象中，路翎文学在这一点上与延安文学的分歧比较大，在他的作品中出现的农民多是单枪匹马的个体，凭借"原始强力"向命运和生活挑战，人物的结局多以悲剧收场，郭素娥、魏海清（《饥饿的郭素娥》）、王兴发（《王兴发夫妇》）、张老二（《燃烧的荒地》）都是如此。作品浓重的悲剧意味和强烈的个人风格反而遮蔽了作家思想认识上的一些变化，就像路翎在 20 世纪 40 年代中后期的创作中逐渐调整自己的叙事风格一样，他也在作品中不断调整对农民的认识，慢慢淡化个体的力量，进而凸显群体、阶级的作用。

众所周知，路翎的创作强调挖掘人物身上"精神奴役的创伤"，把人物新生的可能寄托在"原始强力"上，这是路翎文学的两个重要基点。《饥饿的郭素娥》是路翎的成名作，也是最能体现路翎早期文学理念的作品。郭素娥是一个生命力旺盛、承受着肉体和精神上双重"饥饿"的女人，大烟鬼刘寿春无法满足她对生活、爱情的渴求，虽然她明知道张振山的存在只是虚假的安慰，并不能带给她真正的爱情，也依然攀住这唯一的救命稻草不放。郭素娥是"这封建古国的又一种女人，肉体的饥饿不但不能从祖传的礼教良方得到麻痹，倒是产生了更强的精神的饥饿，饥饿于彻底的解放，饥饿于坚强的人性"①。因此，当有人要把她像商品一样出卖的时候，她像火山一样爆发了：

> "我是女人，不准动我！"她伸直嗓子狂喊，接着就将大碗猛力砸过去。
>
> ……
>
> 她的惨厉的，燃烧的吼叫从小木屋子里扑出来，冲过围在屋前的邻人们的头顶，在黑夜里，在杂木林上回荡——"好些年我看透了你们，你们不会想到一个女人的日子……她捱不下，她痛苦……"②

郭素娥的反抗和渴求都没有明确的目标，带有一定的盲目性，却有一种火山爆发般的冲击力，是对人的基本尊严和生命权利的维护，是对死寂生活的绝望的抗争。路翎期冀用"原始强力"来改变国民性中的懦弱、奴性，呼唤个性解放，但也清醒地看到这种"原始强力"的局限性和有效性，"但我也许迷惑于强悍，蒙住了古国的根本的一面，像在鲁迅先生的作品里所显现的。我只是竭力扰动，想在作品里

---

① 胡风：《路翎文集·序》（第三卷），安徽文艺出版社 1995 年版，第 4 页。
② 同上书，第 68 页。

'革'生活的'命'。事实许并不如此——'郭素娥'会沉下去，暂时地又转成卖淫的麻木，自私的昏倦"①。显然，路翎也困惑于个人的抗争究竟在多大程度上能撼动强大的社会环境，在作品中"革"生活的"命"毋宁说是一种美好的愿望，郭素娥的死只是为周而复始的乡村生活又增添了一份无聊"谈资"，正如祥林嫂一样。逐渐地，路翎的注意力转向了集体的力量，尽管这种"转向"远没有"原始强力"容易引人注意，但这种思想认识上的转变却是不应该被忽视的。

《爱民大会》中，当子弹射向朱四娘，"死寂着的群众"不再沉默，而是"爆发了雷鸣般的怒吼，并且一直冲击到台阶前面来了"②，为朱四娘报仇。在这里，民众不再是麻木、怯懦的个体，而是以集体的力量奋起反抗。《燃烧的荒地》中，张老二行刑前，乡亲们挤满了街道，他们不再是"看客"，而是肃静地"堵在那里，好像不准备给行刑的人们让路似的"，有人"渴望"地看着张老二，有人流泪了，群体巨大的力量一次次地压住了地主族人和流氓的喝彩声，"刚一起来就被一种强大的力量怔慑下去了"③。乡亲们在行刑后，冒着风险把张老二示众的尸体收回来埋葬。这里虽然没有出现延安文学中暴力抗争的场面，但在农民的群体行动中已经蕴藏了一触即发的革命能量，这里包含了农民行动上的自觉和精神上的觉醒，而不依赖于任何意识形态的强制与干预。小说最后的描写充满张力：

　　酷热的阳光照耀出来了，投射在静默的人群上，同时开始吹着饱含着灰砂的干燥的大风。枪响之后，发出了吴顺广家族的哭叫和流氓们的喝彩，然而这些声音是孤单的。乡人们和工人们沉默地站了很久，然后沉默地向着田野中和乱石沟散去，充满了灰

---

① 《路翎文集》（第三卷），安徽文艺出版社 1995 年版，第 4 页。
② 《路翎小说选》，四川文艺出版社 1986 年版，第 235 页。
③ 《路翎文集》（第三卷），安徽文艺出版社 1995 年版，第 313 页。

砂的大风吹动着他们的破烂的衣裳。

兴隆场的旷野长久地寂静着，好像凝结起来了。好像那个悲壮的声音仍然在它的上空震荡着，喊着："报仇啊！"①

这种压抑的情境也出现在《饥饿的郭素娥》中，郭素娥死后：

在农历一月初旬，强劲而潮湿的山风三昼夜地吹扑着，使天穹低沉，变得铅块一般阴郁。风止息了的时候，云的蠢笨的大帐幕覆盖了天空，峡谷里又灰茫茫地飘起冷雨来。在雨中嗅不到春天的尘埃的气息；土堰上的柳树摆着细弱的光枝，没有抽芽的意思；鸟雀也飞不高，只是在灰绿色的竹丛里凄苦地抖擞着稀湿的羽毛。②

冷雨继续了一星期了。过年的情热扫兴地完结了。人们把手抄在裤袋里，懒懒地向工作走去，偶然地把今年和去年比一比，想起去年的事，想起放火的张振山和摆摊子的好看的女人来。③

在整个矿山，除了魏海清"在整整的一个冬天，衰老了十年，落在自愿的寂寞和孤伶里，仿佛负荷着什么重大的隐秘的痛苦似的"④，郭素娥的死只是为麻木沉滞的生活增添了茶余饭后的谈资。与《饥饿的郭素娥》不同，出现在《燃烧的荒地》中的主体已经由单独的个体"人"变为"人群"，虽然沉默，但其中决绝、愤怒的情绪，以及可能转化而来的行动力量，已呼之欲出，张老二的尸体在示众的第二天早晨就失踪了，"被乱石沟的工人们帮同着何秀英在深夜里抬走，埋掉了"⑤。

---

① 《路翎小说选》，四川文艺出版社 1986 年版，第 314 页。
② 《路翎文集》（第三卷），安徽文艺出版社 1995 年版，第 84 页。
③ 同上书，第 86 页。
④ 同上。
⑤ 《路翎文集》（第三卷），安徽文艺出版社 1995 年版，第 314 页。

也许读者会因为路翎对阶级和集体力量的认识还有些"模糊",还没能提供延安文学中那种"彻底"和"直感"的力量,而感到不满足,但其中体现了作者认识上的变化,这种"模糊"的力量恰恰是革命在解放区以外的"延伸",是革命燎原的星星火种。在此,路翎与延安文学呼应,并谱出共鸣的谐音。

作者对民众和革命的矛盾、游疑的态度也反映在《财主底儿女们》中,小说塑造了两位农村女性,一个是庸俗、邋遢的胡德芳,另一个是坚忍、朴素、勤劳的万同华,这是两种对应于五四新文学和延安文学对农民的"想象",作者显然很难无条件地认同于任何一方,而在小说的另一处,作者又提供了另外一种对底层的认知。

陆明栋离家出走后,蒋少祖陪着表姐沈丽英寻找儿子,却碰到了一支游行的队伍:

> 蒋纯祖严肃而猛烈,走在队伍中间,没有看见他们;美丽的傅钟芬在松弛了的段落中和别的男女们一道活泼地奔跑,喊着口号,同样没有看见他们。沈丽英看见了他们,他们底每一个动作和每一个表情她都清楚地意识到;她觉得,失去了儿女们的,或者将要失去儿女们的,并不是她,沈丽英一个人。蒋少祖就是蒋捷三底失去的儿子,但现在分明地站在她底身边。沈丽英感觉到了目前的这个队伍底意义,觉得她底陆明栋也走在它中间,对它感到亲切;而怜悯那些父母们和那些青年们。于是微弱的光明来到了她底心里。[①]

这是一段很值得玩味的叙述,它从沈丽英——一个普通的大众、平凡的母亲——的视角和立场出发审视革命。作为母亲,沈丽英失去

---

① 《路翎文集》(第二卷),安徽文艺出版社1995年版,第165页。

了儿子，她意识到有千千万万的父母也失去了孩子，同时她又真实地感受到了这支队伍，以及这支队伍正在参与的革命中蕴藏的能量和可能具有的意义。这是一个最平凡的生活者对革命最切身的感受，也是革命对普通生活者最生动的感召和洗礼。它不同于"五四"对民众个性解放的呼吁，也不同于延安文学直接把人民作为革命的主体，号召民众参与革命。在路翎看来，虽然陆明栋走进了革命队伍中间，但真正承载革命的却是生活中像沈丽英这样的最普通的个体，革命是建立在这些普通生活者的失去与承担之上的。因此，"在沈丽英身上，蒋少祖觉得自己是看见了沉默的受苦，看见了真正地承担着目前时代的人们"①。或许这可以从另一个角度解释，为什么路翎作品中既没有太多革命暴力的场景，也不多见人民大众在意识形态的召唤下直接参与革命这样的情节设计。

二 "大团圆"模式：质疑与建构

"大团圆"是中国传统文学艺术中惯常使用的艺术模式，也是五四新文化运动强烈批判的对象。对这种模式最有力的质疑来自鲁迅。鲁迅以唐传奇《莺莺传》在后世的改写为例，分析了改写与原作之间的差别，虽然王实甫的《西厢记》、关汉卿的《续西厢记》、李日华的《南西厢记》、陆采的《南西厢记》都"借用"了《莺莺传》的故事，但在结尾都做了明显的改动：有情人终成眷属，张生和莺莺终获团圆。鲁迅分析了个中的缘由："这因为中国人底心理，是很喜欢团圆的，所以必至于如此，大概人生现实底缺陷，中国人也很知道，但不愿意说出来；因为一说出来，就要发生'怎样补救这缺点'的问题，或者免不了要烦闷，要改良，事情就麻烦了。而中国人不大喜欢麻烦

---

① 《路翎文集》（第二卷），安徽文艺出版社 1995 年版，第 163 页。

和烦闷，现在倘在小说里叙了人生底缺陷，便要使读者感着不快。所以凡是历史上不团圆的，在小说里往往给他团圆；没有报应的，给他报应，互相骗骗。——这实在是关于国民性底问题。"① 鲁迅对"大团圆"模式的批判显然是醉翁之意不在酒，真正的"靶子"还是"国民性"问题，对"大团圆"模式的否定实质是批判"瞒和骗"的国民劣根性，逃避现实的奴性，激发国民正视苦难、反抗现实的勇气。以文学（文化）批评之名，行社会批判、政治批判之实，这种行文策略不独为鲁迅所熟练运用，也几乎为所有五四新文化运动的主将所操持，更是五四新文化运动的行动策略。

　　既然"大团圆"模式赖以存在的伦理道德和审美心理基础没有了合理性，那么这种模式必然为"五四"新文学所抛弃。在基于启蒙立场和批判精神的"五四"新文学中，对现实黑暗的揭露、人生无常的悲悯、精神麻木的警醒取代了"大团圆"中乐观、简单的判断，于是，"五四"新文学上演了一幕幕人生悲剧：阿Q的自欺欺人把自己送上了断头台；祥林嫂在祝福之夜惨死在漫天风雪中；老通宝辛勤劳作，却难逃破产命运，甚至断送了性命。新文学在启蒙立场和批判精神之外，又增添了几分悲剧意识。"悲剧"的文学在20世纪30年代的左翼文学中发生了"转向"，左翼文学虽然已经流露出"大团圆"的倾向，但革命的"曙光"还不具备穿透黑暗的摧枯拉朽般的力量，直到20世纪40年代的延安文学，乐观昂扬的"大团圆"模式再一次成为文学的"主流"。

　　正如20世纪40年代解放区在政治上所表现出来的超越国统区的强大号召力和生命力一样，延安文学的乐观、昂扬与国统区、沦陷区的低沉、阴郁形成巨大的反差。延安文学的自信渗透在文本的基调、

---

① 《鲁迅全集》（第九卷），人民文学出版社2005年版，第326页。

人物、内容、形式等各个层面上，"大团圆"模式恰好"匹配"于延安文学演绎的个人幸福，以及由此引申的个人与革命、集体的完美统一。

延安文学中演绎的都是百转千回后的皆大欢喜，主人公都是旧社会饱受磨难的穷苦老百姓，在新政权或革命队伍的帮助下，重获新生。如在《小二黑结婚》中，小二黑与小芹的爱情遭到长辈和恶势力的阻挠破坏，坎坎坷坷后终于在新政权的支持下冲破阻碍，有情人终成眷属。《王贵与李香香》中，王贵与李香香两情相悦，却遭到地主崔二爷的阻挠破坏，香香被逼改嫁，这时游击队打回来了，救出香香与王贵团聚。《白毛女》中，喜儿为了躲避地主黄世仁的迫害逃进深山，八路军来了后，打倒了黄世仁，把喜儿从深山中救出，从此她过上了正常生活。在这些作品中，决定人物命运发生转折的都是革命（政治）力量的介入，延安文学借用传统文学中"大团圆"的结构形式，把革命合法性宣传转化为更便于老百姓理解的真实可感的生活事件。

"大团圆"模式的意义并不止于此，在剥离了生活层面的皆大欢喜外，还有更深层次的"团圆"——个人和集体的"融合"。王贵与香香团聚后毅然报名参加游击队，离家闹革命去了，而人物参加革命后的思想经历、精神状态则被直接"忽略不计"。饱受欺压、忍气吞声的贫苦农民铁锁（《李家庄的变迁》）加入牺盟会参加革命后，人物的精神发展也戛然而止。在延安文学中，个人获得新生或独立自由是通过融入各种革命组织实现的，游击队、牺盟会、妇女会不是单纯的群众团体，而是政治集体的代名词。竹内好将这种个人与集体相统一的状态称之为"一种悠然自得、自我解放的境界"，是对"小市民习性"、现代社会人与人、社会分裂的抵抗，而这种境界只有在人物形象"作为集团（民族、国民）的典型而完成时"① 才能达到。显然，

---

① 竹内好：《新颖的赵树理文学》，黄修己编《赵树理研究资料》，知识产权出版社2010年版，第425—426页。

竹内好的肯定源于延安文学形式中所蕴含的对西方现代文学传统和现代生存经验的双重反抗。

　　对于农民命运的走向，路翎的理解没有延安文学的乐观明朗，但也没有"五四"文学那么悲观，他既不认可"五四"新文学所表现出来的阴暗、绝望，又对延安文学中对政治力量的依赖抱有怀疑。虽然路翎小说的结局都不够"团圆"，但不完美的结局中又露出生命的光辉和生活的曙光。王兴发（《王兴发夫妇》）颠沛流离半生，勉力借贷置田养家糊口，生活负担已经够沉重了，又意外被抓了壮丁，就在命运即将陷入黑暗旋涡的时刻，王兴发被激发出生命的潜能，在忍无可忍的情况下杀死了抓壮丁的杨队副。张老二（《燃烧的荒地》）一辈子逆来顺受、忍气吞声，爱上了寡妇何秀英，又屡遭阻拦，最后连安身立命的土地也被剥削走了，饱受屈辱的张老二终于在沉默中爆发，愤然杀死了梅花溪和乱石沟的统治者吴顺广，为自己和何秀英报了仇。虽然他也因此被处死，却赢得了真正的尊重，并点燃了群众反抗的火种。农民反抗的对象并不止于命运和生活，更重要的是自我的局限。王炳全（《王炳全底道路》）漂泊他乡 5 年，生活发生了巨大的变故，失去了土地、女儿、妻子，报仇的目的也因为仇人老弱病残而无从下手，痛苦不堪的王炳全沉迷于赌博酗酒，发泄内心的愤怒。最终，内心的温情与怜悯、生命的意志与尊严战胜了痛苦和仇恨，他毅然选择离开，成全了前妻宁静幸福的生活。这不仅是对不公正的生活和命运的抗争，更是对人性的狭隘与自私的超越。

　　小说以王炳全的"离去—归来—离去"结构全篇。作为现代文学中的经典文体结构，"离去—归来—离去"通过鲁迅的《故乡》《祝福》等作品的演绎，赋予了这一结构形式强烈的象征意味和丰富的阐释空间，此后的知识分子小说更是将这一结构加以多种演绎，蒋氏三兄弟的个人经历也无一例外地加入其中。而路翎在《王炳全底道路》

中的运用又有所不同。知识分子小说通过"离去—归来—离去"结构，借以表达知识分子在现代语境中彷徨纠结、犹豫不决的精神困境，无论是"离去"还是"归来"，知识分子的精神问题始终悬而未决。而在《王炳全底道路》中，王炳全的第一次离去是被迫的、痛苦的，第二次"离去"时，王炳全已然实现了精神和道德的突破和新生，第一次"离去"和"归来"的痛苦和苦难是为第二次"离去"时的精神升华和蜕变做铺垫。小说在"离去—归来—离去"结构模式中拓展出新的意义空间，在"离去"中凸显人性的伟大力量。

路翎文学中很少直接表现正面革命力量，而是挖掘黑暗中人性的坚韧与意志，挖掘生命"原始强力"所具有的变革力量。因此，路翎更侧重于表现人物精神的蜕变、迸发，以及超越自我局限的过程，这是路翎意义上的"大团圆"。在他看来，革命不是简单地"赐予"人民一个大团圆的结局，而是通过与人的精神和思想的碰撞，唤醒民众的精神自觉，进而激发起革命的主观意愿。他对延安文学"大团圆"模式的质疑也是基于作品中人物精神上的苍白，革命并未引发人物精神思想的自觉和独立。

路翎对延安文学和"大团圆"模式的理解没有竹内好的高屋建瓴，在他看来，延安文学的"大团圆"具有两面性。以《王贵与李香香》为例，他一方面肯定了诗歌的思想内容表现了"革命斗争底历史形式"和革命乐观精神，"新的美学原则"占领了"旧的形式"，并"用来去摧毁旧的政治经济形态"[①]。另一方面，又不满足于"大团圆"模式中对人物性格和命运的简单化处理。如果说前者反映了路翎和延安文学对革命文学共同的要求——强调文学的政治性、革命性，那么后者则反映了双方在革命与文学之关系上的理解分歧，路翎更强调革

---

① 张业松编：《路翎批评文集》，珠海出版社 1998 年版，第 84 页。

命过程中个体精神的重建。

路翎认为王贵和李香香虽然最终团聚，但这种团圆来得过于简单、轻率。游击队恰巧在崔二爷逼迫香香成亲的千钧一发之际又打回来了，如果稍迟一些，香香的命运会怎么样，王贵又将怎样？在路翎看来，人民的命运并没有真正掌握在自己手里，依然为其他力量所掌控，革命之前由地主阶级所左右，革命之后由新的政治力量所控制，"人物底命运直接地依赖着革命底胜利形势"，因此，"这大团圆并非非团圆不可"，而是"依然是含着安慰人民的性质"①，这就不能不是虚伪的、偶然的。这种偶然和虚伪与路翎对传统文学中"大团圆"模式的批评并没有区别："大团圆实在是旧美学里的最害于妥协性的东西，因为，被压迫的人民在旧社会里生活得太苦，太无指望了，就总喜欢在艺术里面得到一种安慰，不管这安慰是否脱离现实或有害的；而统治者的文艺就本能地利用了这一点，用大团圆的结局来麻醉人民。"② 在路翎看来，革命文学的"大团圆"与传统文学的"大团圆"是一枚硬币的两面，不变的是渗透其中的权力支配关系，而他所警惕的恰恰是这种披着革命文学"外衣"的权力关系——本应是革命的对象，却又"顽强"地在革命文学中"藏身"。

竹内好以"典型"形象的构造过程来阐释赵树理文学的新颖之处，他认为赵树理创造了完全不同于西方现代文学典型形象的新的"典型"。西方现代文学塑造的典型都是那些具有强烈个性的、孤独的个人英雄，他们和整个社会对立，小说的展开"是以个人的个性为中心的，根据主人公的性格，展开戏剧冲突"③。而赵树理创造的"典型"则跳出了这种模式，他的处理办法是，"让个别的事物原封不动

---

① 张业松编：《路翎批评文集》，珠海出版社1998年版，第85—86页。
② 同上书，第85页。
③ 竹内好：《新颖的赵树理文学》，黄修己编《赵树理研究资料》，知识产权出版社2010年版，第423页。

地以其本来的面貌溶化在一般的规律性的事物之中。这样，个体与整体既不对立，也不是整体中的一个部分，而是以个体就是整体这一形式出现。采取的是先选出来，再使其还原的这样一种两重性的手法。而且在这中间，经历了生活的时间，也就是经历了斗争。因此，虽称之为还原，但并不是回到固定的出发点上，而是回到比原来的基点更高的新的起点上去"[①]。《李家庄的变迁》中的铁锁刚出场是作为独立的个体存在，当他经历了生活的磨难，接受了革命理念的时候，也是典型完成的时候，"因为他们实现了那个时代的理想。也就是说，使他们成为英雄，并非是因为他们具有个性，而是因为他们是作为一般的或者说具有代表性的人物而出现的"[②]。这种"新颖"——创造与革命意志、理念融为一体的典型——当然并非赵树理所独有的，而是延安文学整体的特质。

虽然竹内好高度赞扬了延安文学中个体与整体的融合，却没有讨论个体是如何与整体融合的。这涉及主体是被动的还是主动的融合，这种融合是否为主体所意识到，并自觉完成的问题。如果在融合的过程中，主体只是被动地接受，那么竹内好还会不会对这种融合毫不保留地肯定呢？路翎对"大团圆"模式的不满意，重要的一点就在于形式中只体现了"融合"的结果，而没有表现出主体精神自觉的过程。他认为，"大团圆"模式对革命精神的表现过于苍白，"政治信仰的乐观精神还没有能在人生情节和矛盾中完全活出来"[③]。游击队在千钧一发的时候赶到，救出香香只是众多可能中的一种，路翎设想了其他几种可能，"如果崔二爷已经达到了摧残香香的目的了呢？又如果，香香强烈地反抗地主，而悲壮地牺牲了呢"，"如果香香被摧残了"，这

　　① 竹内好：《新颖的赵树理文学》，黄修己编《赵树理研究资料》，知识产权出版社2010年版，第430页。
　　② 同上书，第425页。
　　③ 张业松编：《路翎批评文集》，珠海出版社1998年版，第85页。

些"如果"将引起王贵怎么样的反应、矛盾和斗争？如果经历了这些考验，王贵能够坚定革命信念，继续坚持打游击，才能说明革命的彻底，人民掌握了自己的命运，"王贵即使不和香香团圆，他也将和革命，和历史团圆的"①，也就是竹内好称之为的个人与整体的融合。

无独有偶，另一位七月派重要作家阿垅对表现"劳动人民的大团圆"的歌剧《白毛女》也感到并不满意。他认为，歌剧中主要农民人物是成功的，但作为"陪衬"出现的戏少的农民，"作者没有赋给出场的农民以如何和神奇的伟力，只让他们和新的政权结合"②。阿垅再三强调革命中人民的主动性，农民作为斗争的主体，"在斗争中他绝不是仅仅处于被动的地位而已的"，不能把农民停留在"只让他们与新政权结合"的形式化的、片面的理解中，"而是要探索'他们'是怎样的？'他们'是怎样和'新政权结合'的？"③ 如果"完全把人民看作斗争的被动者或者被动的斗争者，不但在理论上反而使革命或者新政权底必然性失血和跛行，而且在实践上也就会达到脱离人民脱离现实的结果的"④。肯定人民群众中蕴藏的改变历史和创造历史的主动性，也不回避他们身上"精神奴役的创伤"，在革命的进程中卸掉农民的"精神奴役的创伤"，发挥他们的主动性，成为新的历史主体，这是七月派所理解的"人民本位"的核心。

在路翎和阿垅的表述中，胡风文艺思想所强调的"主体性"依然是核心，"主体性"不仅是针对作家立场而言的，也是构成人物性格的关键。路翎并不反对个体与整体的统一，但是他更关注"如何"统一，统一过程中个体能动性、个人精神的作用。竹内好肯定的延安文学是在摒弃西方现代性经验的基础上的反抗，路翎则保留了部分现代

---

①　张业松编：《路翎批评文集》，珠海出版社1998年版，第86页。

②　亦门：《诗与现实》（第三册），五十年代出版社1951年版，第198页。

③　同上书，第200—201页。

④　同上书，第205页。

性的经验，如主体性、独立、自由，经由启蒙的完成寻求对现代性的反抗。竹内好和路翎的判断涉及如何看待中国现代革命——对西方现代性的追求或超越，革命的背景——民族主义与民主主义的交织，革命的目的——建立现代民族国家与个性解放的两重性。显然，两个人所处的不同社会语境和历史语境直接影响两个人的立场。如果考虑到延安文学不仅贡献了《李家庄的变迁》《小二黑结婚》这类"新颖"的作品，《我在霞村的时候》《在医院中》等"另类"声音也是革命话语的一部分。或者看到在资本全球扩张的今天，后发民族国家举步维艰的"后殖民"处境，也许肯定或者质疑都要变得暧昧一些。

无论是路翎对"大团圆"模式的质疑，还是竹内好的积极肯定，双方的表述都不脱离意识形态建构的视野，区别只在于两者的向度不同，而且双方都以"五四"新文学为潜在参照系，但也都忽略了延安文学、"大团圆"模式与"五四"新文学精神上的联系，以及其中埋下的解构的"引子"。

延安文学的建构者和"五四"新文学精英们一样清楚传统文学形式中蕴藏的对群众的巨大影响力，这种影响力是"五四"精英们急需破除的，对于延安文学又恰恰是最需要的。延安文学需要通过艺术形象建构起新的政治力量的合法性，要通过群众熟悉的、容易接受的文学模式传递这种政治信息。延安文学对"大团圆"模式的利用策略与"五四"对其的批判如出一辙，其中回荡的文学"大众意识"也早已孕育在"五四"最初的文学设想中，如果再考虑到20世纪30年代俗文学运动中，知识分子再次启动的改良利用旧文学形式的文化设想，也许就不难理解，延安文学并不是诞生于"飞地"上的凭空想象。与"五四"文学的批判策略不同的是，延安文学对"大团圆"的利用中存在意图与结构上的一种悖论：延安文学用"前现代"的文学结构模式演绎"现代"的革命理念，而"大团圆"模式的构成要素——偶然性、戏剧性、喜剧性——又构成对现代革命的必然性和普遍意义的消解。"大团圆"模式的悖论也是延安文学奇特的美学风格的一个表征：保守与激进奇异地融会于一种文学形态中。这种"悖论"经由"十七年文学"，到"文革文学"达到极致，形成文本上内容与形式之间"越激进越保守，越保守越激进"的反讽效果。奇特的文本形式又造成创作意图与阅读效果上的错位与反差，读者最易接受的还是"旧"形式中所积累的趣味性、传奇性，《林海雪原》中敌我双方各显其能的"神魔斗法"结构形式对读者具有相当的吸引力；样板戏《红灯记》中江湖女人阿庆嫂的胆识机智、八面玲珑抢走了主角郭建光的"风头"①，"保守"的形式所具有的审美性部分消解了革命意图的贯彻。

第二节 语言的"政治"

进入路翎的文学世界，不得不克服语言的"障碍"，生涩、拗口、重复、浓烈、冗赘是路翎文学语言的"通病"。李健吾评价路翎的语言修辞"机械化""刺目"。路翎晚年回忆"共患难的友人和导师"胡风，专门提到胡风批评他的语言风格欧化，"不尊重事实"。虽然遭到诸多诟病，路翎却不以为然，依然我行我素。同样在 20 世纪 40 年代声名鹊起的赵树理则呈现出截然不同的语言风格——朴素、明快、简洁——也是延安文学普遍的语言风格，赵树理也曾在很多场合表达过对自己语言风格的笃定。众所周知，路翎和赵树理同属 20 世纪 40 年

---

① 李杨的《50—70 年代中国文学经典再解读》、陈思和的《民间的浮沉》，对十七年文学、样板戏的结构形式有过详细的分析。

代革命文学阵营，一个活跃在国统区，一个坚守在解放区；一个是七月派最重要的作家，被胡风所倚重；一个被树立为延安文学的"方向"，《讲话》最忠实的践行者。对于两位有着明晰语言自觉和文艺理念的作家而言，语言当然不仅是体现"风格"、传递文学意义的"中介"，而是直接参与到意义的建构过程中。语言风格的迥异是作者个人文学观念和选择的反映，也从一个角度反映了文学"现代化"进程中的多种取向和可能。

一 "欧化"与"大众化"

现代文学发生之初就提出了语言革新的问题，文言文被言行合一的白话文取代。胡适在《文学改良刍议》中提出"白话文学为之中国文学之正宗"，并预言它"为将来文学必用之利器"，他同时在中国旧白话文学和西方白话文学中找到源头，追溯佛家语录、宋人讲学语录、《水浒》《三国》《西游记》和戏曲，断言"施耐庵、曹雪芹、吴趼人为文学正宗"，并以欧洲诸国文学中俚语取代拉丁语为例，详述白话文的必然趋势。[①] 他将现代白话文比喻为"活泼泼的美人"，古文则是"冷冰冰的冢中枯骨"[②]，以"活"与"死"来强调、对比现代白话文的生命力。值得注意的是，虽然胡适的阐释中对传统语言资源并无偏见，但在"五四"新文学最初的实践中，白话文的"欧化"倾向远胜于"本土化"，郁达夫感伤、主观化的语言；郭沫若"诗中夹用可以不用的西洋文字"，用西洋文字拼凑"音节关系"，都并非个别现象，"当今诗坛之名将莫不皆然，只是程度各有深浅罢了"[③]。

现代文学 30 年里，关于语言的纷争从未消歇，从文学革命提出

---

① 《胡适文存》（一），华文出版社 2013 年版，第 13—14 页。

② 《胡适留学日记》（下），安徽教育出版社 2006 年版，第 259 页。

③ 乔志航编：《闻一多学术文化随笔》，中国青年出版社 2001 年版，第 200—204 页。

白话文取代文言文，到 20 世纪 20 年代中期关于"五四"白话文走向的争辩；从 20 世纪 30 年代初期的"文言复兴运动"，到 20 世纪 40 年代"民族形式""大众化"的讨论，甚至毛文体的确立，语言问题的纷争竟吸引了从文学家、批评家、哲学家到思想家、政治家各领域专业知识分子参与其中。而之所以语言问题受到如此的关注，实在是这个看似形式层面的问题实际蕴含丰富的"内容"层面的意义，语言的背后隐藏着中与西、传统与现代的文化话语权的争夺。语言的"风向"还提供了一个独特的考察现代文学流变的视角，从"五四"白话文"欧化"到 20 世纪 40 年代的"大众化"，折射的是文学的现代化进程中两种不同的取向："西方化"的现代化与"反西方化"的现代化。两种取向因为抗战的爆发、民族情绪的高涨而变得针锋相对，路翎与赵树理的语言观念和语言风格反映了 20 世纪 40 年代文学进程中这种此消彼长的变化。

把路翎和赵树理的文学语言做结构上的分析和比照，可以发现，路翎喜好使用复合式长句，句式中叠用定语或状语，赵树理则多用短句，尽量省掉修饰的成分；路翎大量使用形容词、副词、抽象名词，多使用心理活动动词，少趋向动词、动作行为动词，赵树理恰恰相反，趋向动词、动作行为动词使用频繁，心理动词、形容词使用少。不妨通过具体的例子感受语言句式不同带来的迥异的审美效果。同样是农村妇女，路翎笔下的郭素娥（《饥饿的郭素娥》）：

把纸币捏在手里的郭素娥，所以那么痛苦，是因为她原来是存着她的情人可以给她一种在她是宝贵得无价的东西的希望的。她的痛苦并不是由于普通的简单的良心的被刺伤，而是由于，显然的，她所冀求的无价的宝贝，现在是被两张纸币所换去了。她捉不住张振山，当由偷情开始的事件在她现在苦恼地越过了偷情本身的时候，这个强壮的工人的不可解的行为，他的暧昧的嘲

讽，他的恨恨地离去，使她绝望。①

赵树理笔下的二妞（《李家庄的变迁》）：

> 二妞听了道："他们说得倒体面！"咕咚一声把孩子放在铁锁跟前道："给你孩子，这事你不用管！钱给他出不成！茅厕也给他丢不成！事情是我闯的，就是他，就是我！滚到哪里算哪里，反正是不得好活！"一边说，一边跳下床就往外跑，邻家们七八个人才算把她拖住。小孩在炕上直着嗓子号，修福老汉赶紧抱起来。②

同样是不到两百字的一段话，路翎使用了"痛苦""希望""冀求""苦恼""绝望""暧昧"等带有强烈情感倾向的词语，而赵树理则使用一连串的动作性词语："放""说""跳""跑""拖""号"。前者强调具体情境中人物复杂的心绪变化、心理轨迹，后者凸显人物直接的动作行为；前者表达的情绪是模糊的，需要读者通过细致的咀嚼品味，挖掘人物的心理根源，而后者的描述让读者一目了然，清晰可见人物泼辣爽直的性格。

对于文学创作而言，语言是作家营造的文学世界的"栅栏"——既是"边界"，又是"屏障"，它是文学意义所能达到的最远的"边界"，又是维护文学世界独特性的"屏障"，它直接关涉到文学世界的形态和"质地"。在路翎的文学世界中，不管是知识分子，还是农民、流浪汉，都有着杂芜幽深的灵魂、瞬息万变的内心，作者试图做到让人物的灵魂世界纤毫毕现，捕捉到人物性格的每一个侧面，达到既通向形成人物性格的历史根源的"深处"，又反映社会现实问题的目的。

---

① 《路翎文集》（第三卷），安徽文艺出版社 1995 年版，第 22 页。
② 《赵树理文集》（第1卷），人民文学出版社 2005 年版，第 10 页。

对人物精神起伏的"跟踪",决定了路翎的语言中出现大量表现情绪状态的词语;为了纤毫毕现地呈现灵魂的"秘密",作者不得不大量使用形容词或副词加以修饰、丰满。在叙述中,路翎经常为了在一个句子中呈现全部的背景、事件、情绪、细节,以及作者的态度、立场,毫无节制地延伸句式长度,增加其信息容量。这些语言因素组合在一起构成了"欧化"的效果。在人物的精神维度上,路翎强调"原始强力"与"精神奴役的创伤"之间的相生相克,一"正"一"反",一"扬"一"抑",两种相反的精神混杂在一起,再加上"自我搏斗""主观战斗精神"的介入,必然形成躁动、焦灼、紧张、撕扯的语言风格。

在路翎的文学世界中,人物的精神世界和性格是深度、多元的立体空间,对"远方"的"渴求"几乎是所有人物共同的精神状态,人物的性格和精神世界都无法本质化为明确稳定的"这一个"。路翎所关心的并不是已然稳定成熟的人物性格、精神状态,而是挖掘人性中"潜在的,半意识或无意识的"[①] 因素,追索人物精神"搏斗"、超越、新生的过程。七月派强调的"主观战斗精神"要求作家怀着"思想的要求和热情","向感性的对象深入",而不是对现象做客观、冷静的描述。作家的情感"浓度"直接影响着人物精神世界的"深度",而某些时候作家的思考也处于不成熟、探索的状态,又必然反映在对人物性格、精神的分析上。语言的别扭、生涩、陌生恰恰是作家的思考与人物精神内核双重"不成熟""渴求"突破状态的真实表征。

路翎在晚年回忆录中谈到西方文学对自己美学观念形成的影响,他分别谈到英国文学、苏俄文学、法国文学、德国文学,甚至具体到每一个作家、作品带给他的阅读体验,却完全没有提到传统文学。而

---

① 唐湜:《路翎与他的〈求爱〉》,杨义等编《路翎研究资料》,知识产权出版社 2010 年版,第 80 页。

现代文学中对他影响至深的两个人是鲁迅和胡风。事实也的确如此，路翎文学的特点：对人的精神深度和复杂性的关注，表现人与社会的对立、反抗，对自我的超越，都是西方现代小说的传统；鲁迅和胡风对他的影响主要是在文学理念和精神资源上。无论是文学的美学形态、精神品格，还是作家的立场、价值观，路翎都在坚持"五四"新文学所开创的师法"西学""欧化"的文学"现代化"道路。

路翎的语言风格是对传统审美心理和阅读习惯的冒犯和挑战，胡风对此早有察觉。对中国传统文化有着深刻认识的胡风提醒路翎，传统审美"崇尚理智、冷静"，"要求'素淡'与心理描写的搏节"，而路翎在文学创作中着力揭示"在重压下带着所谓'歇斯底里'的痉挛、心脏抽搐的思想与精神的反抗、渴望未来的萌芽"，发掘人物内心隐藏的深度和"内心剧烈纠葛"，"笔法不合'中国国情'"，"对不习惯于这种心理描写或不愿看到这种心理的隐蔽状况的人说来，就会说是'狂热的个人主义的'，'唯心论'的"。① 对此，路翎有着另外一种理解，在他看来，精神上的歇斯底里、唐突是人对"旧事物的重压"的反抗在心理层面的反映，"是一个爆炸点，社会总是在冲突中前进的"②。也就是说，路翎选择极端精神现象作为心理描写的核心并不是"无意识"的、偶然的，而是有意而自觉的，是反抗现实压迫的另一种形式，是"在作品里'革'生活的'命'"③。既然"把内心的热烈视为不合理的事物，是中国孔夫子麻木的遗留"④，那么对"不合理的"高扬就是冲破封建精神枷锁、唤醒精神麻木的必经之路。语言是思想和意义的载体，在内容层面上反抗传统文化中的糟粕，体现在语言形式层面上，就是语言的陌生化、"欧化"，反抗"理智""冷静"

---

① 张业松编：《路翎批评文集》，珠海出版社1998年版，第286—288页。
② 同上书，第283页。
③ 同上。
④ 同上书，第288页。

的传统语言习惯与反抗传统文化的精神压迫具有相同的意义。显然，语言的"欧化"并不是作者对西方语言风格的刻意模仿与"追随"的结果，而是由思想到内容，再到表述形式的一种必然结果的呈现，这种反传统的语言形式恰恰是对未经吸收消化的"欧化"语言的另一种超越。路翎独特的语言理念既是建立在启蒙精神、批判意识的基石上，又从语言层面上拓展了启蒙精神的表现空间。

"欧化"是很多现代作家共同的语言特征，路翎只是在这种风格上走得更深、更远，甚至出现某种极端倾向。早期赵树理作品《悔》《白马的故事》中摹景状物、抒情写意的笔致，清新柔美、细腻温婉的语言，是典型的"欧化"语言。所谓语言"欧化"，是相对于中国传统阅读习惯对文字简洁、流畅、明晰的要求而言的，而这些恰恰是赵树理文学"转型"后的风貌，也是延安文学所提倡的语言风格。

赵树理的"转型"并非心血来潮，而是有感于新文学在实际传播中的困境。新文学对西方文学经验的吸收和借鉴，一方面拓展了文学与现代生活经验相匹配的精神深度和表述方式，另一方面，"欧化"的文学与读者之间的隔膜感却是新文学主将们不得不面对的事实，"五四"推广的白话文几乎发展为"欧化的新文言"，甚至成了比文言文更令大众难懂的语言。针对大众的"读不懂"，茅盾的答复是："我们应当先问欧化的文法是否较本国旧有的文法好些，如果确是好些，便当用尽力量去传播，不能因为一般人暂时的不懂而便弃却，所以对于采用西洋文法的语体我是赞成的；不过也主张要不离一般人能懂的程度太远。因为这是过渡时代试验时代不得已的办法。"① 在这种"左右逢源"的表述中不难想象当时情况的窘迫与无奈，也正是这种两难的境遇埋下了文学寻求新的"现代化"道路的伏笔。

---

① 《茅盾全集》(18)，人民文学出版社 1989 年版，第 110 页。

　　众所周知，"五四"新文学是内含强烈的社会使命感开始的，文学的现代化转型最强烈的动因并非源于文学自身，政治革命、启蒙民众、改造国民性的诉求远大于文学的自我更新，文学现代转型的终极目标直指社会体制、思想观念、伦理道德的"现代化"。大众对文学"欧化"表述方式的陌生和排斥使得新文学的社会性诉求无法落实，启蒙的文学无法为"被启蒙者"接受，从西方文学借鉴来的精神资源只能是建立在中国本土上的海市蜃楼。不得不提的一点是，选择师法"西学"的现代化方式，也意味着无法摆脱"西方"的"镜像"参照，更可能陷入西方价值的殖民"捆绑"。因此，新文学选择的师法"西学"的现代化道路并非完美，延安文学恰恰是为摆脱这些矛盾而走向了另外一条"现代化"的道路。

　　延安文学具有强烈的"实践性"和"建构性"，一方面，积极建立文学与历史的互动，把文学纳入创造历史的革命实践中，另一方面，通过"本土化""民族化"的方式创造与西方文学相"抗衡"的文学品格及文学"现代化"方式。唐小兵认为，延安文艺体现了反现代性的现代性追求，"我们必须同时把握延安文艺所包含的不同层次的意义和价值，亦即其意识形态症结和乌托邦想象：它一方面集中反映出现代政治方式对人类象征行为、艺术活动的'功利主义'式的重视和利用，另一方面也表达了人类艺术活动本身所包含的最深层、最原始的欲望和冲动——直接实现意义，生活的充分艺术化。从这个角度来看，延安文艺是一场含有深刻现代意义的文化革命，这不仅仅是因为我们可以从中看到'大众'作为政治力量和历史主体的具体浮现，并且同时获得嗓音，而且也是因为这场运动隐约地反衬出对以现代城市为具体象征的市场经济方式的一种集体性抵抗意识，尤其是对资本主义生产方式所带来的'感性分离'、价值与意义的分割所催发的无机生存的下意识恐慌和否定"①。既然是反现代性的现代性，就意味着必须扭转"五四"新文学形成的各种"常规"，文学主体从知识分子转向农民，语言风格从"欧化"转向大众化、口语化，赵树理的创作恰好契合了这些要求。

赵树理很少对人物的内心世界精雕细琢，而偏向于通过动作、行动、对话塑造人物。如果说路翎文学中的人物都是具有哈姆雷特气质的深度主体，那么赵树理就是要"消解"深度，打消犹疑，他的人物都是知行合一的"行动者"，并非小二黑们没有独立的思想，而是他们的行动和内心严格一致，行动即思想。性格明晰、思想单纯、精神纯粹是赵树理倾心的人物品质，也是延安文学所期待的革命历史的主体，理想的"新人"的品质。显然，无论是作为建构新的意识形态力量的文学话语，还是基于内容需要的文本结构设置，都必须尽量呈现纯粹清晰的"质地"，清除掉各种怀疑、拒斥的成分，毕竟思想单纯的"小二黑"比"哈姆雷特"更适合充当革命的"急先锋"和"执行者"——对于革命而言，内部的质疑远比外部的"杂音"更具有危险性和瓦解力。诉诸语言层面，作者用简洁利落、掷地有声的质感语言突出人物的行动力量，文字的简洁明晰避免了人物形象的复杂化，也避免立场的歧义。赵树理想让读者"看"到一个"轮廓清晰"的新世界，其中的一丝一毫、一举一动都纯粹而直接，这样才能保证意识形态可能被最大化接受。

赵树理毕生致力于创作让农民"听得懂，感兴趣"的大众文学作品，正如他所言："写作品的人在动手写每一个作品之前，就先得想到写给哪些人读，然后再确定写法。我写的东西，大部分是想写给农村中的识字人读，并且想通过他们介绍给不识字的人听的，所以在写

---

① 唐小兵：《再解读》，北京大学出版社 2007 年版，第 5 页。

法上对传统的那一套照顾得多一些。"① "老妪能解"的诉求决定了赵树理文学通俗化、口语化的语言风格。他主张，"写进作品里的语言应该尽量跟口头上的语言一样，口头上说，使群众听得懂，写成文字，使有一定文化水平的群众看得懂，这样才能达到写作是为人民服务的目的"②。也正是赵树理文学中根深蒂固的民意本位意识和大众化的风格契合了《讲话》所要求的具有"民族形式""民族风格""生动活泼的为中国老百姓喜闻乐见的中国作风和中国气派"的文艺作品，而作为具备中国作风和中国气派的民族形式的核心就是"民间语言"。

"大众化""口语化"并不是赵树理语言的全部，他的作品中还存在一套全新的语言词汇：革命政治词汇，如"斗争""压迫""婚姻自由""登记""妇救会""革命""八路军""共产党"等。这些词汇是作为建构意识形态合法性的有效方式而存在的，但是不要说让底层农民完全理解这套词汇所代表的意义系统，就是对于知识分子来说也需要消化吸收的过程。为了让革命政治话语被接受，小说采用了两种方式：一是在文学语言的组织上，用大量的农民口语包裹新词汇，化解新词汇的陌生感、生硬感；二是在文本故事的结构上，让农民在日常生活的感性层面上体验到政治革命带来的福祉，这是"大团圆"模式背后的文学政治学。用大众化的语言传递新意识形态的政治诉求，赵树理的创作"恰逢其时"地缝合了两个问题。

二 "语言奴役的创伤"与"老百姓喜欢看"

毫无疑问，无论是七月派的路翎，还是代表延安文学"方向"的赵树理，都是文学功用主义论者，坚持"文以载道"，文学为政治服务，但落实到文学实践层面上，两者又有本质的区别。在 20 世纪 40

---

① 《赵树理文集》（第 4 卷），人民文学出版社 2005 年版，第 117 页。
② 同上书，第 27 页。

年代，语言风格不仅仅是作家个人的审美喜好、艺术追求，更关涉到文艺大众化这个与革命相关的重要问题。身在国统区的路翎也认为大众化是文学发展的方向，"脱离了大众化，新文艺运动就不可能存在、发展"，大众化的文学就是"被人民需要，人民可能接受"的。① 这些理解与当时延安文学所秉持的观念没有本质的区别，比较微妙的是，在这两项标准后，路翎又加上了一项：人民"应该接受的内容斗争"。他认为，"大众都懂得的东西不会一定是大众所需要、应该需要、于大众有利的东西"，"同样的，大众暂时还不懂得的东西不一定就是'非大众化'的"。② 显然，这里所指的"大众暂时还不懂得的"在路翎看来却是大众"应该接受"的，换而言之，文学的大众化绝不单单是去迎合人民的"口味"，还应该承担帮助人民提高的责任。在路翎看来，文学纵然是要为政治服务、为人民大众服务，但绝不意味着文学要迁就群众落后的欣赏水平，人民大众的欣赏水平应该向更"先进"的新文学"靠拢"，"如果人民识字，如果人民底文化要求被启发出来"，"人民是不会喜欢昨天的，多少带着士大夫遗毒的，含着落后的单纯的情绪的暧昧的旧形式的"，"人民一定会喜爱适应着他们底今天的思想要求和今天底人生相貌的新的形式"。③ 路翎还把矛头直接指向了通俗文艺形式，他认为，"大众都懂得的"弹词唱本、民间戏、说书是"封建情调"，而这些恰恰是赵树理最为看重的文学资源。路翎对大众化和通俗文艺形式的否定与胡风对民族形式的激烈批判一脉相承，其中的偏颇也是显而易见的，都过分强调内容对形式的决定性，而忽略了成熟的艺术形式所具有的独立的审美性。正如激烈反传统的鲁迅、胡风也都因袭着传统一样，路翎也不例外，虽然批判传统

① 张业松编：《路翎批评文集》，珠海出版社 1998 年版，第 76—77 页。
② 同上书，第 77 页。
③ 同上书，第 78 页。

文化，但文化基因中又闪烁着传统的因子：蒋少祖向传统文化的回归，重拾士大夫的审美趣味；蒋纯祖对道德准则严苛的自我要求，是儒家君子修身自省的完美体现。

几乎是相同的问题在赵树理和《讲话》中又呈现出另外一个逻辑。《讲话》将路翎阐释的问题概括得更精练：普及与提高。但是普及与提高的主次和标准都发生了改变，普及是首要任务，提高是在"工农兵"方向上提高。这是文艺发展的唯一"方向"。在《艺术与农村》一文中，赵树理认为旧文艺留下了发展的"空白"空间，"这一切，除了空白以外，其余活动起来的东西，不论它怎么不像话，也得承认是属于艺术范围内的"①。之所以"不像话"却还"属于艺术的范围"，是因为农民喜欢的就是"艺术"，农民的艺术趣味与欣赏需求成为衡量艺术的唯一标准，而"为文化程度较高的人制作一些更高级的作品，自然也没有什么不可，不过在更伟大的任务之前，这只能算是一种副业"②。"更伟大的任务"当然是为农民创作，这种"等级"比较彻底扭转了"五四"以来关于知识分子与农民的主体地位、文化品位的"习惯"认知。《讲话》和赵树理的阐述不仅是对"五四"新文学传统的反驳，还隐含了一种反智倾向，对农民艺术趣味的无条件肯定与对文化人的拒斥带有明显的民粹主义倾向。

从文学立场重新回到语言风格的层面上，文本呈现的实际情况也许要比作家表述的更复杂。那么，是否路翎的语言就是农民所完全不懂的，而赵树理的语言才是农民所需要的语言呢？究竟怎样的语言才真正是或者应该是农民的语言呢？

20 世纪 30 年代，鲁迅曾辩证地思考过文学语言大众化的问题：

---

① 《赵树理文集》（第 4 卷），人民文学出版社 2005 年版，第 139 页。
② 同上书，第 140 页。

在乡僻处启蒙的大众语，固然应该纯用方言，但一面仍然要改进。譬如"妈的"一句话罢，乡下是有许多意义的，有时骂骂，有时佩服，有时赞叹，因为他说不出别样的话来。先驱者的任务，是在给他们许多话，可以发表更明确的意思，同时也可以明白更精确的意义。如果也照样的写着"这妈的天气真是妈的，妈的再这样，什么都要妈的了"，那么于大众有什么益处呢?①

鲁迅认为方言口语的局限不足以表达文学全部的丰富和明确，文学语言也不能因为方言土语而牺牲自己的深度品格。胡风虽然也曾提醒路翎注意语言的问题，但他本人对方言土语进入文学的态度并不宽松，"不肯大众化"，他坚决反对"以为既然要的是活的口头语言，那就完全模仿文盲大众底口头语言好了"，"这是对于语言底落后性——自然生长性的投降理论"。②

路翎很清楚自己的语言风格可能招来的质疑，却又不以为然，他的信心来自他对语言的独特理解。路翎并不满足于文学语言仅仅是对生活语言的"再现"，而是从语言中看到了另外一种"奴役"。路翎晚年回忆与胡风关于语言问题的一次谈话：

胡风说，我的小说采取的语言是欧化的形态，在这一方面曾有过很多的争论。我小说人物的对话也缺少一般的土语，群众语言。他说，他隔壁的朋友向林冰就说过，我写的工人，衣服是工人，面孔、灵魂却是小资产阶级。还说："人物缺少或没有大众的语言，大众语言的优美性被你摒弃了，而且大众语言是事实，你不尊重事实了。"我说我的意见是，不应该从外表与外表的多量取典型，是要从内容和其中的尖锐性来看。工农劳动者，他们

_____

① 《鲁迅全集》(第六卷)，人民文学出版社 2005 年版，第 79 页。
② 《胡风评论集》(中)，人民文学出版社 1984 年版，第 268 页。

的内心里面是有着各种各样的知识语言，不土语的，但因为羞怯，因为说出来费力，和因为这是"上流人"的语言，所以便很少说了。我说，他们是闷在心里用这思想的，而且有时也说出来的。我曾偷听两矿工谈话，与一对矿工夫妇谈话，激昂起来，不回避的时候，他们有这些词汇的。有"灵魂""心灵""愉快""苦恼"等词汇，而且还会冒出"事实性质"的词汇，而不是只说"事情""实质"的。当然，这种情况不很多，知识少当然是原因，但我，作为作者，是既承认他们有精神奴役的创伤，也承认他们精神上有奋斗，反抗这种精神奴役的创伤的。胡风便大笑了。喜欢大笑也是他的特征。我说，我想，精神奴役创伤也有语言奴役创伤，反抗便会有趋向知识的语言。我说，我还是浪漫派，将萌芽的事物"夸张"了一点。胡风又大笑。我还说，在语言奴役创伤的问题里，还有另外的形态。负创虽然没有到麻木的程度，但因为上层的流氓、把头、地痞性的小官与恶霸地主，许多是用土语行帮语，不用知识语言，还以土语行帮语为骄傲；而工农不准说他们的土语，就被迫说成相反的了。劳动人民他们还由于反抗有时自发地说着知识的语言。胡风赞成我的见解，他说，这样辩论很好。[①]

路翎对语言问题的思考没有只停留在形式层面上，把语言仅仅视为塑造人物形象、构成文学风格的载体，而是深入语言的权力关系中，指向语言形式"背后"的"暴力"和"压迫"，这种"暴力"既存在于日常生活语言中，也存在于文学语言中。路翎并不认可农民的语言一定是简单直白的，农民也有自己细腻的情感和精神世界，只是欠缺合适的语言表达方式。在语言的权力关系中，不同阶层的语言被

① 张业松编：《路翎批评文集》，珠海出版社 1998 年版，第 282—283 页。

规约为特定的形态，知识分子文化人因为思想丰富，所以掌握使用深邃、复杂、优美的语言的权力，农民因为知识少、思想简单，只能使用"土语"。"土语"压抑了农民表达自己复杂情感的可能。"天然"地限定农民的语言形态不仅把农民简单化，而且对农民制造了另外一种形式的"创伤"：语言奴役的创伤，这也是一种"压迫"。路翎对语言的权力关系表现出惊人的自觉和警醒。对农民真正的尊重和理解是能够突破他们简单的语言，深入他们真实的内心世界，体谅他们的生存处境，包括语言处境。

作家不是要在文学作品中重复农民的日常生活语言，而是要表达出他们内心的多样、复杂，"替"他们"说"出"土语"无法完全表达的内心情感，这才是文学作品应该承载的任务。如果说农民因为"羞怯"不敢说"上流人"的语言是一种形式的"语言奴役的创伤"，那么掌握话语权力的创作主体主观规定农民的语言形态也是另一种"奴役"。当文学形成"共识"，将农民的语言"固化"为某一种形态，启蒙的文学也可能在不经意间扮演了"压迫"者的角色。事实上，路翎的思考已经超出了向林冰等人的质疑，而是延伸向语言的"权力"政治，甚至质疑了某些"五四"新文学以来的既有理念。这样看来，路翎对"五四"启蒙立场的坚持并不是"原地踏步"，而是拓展并深化了启蒙的空间和范围，在启蒙民众的同时更彻底地走向作家的自我启蒙，走向作家主体精神的检讨和批判。

要破除对农民的语言"奴役"，文学作品在表现农民的生活与情感时就不能只局限于使用日常生活的口语和"土语"，而是要用更丰富的语言让农民发出多样的"声音"。在路翎的作品中，经常出现"痛苦""苦闷""绝望""冷淡"这类通常被认为不适用于农民的词语表现农民的内心和情绪，"给他们许多话"，一方面是突破语言的"限制"和"奴役"，深入农民的心灵世界，捕捉人物细微的心理情绪。

另一方面，路翎期待写出农民"未来"的语言状态，通过语言的转变实现的"恰恰是要拆毁围困人民大众生存和灵魂的这条自然的语言界限，让知识分子和人民大众超越现成的各种伤害性与禁锢性的语言界限，用他们实际并不具备的语言来自由地交流"①。

事实上，在红色经典文学中，"语言奴役的创伤"也以另外一种形式"隐蔽"地存在，新中国成立后，红色经典的生成过程呈现了"语言界限"的建构与拆除中更为复杂的一面。十七年文学推出了一批红色经典作品，如"三红一创、山青保林"《铁道游击队》《烈火金刚》等，这些作品影响了几代人。除了作家为作品付出的心血外，当时的文学编辑对这些作品最后的成型也起到了重要的作用，如萧也牧之于《红旗谱》，秦兆阳之于《林海雪原》等，可以说这些经典作品是作家和编辑的联手"创作"。而在作家创作与编辑修改的过程中一些现象和趣事颇值得玩味。以《林海雪原》为例，曲波拿出的《林海雪原》手稿语言上有很多"洋腔调"，而这些"洋腔调"被编辑秦兆阳删减、修改，作品最终呈现为更口语、白话的风格。② 这其中，作家与编辑的权衡与意图很是耐人寻味。身为工农兵作家的曲波在故事叙事、人物对话中尽量使用"洋气"、优美的语言，塑造"洋气"、高雅的工农兵形象，而知识分子编辑秦兆阳却坚持改用更通俗、白话的语言，"恢复"小说的"土"味。一方是工农兵作家的意图与自我想象，另一方是知识分子立场下的工农兵想象，双方之间的差异分歧显而易见。按照福柯对权力话语的揭示，农民/知识分子、"土"/"洋"都是现代知识话语生成的产物，那么，工农兵作家的语言选择既是破除既定"语言界限"的努力，也是对既定知识话语权力的反抗，而知

---

① 郜元宝：《"给他们许多话"：胡风、路翎与鲁迅传统》，张业松编《待读惊天动地诗——复旦师生论七月派作家》，安徽教育出版社 2008 年版，第 163—164 页。

② 姚丹在《"新人"想象与"民族风格"建构》一文中详细分析了《林海雪原》的修改过程。

识分子编辑则是在维护"语言界限"和既定知识话语体系，"编辑的修改压抑了作者'欧化'的'洋腔调'的追求，这是否对'工农兵'作者构成一种'奴役'和'创伤'，是耐人寻味的"①。

对语言问题的警觉和思考并不意味路翎的语言实践是绝对合理的，恰恰是在将理论认识转化为文学实践的过程中，路翎又走向了另外一种偏颇。路翎不认同文学创作将农民的语言和精神世界简单化、定型化处理，坚持用复杂的语言表现人物的内心世界，却忽视了区分不同身份、性格的农民的语言风格，导致一些作品的语言雷同，人物也缺乏个性化的语言。

在他的这庄严的激动中，他觉得他面前的一切都不算什么，它们都是苦痛、罪恶、无益的，他要脱离它们。无论怎样的病苦——那是上天的试炼——他要脱离它们，并且他将得到最高的欢畅。②

他立刻就很喜欢这孤独的洞穴。他欢喜只看见自己，意识自己，嗅着自己的强烈的气息而躺卧在寂寞中。这时候他的头脑里就充满了对于过去的一切的默想，而他的心就享受着自由，对于自己的尊崇，和带着慰藉的温甜的性质的哀愁。③

王炳全一走进赌场便觉得快乐，离开了他底那种严肃的、阴沉的、厌恶的神情。他乐意这样地放肆，嘲弄自己底秘密的痛苦，并显示他底英雄的，或者说，流氓底气魄。④

前两段是《燃烧的荒地》中刻画人物心理的段落，语言风格几乎

---

① 姚丹：《"新人"想象与"民族风格"建构》，《文学评论》2010 年第 4 期。
② 《路翎文集》（第三卷），安徽文艺出版社 1995 年版，第 151 页。
③ 同上书，第 165 页。
④ 路翎：《在铁链中》，海燕书店 1949 年版，第 100 页。

一模一样，但描述的对象却是性格、身份截然相反的张少清和郭子龙。第三段是《王炳全底道路》中关于王炳全的一段描述。张少清个性懦弱、胆小，王炳全则豪爽、倔强，个性的差异一定会在人物的语言上有所体现，但从上述语言上并不容易辨析出人物个性上的差别。承认农民拥有丰富复杂的内心世界并不意味着所有农民的内心活动、精神都是一样的，对农民的尊重也包含对农民之间差异性的尊重，差异化、个性化的语言并不只体现在不同阶层的人物身上，也同样存在于同一阶层的人物身上。雷同的语言也造成了路翎笔下的一些农民形象缺乏独特、鲜明的个性。试图纠正简单化、土语化倾向的路翎又陷入了复杂化、单一化的泥潭中。

　　路翎文学语言之所"短"正是赵树理文学语言之所"长"。赵树理的语言接近大众口语，力图原生态地呈现农民的语言习惯。赵树理有深厚的农村生活经验，对农村各类人群的习惯用语几乎烂熟于心，擅于通过个性化的语言塑造人物形象，表现人物的性格特征。"三仙姑去寻二诸葛，一来为的是逞逞闹气的本领，二来为的是遮遮外人的耳目，其实让小芹吃一吃亏她很高兴，所以跟二诸葛老婆闹了一阵之后，回去就睡了。"① 把一个自私、算计、斗气的农村妇女表现得真实可感。赵树理的语言胜在浓厚的乡土气息，他熟悉各种乡村俚语，并穿插在作品中，形成了明快、活泼、朴素的风格。

　　赵树理的语言虽然朴素，并不意味着缺乏文学之美，他的语言简单又不乏表现烦琐事件的能力，也不乏偶尔一现的充满诗性的优美。《李家庄的变迁》开头，有一段大队分配烙饼的叙述：

　　　　到了晌午，饼也烙成了，人也都来了，有个社首叫小毛的，

　　　先给大家派烙饼——修德堂东家李如珍是村长又是社首，李春喜

----

① 《赵树理文集》（第2卷），人民文学出版社2005年版，第16页。

是教员又是事主，照例是两份，其余凡是顶两个名目的也都照例是两份，只有一个名目的照例是一份。不过也有不同，像老宋，他虽然也是村警兼庙管，却照例又只能得一份。小毛自己虽是一份，可是村长照例只吃一碗鸡蛋炒过的，其余照例是小毛拿回去了。照例还得余三两份，因为怕半路来了什么照例该吃空份子的人。①

这是一件乡村生活中的日常事务，事情不大却"说头"不少，把这种日常事务"搬进"文学中，要么容易变成流水账，索然无味，要么费得笔墨不少却交代不清楚。赵树理的独特，在于他能用简洁的语言把一件乡村日常事务叙述得条理清晰，他对乡土的熟悉让他总能在烦琐中"拎出"头绪，并且能做到文学性和"乡土味"兼得。

赵树理作品中看似无用的闲来之笔，简洁又不失表现力的语言，经过艺术眼光"过滤"的乡土味道是构成其文学性的主要元素，而这些却有意无意地被他压制了，在作品中运用得很少，不能不说是一种遗憾。赵树理虽然追求"老妪能解"的语言风格，但真正能够欣赏赵树理文学的乡土味道、语言之美的并不是他预设的农民。事实上，理解赵树理的文学性和审美性所需要的艺术修养和文学知识的支撑并不比理解路翎少，甚至更高，能够读出赵树理语言的乡土诗性、叙事的节奏感的依然是"那些文化程度较高、文学的审美经验很丰富的人"和"职业的文学评论家"②。尤其是当赵树理所反映的时代生活已经远去，那些仍然可以欣赏赵树理文学、肯定其价值的恐怕大多是文学研究专家，而不是他所设想的"文化程度不高的大众读者和不识字的农民"③。

---

① 《赵树理文集》（第1卷），人民文学出版社2005年版，第4页。
② 王彬彬：《赵树理语言追求之得失》，《文学评论》2011年第4期。
③ 同上。

　　"五四"新文学用白话文取代了文言文，作为一种"新"的文学语言，白话文一直处于发展、变化、演进的过程中，中西交汇、东西交融的文化环境为语言的发展提供了多种资源和方向的选择，历经二十多年的发展，到 20 世纪 40 年代，白话文的"话"的部分"充量发展抵达了赵树理"，"欧化"成分"经由一条并不十分宽广的道路，意外地抵达了"① 路翎。每一种方式都丰富了白话文的表现能力，也留下了有待改进的空间。作家间的比较并非为一较高低，两个具有代表性的作家并置齐观更能发现彼此的症结所在。语言和文学都没有绝对的尽头，每一个时代的文学和创作都是在继承传统的基础上又不断开拓出新的美学空间，现代汉语和文学依然在发展之中。

---

　　① 郜元宝：《"给他们许多话"：胡风、路翎与鲁迅传统》，张业松编《待读惊天动地诗——复旦师生论七月派作家》，安徽教育出版社 2008 年版，第 159 页。

第三章 《财主底儿女们》与
知识分子叙事

　　"知识分子"一词来源于西方，在英文中对应两个单词 intelligent-sia 和 intellectual，这两个单词对应着不同的历史起源：东欧和西欧。"intelligentsia"来自俄国，19 世纪三四十年代，一群出身上流社会，具有西方教育背景的俄国贵族把西欧的社会思想和生活方式带回俄国，他们不满当时俄国的社会现状，或满怀乌托邦理想，纵论时政，模仿西欧上流社会的生活方式，或着手实际的社会改革。这群人不是一个具体的职业性阶层，他们从事不同的职业，但保持着相近的精神气质——与主流社会的疏离感、强烈的批判精神和道德自省意识，这个群体被称为知识分子。也有学者认为，"intelligentsia"一词源于波兰，指的是当时一个文化上同质性很高的社会阶层，他们是拥有土地的城市贵族，生活方式、社会地位、道德操守、价值准则都有别于正在兴起的中产阶级，为了维持其生活方式的独特，设立了一套专属的教育体系，在此体系中，要求学生学习多方面知识，强调领导意识与社会责任感的培养，由此环境培养出来的人非常重视自己的教育经历，并以此为荣。他们勇于批判社会，以国家大事为己任，当波兰被列强分割时，这批人成为救国和反抗的主要力量。后来，这种贵族式的人文精神为波兰高等教育体制所继承。因此，从"intelligentsia"的历史源起来看，无论是在俄国，还是在波兰，知识分子都是指受过比较良好的教育，对社会持批判态度，富于

反抗精神的群体，他们在社会中形成一个独特的阶层。西欧对"intellectual"的界定源自1898年发生在法国的"德雷福斯事件"。德雷福斯是一个上尉，由于犹太人的身份遭到诬陷，这引起一批具有正义感和社会良知的人士，包括左拉、雨果等人的义愤，主动站出来为德雷福斯辩护。左拉在1898年1月13日以《我控诉!》为题向总统发出公开信，呼吁重审德雷福斯被诬案，第二天，这封公开信在《曙光》报上刊出，主编克雷孟梭用"知识分子宣言"（Manifeste des intellectuels）来形容它。当时这批主动维护社会正义和公平，批判政治的人士被他们的敌对者轻蔑地称为"知识分子"。从法国的源起看，知识分子同样指那些具有批判意识和社会良知的人士。因此，西方现代意义上的知识分子被认为是"社会的良心"，是人类基本价值（如公平、正义、自由、平等）的维护者，对超越个人利益之上的公共事务有深切的关怀，拥有强烈的社会责任感、历史使命感和批判精神。

在中国古代，与西方"知识分子"含义相近的概念是"士"或"士大夫"。士在中国社会结构中起着多重作用。"孔子所最先揭示的'士志于道'便已规定了'士'是基本价值的维护者；曾参发挥师教，说得更为明白：'士不可以不弘毅，任重而道远。仁以为己任，不亦重乎？死而后已，不亦远乎？'"① 这种对"士"的精神内涵与社会责任的指认对后世产生了深远的影响。自秦汉以降，在社会比较安定的时期，士通常站在统治者立场，是政治秩序和文化秩序的维护者；在政治比较黑暗或混乱的时期，士又担负起政治批评或社会批评的责任。士上可以通过科举制度跻身中央权力机构，下可以以乡绅的身份进入地方权力结构中，中国传统的士绅阶层是社会稳定的重要力量，他们所接受的道德训诫和知识训练使他们成为文化的承载者和传递

---

① 余英时：《士与中国文化·自序》，上海人民出版社1987年版，第3页。

者，同时又是管理国家、领导社会的人选。中国近代意义上的知识分子是鸦片战争后，在西方文化的影响下，伴随着废科举、兴新学而产生的，是在中国从封建社会向半殖民地半封建社会转变的过程中，从封建士大夫中脱胎而来的。他们或传播新思想、新知识，或从事近代学术研究、兴办教育，或创办近代企业。这也决定了从"士"到知识分子的过渡中，在几代人的精神气质和心理结构上，既部分继承了传统这份"并不轻松的遗产"，保有"士"文化趣味和心理结构的"隐形"遗传，又"兼容"了某些西方知识分子的价值取向与思想资源。

本书所使用的"知识分子"，它的含义已不仅限于中国古代"士"的范畴，在封建王朝解体后，传统士阶层赖以存在的政治体制和文化体制已经不复存在；与西方知识分子的界定也不完全相同，毕竟两者面对的历史语境、社会问题、文化体系都不尽相同。五四新文化运动打开了中国社会的一扇窗，但中国传统文化的影响并没有立即消失，一方面，中国传统士阶层把"内圣外王"作为人生的目标，毕生追求道德的自我完善和社会责任的担当，这种精神也被现代知识分子所继承。另一方面，西学东渐又带来了全新的思想体系和精神资源，西方现代文明中的启蒙精神、个人主义、人本主义又深深地影响了知识分子"主体性"的建构。因此，中国现代知识分子，在现实层面上，既"继承了中国传统的士所面临的历史难题的同时，又面对着 20 世纪中国的历时任务——民族现代化所赋予他们的重大使命"；在精神层面上，"又面临着双重的断裂，即思想文化与社会现状之间在现代化进程中的不同步现象，所造成的知识分子与社会现实之间的断裂，以及外力压迫下知识分子的内心断裂"[①]。

近代以来，中国时局多变，战乱频仍，知识分子在不同历史阶段面临的社会公共问题，承担的精神拷问都不尽相同，一方面，他们以不同

---

① 张志忠：《迷茫的跋涉者》，河南人民出版社 1995 年版，第 10 页。

的方式参与到社会实践中，另一方面，在他们的个人命运、精神历程中又深刻而清晰地折射出民族现代化转型中知识分子群体的痛苦与悲怆、困惑与挣扎。《财主底儿女们》中的蒋蔚祖是半士大夫型的读书人，在他身上不仅留下了传统文化、诗书礼义最深刻的烙印，也见证了传统文化在现代西方文明冲击下的衰落。蒋少祖是得风气之先的五四之子，也是最早冲出封建家庭的"逆子"，接受西方现代思想，投身政治革命活动，在经历了一系列的生活变故和社会运动后，文化立场发生了巨大的转变，最终回归"传统"，成为现代思想史上最具争议的"复古者"。蒋纯祖是现代文学中最令人动容和感慨的艺术人物，对革命的追随与质疑，对道德操守的坚守与反省，对生命意义的追问与探索，对庸常生活的反抗与不屑，种种矛盾交织在蒋纯祖身上，构成了人物复杂而深邃的艺术魅力。蒋家三兄弟代表了在中国社会和文化从传统向现代转型的历史进程中，不同类型的知识分子的思想选择和社会实践，构成了中国现代史上知识分子精神"进化"序列链上重要的"片段"。

第一节　传统文化崩溃时代的
"夹心人"——蒋蔚祖

随着五四新文化运动的兴起，作为封建专制统治基础的家族制度受到猛烈的冲击和批判，家族内部相互倾轧、腐朽颓败，外部时局风雨飘摇、岌岌可危，在内外"合力"的夹击下，封建大家庭加速滑向崩溃的边缘。鲁迅创作的中国现代第一部白话小说《狂人日记》"意在暴露家族制度和礼教的弊害"，此后，以大家族的兴衰浮沉为切入点，批判封建礼教的叙事模式一直延续在现代文学中。到 20 世纪三四十年代，终于涌现出一大批优秀的家族类型文学作品，长篇家族小说有巴金的"激流三部曲"（《家》《春》《秋》）、《憩园》，靳以的《前夕》，老舍的《四世同堂》，路翎的《财主底儿女们》，林语堂的《京华烟云》等；戏剧有曹禺的《雷雨》《北京人》等。这些作品通过展现家族内部的冲突和矛盾，批判封建制度的专制和腐朽，揭示了封建统治必然灭亡的命运。家族内部的冲突和矛盾主要表现在新旧两代人或者三代人在文化、信仰、婚恋、价值观等问题上的对立，年轻一代的开放和年长一代的保守形成鲜明的比照，在双方的对立中，"长子（长女）"的位置又尤为特殊，一方面，他们像弟弟妹妹一样，不满于大家庭的专制和对个性的压抑，另一方面，传统文化观念和伦理道德已经内化为他们的行为方式，他们在日常生活中又无形地维护着封建家族秩序。高觉新、黄静宜、曾文清、祁瑞宣、蒋蔚祖……这个名单还可以开列出长长的一串，这些诞生于现代文学不同时期的人物共同构成一个丰富而饱满的形象系列。"长子"们普遍受过较好的传统文化教育，"礼义廉耻与孝弟忠信，在他们心中还有很大的分量"，又一定程度上受到"五四"新文化的感染，"他们对于新的事情与道理都明白个几成"。老舍这样概括他们的命运："他们对于一切负着责任：前五百年，后五百年，全属他们管。可是一切都不管他们，他们是旧时代的弃儿，新时代的伴郎。"① 在他们身上浓缩了站在历史"中间"的中国传统知识分子的心理特质和行为方式。

一 "历史中间物"：一种文化的无用与尴尬

高觉新、祁瑞宣、曾文清、蒋蔚祖，这一系列文学形象产生于现代文学的不同阶段，时代的风云变幻也在他们的身上留下了深深的印

---

① 《老舍文集》（第十四卷），人民文学出版社1995年版，第54页。

记，20世纪30年代的高觉新身上背负着"五四"新文化与传统封建文化的矛盾和纠葛；20世纪40年代，祁瑞宣在"家"和"国"之间左右为难。差异性不能掩盖他们身上异常清晰的共性——相似的性格、文化背景、个人处境和家庭地位。他们的命运在出生伊始已经敲定了一大半，在中国以"孝"为先的文化结构里，家族成员各安其位，各有其道德角色。在旧式家族中，长子扮演着先天赋予的继承人的角色，肩负着传宗接代、光宗耀祖的家族使命，他们自懂事起便从家族教育中接受了诸如责任、名声、孝悌等观念，这也注定了他们难以摆脱家族带来的良心羁绊。而在他们生活的年代，中国的封建文化和封建统治已经千疮百孔，作为封建统治基座的封建大家族更是风雨飘摇，身为大家族的长子既无力回天、力挽狂澜，又缺乏冲破家庭羁绊闯荡社会的勇气。因此，他们没有觉慧、蒋纯祖、祁瑞全、周冲那样酣畅淋漓的激情和"冲力"，也没有老一辈坚持活在旧世界里的笃定，他们横亘在新旧世界、新旧文化的中间，虽然距离外面的世界只一步之遥，"结果呢，还是努力地维持旧局面吧，反正得站一面儿，那么就站在自幼儿习惯下来的那一面好啦"①。在这种矛盾的性格和选择中融会了"五四"以后中国社会的各种症结，个人的、文化的、历史的，各种问题汇集在这类站在历史"中间"的传统知识分子身上。觉慧、周冲们虽然比觉新们得风气之先，更富于时代感，但激情有余，丰富不足，还不足以承载一个特殊历史时期的全部复杂性，觉新们身上鲜明的过渡人格特征和作为"历史中间物"的无奈与痛苦是转型时期中国社会矛盾的表征。

20世纪40年代，现代文学已经走过了20年，文学思考社会的维度也发生了微妙的变化，在相同题材的作品中，这种变化轨迹格外清

---

① 《老舍文集》（第十四卷），人民文学出版社1995年版，第54页。

晰明了。20 世纪 30 年代，觉新、黄静宜作为"人之子"的痛苦，是个人的觉醒和家庭责任间的矛盾，家族门槛是封建统治的界限，无论是传统文化，还是封建大家族，都被放置在"反动"的位置上。20 世纪 40 年代，作家不再坚持个人/家庭、现代/封建二元对立的思维，而是从文化、时代与人的多重关系入手，思考传统文化在历史转折节点上的衰落与重建，作为节点人物的"长子"的多重面影与命运沉浮。蒋蔚祖、曾文清无须像觉新那样背负沉重的家族责任和生活重负，作者不再强调社会、家族对个人的要求，而是把"长子"视为传统文化的载体，深入传统文化和人物性格的双重内部，展现传统文化如何塑造了具有典型意义的人物性格，个人的命运际遇、生活选择又如何凸显了其负载的文化的特质和"命运"。

蒋蔚祖和曾文清都是中国传统文化结出的"果实"，无用、无力是蒋蔚祖和曾文清留给读者最深刻的印象，既是个人在现实生活中的无用，也是古老文化在历史转折点上的无力。蒋蔚祖身上散发着浓郁的苏州软性文化的敏感与精致，曾文清保持着皇城根世家子弟的悠闲和派头，传统文化的因子渗透在他们的血液和骨子里。蒋蔚祖在苏州园林里过着雅致而闲适的诗书生活，传统文化的滋养使他善于从平凡的生活中挖掘诗意，时刻保持着诗意的优雅和良好的修养，说话的语调是"安静、忧愁、寂寞"的，用"微笑的、忧愁的眼睛"注视他人。优雅和诗意的"外壳"下掩藏不住的是生活的封闭与空洞，远离了时代主题和历史要求的生活与文化，必然是无用的，而生活其中的人更是孱弱无力的，无力改变生活的乏味，也无力参与到重大的社会历史变革中。历史巨变的转折时刻本可以激发传统文化焕发新的生机和创造力，可惜的是，传统文化大树熟烂透顶，结出的"果子"已经禁不得任何碰撞。蒋蔚祖和曾文清已经失去了独立生活的决心和能力，蒋蔚祖虽然离开了苏州，但是到了南京之后也是无所事事，只想

维持住和金素痕的婚姻；曾文清信誓旦旦地走出了曾家大门，终于禁不住"外面的风浪"，"飞不动"又回来了。"家族伦理关系一旦遇到现代文明和个性自由欲望的挑战，家族内部沉淀的所有矛盾就会迸发出来，以长子为中心的冲突便会展现出诸多社会性审美性悲剧类型。"① 蒋家三兄弟中，蒋蔚祖受传统文化熏染最深，命运也最为悲惨，蒋蔚祖承载的是一种在现实和历史境遇中失去竞争力和生命力的文化形态，他的悲剧既是个人的，也是传统文化在现代社会中的悲剧。

路翎和曹禺都选择通过文化的视角来审视"长子"一代的悲剧命运，但是在对待传统文化未来的态度上两者并不一致。《北京人》中，曾家上下老小过着寄生虫般的腐朽生活，愫芳是这个家庭中唯一有生命气息的人，愫芳身上几乎凝结了所有传统文化期待的女性美德，她的隐忍、善良、贤惠、牺牲精神与曾家的算计、狭隘、刻薄形成鲜明的反差。这种反差中寄托了作者预设的理想化的生命形态和人格。从文化属性上看，愫芳与曾文清其实是同一类人，都是传统文化的"果实"——同样善良、内敛、隐忍，渴望相濡以沫的爱情、平淡安宁的生活，也正是诸多的相似才让两个人保持着息息相通的情愫，又谁都没有勇气捅破那层"窗户纸"。幸运的是，愫芳在还保留着一丝生活信念和生命意志的时候，遇到了袁任敢，最终勇敢地走出了曾家，开始了新的生活，如果没有这个机遇，依愫芳的性格，很可能成为第二个曾文清，被封建文化彻底"压碎"，在曾家终老一生。清末国门被迫打开后，天国王朝进入现代世界的政治秩序中，开启了中西方文化的碰撞与交流，也把传统文化推上了艰难而漫长的现代转型之路。家国同构，国运即家运，家运即国运。贤良淑德的愫芳出走曾家，"娜

---

① 赵德利：《长子情结与人格悲剧》，《社会科学》2001 年第 1 期。

拉"从借以寄生的封闭稳定的家庭空间进入全新开放的现代公共空间。愫芳之于曾家，亦如清王朝之于世界，愫芳的出走是对自身所承载的传统文化的生活方式、价值观念的突破，也推动传统文化在现代文化语境中自我更新，焕发新的生命力。曹禺虽然对封建家族和传统文化对生命的扼杀深恶痛绝，但仍把文化的未来新生寄托在传统文化内部的自我调整和挖掘上。而在《财主底儿女们》中，路翎设计的对比性人物也是一位女性：金素痕。与愫芳不同，金素痕是一位与传统文化没有丝毫联系的女性，旺盛的生命力、果断的行动力、掌控生活的意志、咄咄逼人的野心，都使她区别于传统女性的温婉内敛，也不同于那些在"五四"新文化影响下，走出封建家庭的新女性：莎菲、子君。金素痕是一位从性格到行为都很"西化"、现代的女性，她的特立独行不是源自"五四"新文化的感召，而是与生俱来的，从骨子里散发出来的，金素痕的性格和精神特质承载的是一种与传统文化截然不同的全新的现代文化形态。两种文化的差异将在后文进行深入讨论。通过蒋蔚祖与金素痕的婚姻关系，路翎将两种共时共生、品格迥异的文化形态加以对比，反思批判传统文化，并期待在其他文化的冲击下，传统文化浴火重生。

二 传统文化与资本主义文化的"对峙"

如果说巴金是从新旧文化冲突的角度塑造觉新，老舍侧重从家国冲突的角度切入祁瑞宣，那么路翎的独特在于，他敏锐地发现了社会文化思潮中潜隐的一股更强大的文化形态：资本主义文化，并在文本中通过人物形象与人物关系"象征性"地"再现"了这一历史现场。今天的现实——资本主义文化在全球的扩张——已经证明了当年路翎的警觉，这种独特的视角也让蒋蔚祖在长子形象序列中既占有一席之地，又鲜明地区别于他人。蒋蔚祖夹在中国传统农耕文化与资本主义

商业文化的冲突中，这种冲突在物理空间上表现为苏州与南京的"双城记"，在伦理关系上表现为蒋捷三与金素痕的"争夺"与"较量"。

作为苏州首富蒋捷三的长子，蒋蔚祖天资聪慧，传统礼教的浸润赋予他温文尔雅的举止、丰富的学识和高雅的品位，充分体现了传统士大夫的生活格调和美学趣味。蒋蔚祖是中国传统文化期待的人格形态和理想的文化载体。按照正常的生活路径，他应该顺利地接过家长的权杖，并过渡成为德高望重的乡绅，在平稳和安逸的生活中完成静穆而完美的一生，就像他的父亲一样。但不幸的是，他生不逢时，时代和世道都变了，最重要的是支撑他的文化体系不再具有绝对的权威和控制力。小说为蒋蔚祖提供了一个和高觉新、曾文清、祁瑞宣相似的生活环境，这点路翎没有区别于前辈巴金、曹禺、老舍等，转折点发生在蒋蔚祖的婚姻关系上，作者为他安排了一位现代而强势的妻子：金素痕。无论是觉新还是瑞宣，虽然并不是自由婚恋，但幸运的是他们的妻子都是温良恭顺、贤良淑德的传统女性，他们的婚姻也并非一无是处，觉新在度过了最初失去梅表姐的悲伤后也平静地接受了瑞珏；祁家长孙媳妇是祁老爷子最喜欢的人，"会持家，又懂得规矩"；曾文清有情投意合的愫芳陪伴在身边。这些作品还是在传统伦理道德的框架内展开人物婚恋叙事，路翎则跳出了这种关系，赋予蒋蔚祖和金素痕截然对立的性格特征与精神气质。金素痕是一位彻底的现代女性，读《少年维特之烦恼》，上政法学校读书，获得法律学士，"谈法律、政治，谈张学良和汪精卫，也谈维特"[①]，并且头脑异常的清晰灵活，懂得利用现代社会规则达到自己的目的，这样一位具有强烈现代意识和独立精神的女性完全可以列入"知识女性"的行列。她身上对欲望和金钱毫不掩饰的追求，她的进取野心和果断的行动力，

---

① 《路翎文集》（第一卷），安徽文艺出版社1995年版，第123页。

与传统文化的中庸、内敛，对"欲"和"物"的克制形成鲜明的对比；身为儿媳，她敢于忤逆长辈权威，作为妻子，她敢于"改造"丈夫服从自我，这些都与传统伦理关系中女性的位置、职责大相径庭。金素痕所有的性格特征、精神气质都与蒋蔚祖构成极大的反差，具有鲜明的资产阶级上升时期的进取精神和启蒙意识。显然按照苏州蒋家的地位和家教，蒋蔚祖娶一位门当户对、贤良淑德的大家族小姐似乎更符合生活的逻辑。如果小说这样发展，只是重复了巴金、曹禺等前辈的立场，路翎显然意不在此，而是有意安排一段门不当、户不对的婚姻关系承担传统文化与资本主义文化之间"交锋"的"重任"。

在这场"交锋"中，蒋捷三、蒋蔚祖、金素痕三人构成了一种奇妙的关系，这种关系不单是依靠血缘、伦理连接的亲缘关系，而是深刻地指向一种从时空和文化形态上构成的关系。小说中，最强有力的传统文化的象征不是蒋蔚祖，而是蒋捷三。路翎始终没有如巴金、曹禺等前辈那样尖锐地批判传统文化，反而尽量凸显苏州蒋家的贵族气质和高雅格调——蒋家儿女无与伦比的优越感、细腻敏感的内心世界、精致优雅的生活态度，苏州后花园梦幻般的生活场景，这一切都让蒋家区别于巴金《家》中从里到外糜烂放荡的高家，《北京人》中压抑、刻板的曾家。蒋捷三威严权威，却没有高老太爷的迂腐、专制；虽然不赞同蒋蔚祖和蒋少祖的离家，但还是在最大限度内给予理解；对仆人重情义，在创业持家的历练中积累了丰富的人生经验。最重要的是，蒋捷三对历史的变革、传统文化的命运和政治时局有着清晰的判断和理解。在蒋淑华的婚礼上，他的一席话虽然不免流露出对传统文化走向衰败的感伤和喟叹，但对现实清醒的认识甚至比年轻一代更深刻，这一点也区别于高老太爷们对封建文化专制抱守残缺、冥顽不化的态度。因此，路翎是把蒋捷三塑造成中国传统文化礼教培育出来的练达正直的乡绅，而非封建腐朽文化的代言人。蒋蔚祖也是中

国传统文化之子，从蒋捷三对蒋蔚祖的喜爱中可以看出二人之间文化心理的认同。不幸的是，蒋蔚祖出生的年代，中国传统文化已经度过了最有活力、最辉煌的时期，正走向委顿，文化自身失去了创造力与整合力，优越的生活条件让他失去了蒋捷三性格中积极进取的一面，只继承了安逸静穆的一面，也失去了参与现实人生的能力和动力。如果说蒋捷三象征了中国传统文化辉煌的"过去"，那么蒋蔚祖就是中国传统文化的"现在"，而金素痕则象征了正在中国崛起的，具有顽强生命力的，属于"将来"的一种文化形态：资本主义文化。因此，金素痕与蒋捷三对蒋蔚祖的"争夺"就不仅仅是简单的"弑父"或情欲与金钱的纠缠，更是两种不同品格的文化争夺"现在"中国的较量，这也是现代文学中较少见的在日常家庭伦理层面展现"现代性"的交锋。

金素痕是中国现代文学中"另类"的女性形象，她不同于温婉的传统女性——瑞珏、愫芳，也不同于受"五四"新文化感召的"娜拉"——子君、莎菲，她那锋芒毕露、咄咄逼人的气势，对欲求的无所掩饰，都让读者感到某种不适或陌生。这是一个被研究者称为"恶之花"的女性，这里所谓的"恶"并非穷凶极恶、为非作歹，而是相对于中国传统文化礼教对女性的品行要求而言的，金素痕对爱情和金钱大胆的索求，极富戏剧性的情感变化，都不符合传统文化的道德标准——温柔敦厚、温婉平和。在现代理念中，女性追求情感自由和经济独立无可厚非，是时代进步、女性觉醒的象征。小说开始时，金素痕提出要离开苏州蒋家，到南京生活读书，传统文化的"大本营"——苏州静谧、舒暖、沉滞的节奏和氛围显然不能满足金素痕对生活的要求，而南京现代、多样、丰富的生活更适合她，也只有离开苏州，金素痕才能摆脱蒋捷三，获得爱情和生活的独立。故事到此，还只是子君经历的翻版，只不过子君出走时未婚，但是我们对子君后来的遭遇更多抱以同情和遗憾，对金素痕却多反感与厌恶。原因就在于，子君和金素痕代表了两种不同的精神诉求和文化形态，前者在读者习惯的经验之内，而后者超出了读者的经验范围。子君在勇敢地迈出第一步后获得了爱情，但是童话爱情的"第二天"，她又回归于家庭生活的安稳天地，恭顺丈夫，操持家务，和油鸡阿随做伴。因此，从文化心理上看，子君依然是"相夫教子"式的传统女性，她追求爱情自由而不是爱情中独立的位置，她的生活方式和精神诉求并没有离开传统文化规范多远。而金素痕在离开苏州后，并没有停下来和蒋蔚祖过悠闲安逸的家庭生活，依然不断地规划生活、发展自我。金素痕在整部小说中的"突兀"也正是因为这种富有进取性、扩张性、征服欲的精神品格与蒋家儿女的矜持、高傲、安逸、稳重格格不入，更是因为具有旺盛活力的资本主义文化对暮气沉沉的传统文化的冲击和破坏。在与蒋捷三、蒋家儿女的"斗争"中，金素痕如鱼得水，游刃有余，主动利用现代法律手段争取财富，而蒋捷三和他的儿女们却试图依靠伦理道德解决问题，这是两者最大的区别，也是两种文化的本质分歧。在现代社会体制与制度面前，金素痕积极主动适应，而蒋家显得无所适从、毫无章法。

路翎在蒋捷三、蒋蔚祖、金素痕三个人物身上投射的情感是微妙的，一方面，作家对传统文化怀有深深的情感和迷恋，这种情感在对苏州蒋家的描述中清晰可见，另一方面，他又理智地觉察到西方现代性在这块古老土地上不可阻挡的扩张，以及随之而来的资本主义文化裹挟的强大力量对传统文化、日常生活的颠覆。两者的交锋始终困扰着路翎，一方是情感的眷恋和依赖，另一方是理性的认识和判断。路翎在中国以较小的篇幅再现了巴尔扎克在《人间喜剧》中的矛盾——巴尔扎克"在'人间喜剧'里给我们提供了一部法国'社会'的卓越的现实主义历史"，"把蒸蒸日上的资产阶级在1816—1848年这一时

期对贵族社会日甚一日的冲击几乎一年年地描写出来","巴尔扎克在政治上是一个正统派;他的伟大的作品是对上流社会必然崩溃的一曲无尽的挽歌;他的全部同情都在注定要灭亡的那个阶级方面。但是,尽管如此,当他要使他所深切同情的那些贵族男女行动起来的时候,他的嘲笑是空前尖刻的,他的讽刺是空前辛辣的"。① 中国传统文化讲求克制和压抑"欲"和"物",对实利、功利怀有抵抗,中庸的生活哲学与资本主义的进取扩张构成极大的反差。但是,西方现代思想和文化理念随着坚船利炮渗透进中国,现代性在中国发生只是迟早的事情。中国现代文学从诞生之初就紧跟各个时期的时代主题,"五四"的个性解放,轰轰烈烈的大革命落潮,民族战争与文学"转向"等,宏大的时代主题一定程度上也遮蔽了某些问题。茅盾较早从经济生产的角度批判资本主义大机器生产对小农经济的破坏,批判的立场揭示了资本的罪恶,也束缚了对资本主义文化更全面的认识。路翎则另辟蹊径,从文化形态和生活伦理的角度呈现了不同文化间的冲突,文化形态的考察角度也使文本更富于包容性和反思性,在经历了时间的考验后仍然具有阐释的空间和价值。事实上,生活层面的变革较之轰轰烈烈的革命、政治更隐秘而普遍,对于读者而言,从心理上接受一种迥异的文化体系更为艰难,作者形象地把握了两种文化的特质,通过蒋捷三、蒋蔚祖、金素痕的关系隐喻了一场隐秘的文化"战争"。

路翎对这个问题的处理既没有以批判的立场来审视传统文化,也没有对资本主义文化抱有抵触的态度,而是对双方都秉持了包容开放的态度,站在比较客观的立场上来呈现这场"交锋",让文化自身的形态和"力量"去互相碰撞,而不是由作者的情感立场控制叙述走向。遗憾的是,小说在最紧张的环节却戛然而止,金素痕已经胸有成

① 《马克思恩格斯列宁斯大林论文艺》,人民出版社 1964 年版,第 59—60 页。

竹地做好了与蒋家儿女走上法庭的准备，小说却在蒋蔚祖的死亡中切断了线索的发展，金素痕再次出场时已经是另外一副面貌，她失去了儿子，流离失所。战争的爆发使这场文化的"交锋"中断了，也摧毁了两种文化自身发展的路径。这种莫名的中断也是小说的硬伤之一，在一定程度上伤害了小说叙事的完整与流畅。更为微妙的是，文化发展的走向又"离奇"地回应了小说的"中断"。民族战争的爆发阻断了"五四"以来对西方文化借鉴、吸收的势头，西方现代性在中国的实践受阻；因为战争动员的需要，传统文化未经分析地被重新推重，甚至表现出民粹主义的倾向，转而走向"反现代性"的道路。

金素痕与蒋蔚祖的婚姻关系更像一场战争，在这场战争中，每个人都想从对方那里获取自己所需，可是耗尽了生命，最终还是两败俱伤，一无所获。市民阶层出身的金素痕想通过与蒋家的婚姻提升自己的社会地位与文化品格，蒋蔚祖为金素痕强势无畏的个性所吸引，文学用隐喻的方式再现了历史性境遇中的文化矛盾。在蒋捷三、蒋蔚祖、金素痕的三角关系中，最痛苦尴尬的是蒋蔚祖。蒋捷三与金素痕在性格、文化、心理等方面反差极大，但两者又具有共同点——对自身精神诉求、文化立场确定无疑的坚定，而蒋蔚祖恰恰与其相反。蒋蔚祖是传统士大夫型知识分子，完全因袭礼教传统长大，琴棋书画无一不精，"聪明，优美，而且温柔多情"，如果娶一位知书达理、贤良淑德的大家闺秀或小家碧玉，加之庞大的家产，他可以在苏州园林中一生听风吟雨。但时代的风暴难以让任何人置身事外。蒋蔚祖嗅到了时代的气息，也不甘心一辈子守着暮气沉沉的苏州大宅，渴望迈出家族大门，看到外面更广阔的世界，而他却没有蒋少祖的果敢和勇气，一走了之。这也很符合蒋蔚祖，以他的性格，也只能做到这个尺度上的争取，而这种渴望和遗憾合乎情理地由金素痕弥补了，这也是为什么蒋家所有人都对金素痕颇有微词、不屑一顾，唯独蒋蔚祖对自己的

婚姻非常满意：

> 亲戚们对蒋蔚祖谈及家庭事件时总是用这种调子……他们表
> 示对蒋蔚祖底婚姻很惋惜。……接着他们叹息，用叹息表达其余
> 的。蒋蔚祖很厌恶这个。蒋蔚祖是无条件地，满意自己底婚姻，
> 热爱金素痕。

> 蒋蔚祖在他和金素痕的关系里表演着一种单纯的，热情而苦
> 恼的恋爱，这是命运给单纯的男子在遇到第一个女子时所安排
> 的，他在那个女子身上发现一切，他觉得她是不可企及的，他觉
> 得，他将完全幸福，假若这个世界上除了他们以外没有别人。①

蒋蔚祖是发自内心地爱着金素痕，他在金素痕"身上发现的一
切"：果敢、强势、坚决的性格，这些是蒋蔚祖所渴望而又缺乏的，
金素痕的这些性格特征既弥补又凸显了蒋蔚祖优柔寡断、软弱、隐忍
的性格缺陷。

小说中金素痕的贪婪和欲求给读者留下了深刻的印象，以至于读
者可能忽略掉一些小细节。金素痕在嫁给蒋家之前对自己的婚姻是满
意而充满期待的，她出生时原本富有的家庭已经破落，父亲在南京做
了律师，金素痕成长在一个充满了现代意识和商业气息的市民家庭，
这是资产阶级的本色和"底子"。暴发户拥有在社会上获取资本的手
段，却没有取得相应的社会地位。金素痕的卑微出身在蒋家儿女们的
高傲、威势面前无处藏身，蒋家的优越感和贵族气质是她可望而不可
即的。因此，在和蒋蔚祖最初的婚姻中，"她认为她对蒋蔚祖的感情
是无可非议的；她并非不爱这个秀美的，聪明而忠厚的蒋蔚祖"②，金
素痕希望通过婚姻获得蒋家儿女与生俱来的高贵和优越。这是一桩奇

---

① 《路翎文集》（第一卷），安徽文艺出版社 1995 年版，第 73 页。
② 同上书，第 123 页。

特的婚姻，接受传统文化教养的蒋蔚祖希望通过和金素痕的婚姻想象性地弥补自己性格的缺憾，获得精神的重生；现代意识强烈的金素痕则希望嫁入封建大家族提升自己的品位和地位。封建贵族优雅的品位与资产阶级世俗的本色，封建贵族的懦弱和死气沉沉与资产阶级的野心和自信，种种奇妙的历史关系被作者糅合进一段婚姻关系中，以合乎情理的方式在日常生活中落实，个人与历史在一段婚姻关系中相遇、交织。

理想化的组合不能抵消现实的矛盾。金素痕不但没有获得品位和地位的提升，反而被蒋蔚祖的怯弱折磨得生不如死，蒋蔚祖软弱无能的性格无法满足金素痕不断索求的欲望和期待；而金素痕膨胀的个人欲望更是变本加厉地折磨着蒋蔚祖，在蒋蔚祖的世界中，他只需要守着一个理想的妻子，过着淡然、平稳的生活，这种生活又完全不能满足金素痕的欲望。两个人在错位中互相折磨。作者用一种看似怪异又逻辑清晰的方式把两种文化形态加以对比，传统文化的优雅与格调不能掩盖不合时宜的惰性，资本主义文化的现代意识和进取精神又带来了不可控的破坏和过度的索求。在两者的比较中，作者尝试让读者分辨传统和现代的对立与交织，同时也给反思现代性留下了空间。蒋蔚祖与金素痕紧密而又分裂的关系喻示了现代性语境中传统与现代、东方与西方的冲突，而这种冲突具有所指的双重性：在文本内，是传统文化危机的预言；在历史语境中，又指涉国家民族在东西方夹缝中的选择和走向。

三 "疯癫"与清醒

金素痕的不忠与背叛彻底摧毁了蒋蔚祖的精神世界，他不时陷入神智混乱中，背着父亲从苏州逃回南京，又背着金素痕，身无分文，徒步逃回苏州，父亲的去世又给了他巨大的打击，精神彻底崩溃，陷

人疯狂。病态的蒋蔚祖反而彻底摆脱了身份、文化的束缚,随心所欲地设计安排生活,时而在酒席上公然用"憎恶的细声发表思想",指责人性的堕落;时而把自己的房间装饰成"深沉的巢穴",摇身变成"人间底王者";时而处于"无欲望状态",聆听"长江底悲惨的呼吼"。① 疯癫之前,蒋蔚祖对金素痕无可奈何,任由金素痕操纵摆布,疯了之后,他全然摆脱了现实生活中弱者的身份,回归到完全自我的精神世界,获得了清醒独立地审视世界的眼光,发出对这个时代和社会最沉痛的诅咒和控诉。

蒋捷三死后,金素痕和蒋家儿女为了争夺家产大打出手,互相指责,蒋家儿女一改昔日的温文尔雅和手足之情,各怀心事,绞尽脑汁瓜分家产祖业,蒋蔚祖却异常清醒理智。王定和看到烛光中,蒋蔚祖"长着短而硬的胡须","少年时代的秀丽和温柔是突然地消失,这个脸孔是变得严厉、狂热、颓废而冷酷"②,冷眼旁观家族中上演的一出出闹剧,慷慨激昂地指责虚伪的亲情、狡诈的人性和所谓的仁义道德。

"假若你死了,你觉得如何?假若你死了,别人跑来哭,把东西抢光——假托孝顺之名,孔孟之道,而你还爱这些人吗?要是你又活转来的话,他们是你的儿女吗?"

"你们夫妻间有爱情吗?你们兄弟有信义吗?你们父子间有慈爱吗?"

"奸淫就是爱情呀!抢劫就是孝顺呀!"③

在失去了家庭的庇护后,在乱世中,蒋蔚祖行将腐朽的生命反而

---

① 《路翎文集》(第一卷),安徽文艺出版社1995年版,第192、280、333页。
② 同上书,第281页。
③ 同上。

焕发出惊人的清醒，犀利地掀开了封建大家庭温情脉脉的虚伪面纱，大胆地暴露出高贵下隐藏的罪恶。蒋蔚祖不仅一针见血地刺透了蒋家，也把矛头指向了整个时代和社会。为了拉拢社会关系，金小川借着 60 岁生日大摆宴席，宴请法官、律师、推事和亲戚，赌博、喝酒、评论时事，蒋蔚祖却出人意料地把警察找来抓赌博，满心热情的警察被一屋子有头有脸的社会名流震慑住，讪讪地离开。宴席上看着众人觥筹交错，蒋蔚祖犀利地指出真相，"你们这些猪狗！你们是禽兽"，"你们应该羞死，你们敛钱，偷窃！赌博又杀人！你们简直吃人，你们吃的是人肉"。① 这与现代文学中另一个著名的"疯子"狂人何其相似。文化解体的时代，理性和疯癫本没有清晰的分界，疯子反而是这个世界最清醒的批判者。"路翎笔下的疯子大多是社会的牺牲品。以人物的被扭曲的灵魂来反映社会、表现人生命的痛苦，是路翎在他的文学追求中的重要成果。"② 鲁迅借狂人之口发出对封建礼教吃人的批判，蒋蔚祖疯癫后对世界的冷眼旁观与哈姆雷特的"装疯"更为神似，对道德沦丧、人性堕落、欲望膨胀、金钱诱惑的批判具有一种形而上的意味，他们的"疯言疯语"与荒诞不经的行为向"正常人"和社会发出抗议挑战。蒋蔚祖"使我们感到蒋家二三十人中他是唯一清醒的人物"③，现实中的蒋蔚祖切身体验着社会的黑暗、人性的扭曲，却无力改变，而"疯子"的身份成了他表达内心真实和反抗现实的"保护伞"。"疯癫"既是作者观察社会的一个途径，也是探索人性非理性精神世界的入口。

① 《路翎文集》（第一卷），安徽文艺出版社 1995 年版，第 192 页。
② 朱珩青：《路翎：未完成的天才》，山东文艺出版社 1997 年版，第 83 页。
③ 杨义：《路翎——灵魂奥秘的探索者》，《文学评论》1983 年第 5 期。

第二节 多元"主义"角逐中的
"徘徊者"——蒋少祖

　　不可否认的是，为《财主底儿女们》赢得了非凡声誉和文学史地位的是那个浮士德式的蒋纯祖。没有蒋纯祖，小说也就顿失灵魂，碎落一地。蒋纯祖的光辉除了源自自身独特的人格魅力、精神力量和思想锋芒外，如果没有蒋少祖"别样"人生道路选择的反衬、没有兄弟间针锋相对的思想分歧，蒋纯祖的光芒不会如此灼人。在蒋氏三兄弟中，几乎很少有人忍心去谴责、批判生不逢时、命运多舛的蒋蔚祖，而蒋纯祖至死不渝的信仰和精神追求也让人忽略了他性格上和思想上的某些偏执，唯独蒋少祖几乎承受着众口一词的批评与质疑的声音，从革命先驱到文化"复古"者的人生转变被视为知识分子软弱动摇的反面教材。在现代中国特殊的历史语境中，"复古""保守"几乎是无可置疑的贬义词，与保守、复古沾边意味着政治上的反动、文化上的封建专制、思想上的僵化腐朽，必将招来严厉的批评和"痛击"，更何况从革命先驱到"复古"的180°的倒退，几乎不可能被宽容地接受和理性地看待。因此，蒋少祖的精神历程中所包含的历史合理性与思想史价值几乎很少被提及，或者只在被批判的尺度内呈现。事实上，蒋少祖所具有的思想深度和复杂性并不弱于蒋纯祖，蒋纯祖的个人经历与现代中国革命的关系更切近，所关涉的问题也更直观可感，而蒋少祖的价值则需要在更长的历史河流中冲刷打磨，才能甄别其中的意义和价值。

一 文化保守主义的精神向度

蒋少祖的人生分为泾渭分明的两个阶段：第一个阶段，他是纯正的五四之子，"蒋家底第一个叛逆的儿子"；第二个阶段，他"退守"到文化保守主义的立场上。小说起始于1931年的一二·八战争，五四新文化运动已经过去了十多年，作者在两页简短的篇幅里交代了过去十几年中蒋少祖的人生轨迹：16岁到上海读书，也因此与父亲决裂；大学毕业后积极参与社会政治活动，办报纸；"五四"落潮后，"环境有些灰暗，他突然非常的忧郁起来"①，于是东渡日本，结婚生子；"九一八"事变前，返回上海，重新开始参与社会活动。在"五四"文化感召下走出家门，寻求自我价值和个性解放；"五四"退潮后，精神陷于彷徨与空虚，是具有代表性的现代知识分子的精神历程和生活轨迹。小说开始时，蒋少祖在上海朋友经营的书店做编辑，并"接近"了社会民主党，但他并不完全认同这个政党的立场；通过参与社会活动、写文章和翻译，蒋少祖在上层社会和群众中逐渐建立了一定的威信和影响力，打开了自己的圈子，"试出自己是强者"，摆脱了"去日本以前的那些怀疑和痛苦"，"有了新鲜的、愉快的心境"②。这一时期的蒋少祖虽然对政局黑暗不满，政见也不成熟，但对通过政治改革、改造社会、革新思想推动中国走向现代道路的策略并不怀疑，文化信仰和立场始终旗帜鲜明，崇拜歌德、热爱卢梭，信仰自由和民主，坚信中国必须坚定地走向现代文明。这一时期的蒋少祖是一位满怀革命信仰和理想的知识分子、社会活动家。

小说中提供的促使蒋少祖精神和思想发生变化的契机是回苏州探亲。蒋捷三几次让儿子回苏州，蒋少祖害怕父亲知道他与王桂英的感

---

① 《路翎文集》（第一卷），安徽文艺出版社1995年版，第4页。
② 同上书，第194—195页。

情纠葛，借口事务繁忙，再三推迟，最终促使他下决心回苏州的真正原因不是亲情和良心的愧疚，而是"他注意到了父亲底旦夕不保的财产"，但是苏州之行的真正意义却绝非在于获得大笔财富。回到"四年未踏上"的苏州，蒋少祖对故国家园的感情不再是十几岁离开时的决绝和义无反顾，父亲的慈爱和衰老让他感到心痛，对由于自己的叛逆而给父亲造成的伤害感到内疚。熟悉的街市、纯白宁静的后花园、披雪的树木、结冰的荷花池，"每一个角落都能唤起他底回忆来"。路翎用诗意又略带忧伤的语言细腻地刻画了蒋少祖踏上这片土地时的瞬间感受："一切都很不同了；没有想到地，一切都很不同了：现在，这片土地上，是静静地落着雪。……蒋少祖此刻所经验到的深挚的感动，是只有那些在外面斗争了多年，好像是意外地，好像仅是被吸引似地，突然地离开了自己把它当作生活、斗争、死亡的场所的外地，而回到故乡来的人们才能理解的。"① 当家族逆子习惯了在各种社会活动革命实践中奔走呼喊、习惯了"启蒙""革命""自由""个性"等现代观念下的生活，似乎无须稍许停留以反观身后，无暇再去淡然平和地面对内心的诉求。苏州之行让蒋少祖暂时从十多年的过往生活中抽身，获得了一个冷静反思的机会，在现代视域中反观苏州，以及苏州所代表的传统文化。

苏州之行之于蒋少祖，比金钱更重要的收获是重新认识传统中国与文化，并"意外"地激活了心灵深处某个被遮蔽的角落，与这种文化藕断丝连的精神关联——这恰恰是他曾经极力否认批判的。这是对传统文化的一次发现，也是曾经的"五四"之子对自我隐秘内心的重新发现。在现代文学中，表现知识分子精神困境的作品非常多，但从回归传统文化的角度揭示知识分子迂回曲折的精神动向和文化诉求的

---

① 《路翎文集》（第一卷），安徽文艺出版社 1995 年版，第 209 页。

作品则并不多。正如赵园敏锐地发现，新文学始终不大了解"新文化"的抵抗者，更没有提供"新文化"抵抗者的饱满有力的形象。①这种不了解的背后，除了作者思想认识和艺术把握力欠缺的原因外，也许还有更复杂的文化心理原因。无论出于何种理由的"回归"与"向后看"，对于"五四"之子来说都是"艰难的选择"，不仅是因为文化立场的消极"倒退"在激进的文化语境和政治语境中必然承受相当的社会压力，更意味着对曾经的个人信仰与选择的否定和"背叛"，而这种自我"背叛"恐怕是很多知识分子不愿意承认或难以接受的。

事实上，无论"五四"新文化的先驱们如何不遗余力地批判传统文化和社会制度，却都无法否认与传统文化"剪不断理还乱"的情感联系。最激烈的传统文化批判者鲁迅创造了现代文学中最深刻，也是最模糊的比喻："我在少年时，看见蜂子或蝇子停在一个地方，给什么来一吓，即刻飞去了，但是飞了一个小圈子，便又回来停在原地点，便以为这实在很可笑，也可怜。可不料现在我自己也飞回来了，不过绕了一点小圈子。"② 这个比喻也几乎被理解为是对革命先驱、知识分子动摇、复古的批判，而很少有人愿意从文化心理的角度去理解其背后更广泛、更复杂的精神迂回，鲁迅又何尝不曾孤独地在会馆抄录古碑。

蒋少祖在苏州的后花园流连，设想"假若二十年后，我底事业成功，那么，我就要住到这个地方来！在落雪的冬天，几个朋友，一盆火，还有我底孩子们！多么好啊，能够休息是多么好啊！……年轻的幻想和错觉，应该过去了！"③ 简约、朴素的文字，淡然、温润的生活格调，悠远、静谧的美学意境，这种士大夫式的文化趣味和情感需求

---

① 参见赵园《艰难的选择》，上海文艺出版社 1987 年版，第 356 页。
② 鲁迅：《彷徨》，人民文学出版社 1973 年版，第 24—25 页。
③ 《路翎文集》（第一卷），安徽文艺出版社 1995 年版，第 221 页。

与周作人对饮食文化的理解异曲同工，"喝茶当于瓦屋纸窗下，清泉绿茶，用素雅的陶瓷茶具，同二三人共饮，得半日之闲，可抵十年的尘梦"①，不仅在日常生活的细节中获得精神的愉悦，甚至路过义和团以前的老店，"望着异馥斋的丈许高的独木招牌，不禁神往"，"那模糊阴暗的字迹又引起我一种焚香静坐的安闲而丰腴的生活的幻想"②。对"包含历史的精炼的或颓废的""无用的游戏和享乐"的神往和追求是中国传统文化培育的知识分子共同的审美化的生活态度和趣味。③正如钱理群所言，这种生活方式和文化，具有"鲜明的贵族文化的烙印"，"它丰腴、精致而又无用，更注重内在的情趣；既安闲，又充满洞彻人世沧桑的历史感"，凸显节制、内敛、淡泊的品格，与新文化的激进、张扬、狂飙反差极大，在西方文明的参照下，对这种文化峰回路转的品读中又多了一丝"因其在现代物质文明冲击下的失落感到惆怅，而这略带忧郁的情怀又为这类艺术化的生活方式增添了别一种神采"④。

如果说苏州对于蒋少祖还仅是静谧而心仪的"诱惑"，那么从根本上动摇他曾经信仰的西方文化和政治理念的是平津访问团的所见所闻。在这个被蒋少祖称之为"旅行团"的为期一个多月的行程中，他经受了双重失望和挫败的打击。这个由所谓的精英人士组成的访问团内充满了"内部和外部的倾轧、排挤"，让蒋少祖觉得"把整个的心血积极地用在它上面，人是会变得颓废的"⑤。在访问团中，蒋少祖不仅见识了上层社会无聊的内耗和争斗，而且目睹了中国动荡社会中的黑暗和险恶，彻底厌倦了暴力，虽然理智上仍坚持革命之路，情感上

---

① 《周作人散文选集》，百花文艺出版社 1989 年版，第 118 页。

② 同上书，第 93 页。

③ 同上书，第 92—93 页。

④ 钱理群：《周作人研究二十一讲》，中华书局 2004 年版，封面。

⑤ 《路翎文集》（第一卷），安徽文艺出版社 1995 年版，第 294 页。

却陷入了极度的迷茫与困顿。在对现实和对精英阶层的双重失望的作用下，蒋少祖不可避免地陷入精神的虚无中，这也是中国现代知识分子在参与革命实践过程中普遍遭遇的精神困境。抗战爆发后，严峻的战争局势、沉重的社会现实和纷杂的主义争论促使蒋少祖的文化立场发生了转变——回归传统文化。现代文学中表现知识分子动摇、彷徨的优秀作品很多，如《倪焕之》《二月》《蚀》三部曲等，塑造了一批在革命低潮中彷徨、徘徊的知识分子形象，但无论是萧涧秋还是倪焕之，都没有质疑革命和革命的终极目标，更多的只是在革命过程中对自我的反思和检讨。而蒋少祖则从质疑终极目标"倒置"出发，进而发展到对支撑这种目标的政治理念和文化体系的重新思考。这种怀疑和思考本身就带有强烈的"知识分子"色彩，换而言之，只有一个具有强烈质疑和反思精神的主体才可能完成这种思考的过程。因此，虽然蒋少祖在轰轰烈烈的民族战争中渐行渐远的背影令人感到遗憾，但是作为一个有着较清晰性格发展逻辑的人物是成立而富有价值的。

蒋少祖的"保守"发生在抗战期间，在他的精神历程中包含两类"复古"知识分子的文化立场与精神追求。第一种"复古"是蒋少祖—周作人这一类知识分子独特的生活美学理念，他们虽然最先接受了现代西方文化和政治理念，批判传统文化的专制，同时传统文化中的精髓又化为一种美学趣味和生活态度渗透在他们的血液和精神深处，构成这类知识分子独特的文化信仰与处世态度，具有独特的美学价值。第二种"复古"并非是彻底地否定现代西方文化，也不是要彻底回归到传统文化和体制中，而是主张在社会变革时期，通过稳健、温和的方式吸收现代文明，改造传统文化，同时保留传统文化的有益成分，防止文化断裂带来的副作用，如《甲寅》《学衡》的文化主张。可惜在中国现代历史中，激进主义的锋芒何其锐利，这种"复古"的合理性也几乎不被理解。因此，有着深厚学养的胡风也在负面意义上

将蒋少祖称之为"由反叛到败北,由败北到复古主义的历程"①,也就不足为奇了。作为现代文学史上少见的清醒的"复古主义者",蒋少祖的人生道路折射了特殊历史时期的知识分子群体中普遍存在的一种精神走向和文化发展的内在逻辑。

二 历史语境·文化分歧·思想碎片

中国现代思想史上曾经出现过两次文化思潮向传统的迂回,第一次是"五四"落潮,第二次是抗战爆发,两个重要历史事件促使思想界调整了对传统文化激进的态度,但两次调整的路向并不相同。"五四"落潮后,社会整体思想氛围冷寂沉闷,思想、文化上激进的势头有所缓和,而20世纪二三十年代的思想界主导价值也趋于温和,许多知识分子开始重新认识中国传统文化的价值,尝试在本土与外来思想资源的基础上展开文化建设。北平左翼文化界发起的新启蒙运动也开始检讨"五四"的偏激,认为中国未来文化的发展应该是各种现有文化的一种辩证或者有机的综合,文化的本土意识开始崛起。抗战的爆发让民族主义文化思潮迅速赢得了民众和知识分子的情感认同,在延安形成了马克思主义学说与民俗文化融合的思想趋势,这种本土意识与20世纪二三十年代对传统文化的认识有明显的分歧,带有强烈的民粹主义色彩,对苏俄思想资源的吸收取代了欧美文化。这两个阶段恰好是蒋少祖思想历程发展的起点和终点。"五四"是蒋少祖崇尚西方文化的开始,抗战前后,其文化立场向"后"转,向传统文化倾斜,经历了一个以西方现代文化为参照激烈批判中国社会和传统文化,到通过中西文化比较反思传统与现代的过程。蒋少祖的思想历程与思想史发展的脉络既有重合又有分歧。

---

① 胡风:《路翎文集·序》(第一卷),安徽文艺出版社1995年版,第4页。

讨论 20 世纪中国思想史上的保守主义，首先要区分文化保守主义和政治保守主义，两者的坐标系和参照系是不同的。文化保守主义倾向于在维护和继承中国传统文化价值的前提下对社会文化结构进行渐进的改造，文化保守主义并非完全拒绝西方文化，而是主张审慎、部分地吸收西方文化的精髓。《学衡》杂志的宗旨也许最能代表保守主义的文化立场："论究学术，阐求真理，昌明国粹，融化新知。以中正之眼光，行批评之职事。无偏无党，不激不随。"① 以批判的方法和学术手段，研究、解释、汲取西方文学、哲学、艺术中最重要、最优秀的东西，展现西方文明的全貌和最有益的东西。政治保守主义主要表现为对现实社会结构和政治秩序的完全认同，或主张只在现行体制内做技术性的微调和修补。蒋少祖思想历程的前半段对政治变革和文化改革都持比较激进的态度，崇尚西方文化，积极寻求社会变革，后期的"保守"则要区别对待。在小说提供的框架和认知内，蒋少祖的保守倾向主要体现在对传统文化的重新认识和认同上，这种认同是建立在对中国传统文化和西方文化深入认识和比较的基础上的，而非敝帚自珍的"复古"。蒋少祖的政治立场更为复杂，西方现代理念的引入和实践并没有在中国建构起健康规范的社会秩序和政治秩序，这让他对各种理念口号下的革命都抱有一定的怀疑态度，一方面坚持中国必须建立现代民主国家，另一方面又犹疑于实际行动，"行动的矮子，思想的巨人"是部分知识分子在参与政治革命时所表现出来的悖论态度，这种复杂态度与政治保守主义根本上相去甚远。

　　蒋少祖的文化立场分为两个阶段，第一阶段从传统文化走向对西方文化的认同，第二阶段又重新回到了传统文化的立场上，后一阶段对传统文化的重新回归并非是盲目的认同，而是在中西文化比较视野

---

　　① 孙尚扬、郭兰芳编：《国故新知论——学衡派文化论著辑要》，中国广播电视出版社 1995 年版，第 494 页。

中的重新发现,而这种"再发现"是基于中国社会现状得出的。五四新文化运动提出了激进的反传统、反封建的主张。主张的提出针对的是中国千年封建文化根深蒂固的影响,封建专制对"人"的桎梏、封建礼教"吃人"的现实。新文化运动的激进策略也确实开启了民众摆脱精神枷锁、寻求个性解放的意识,但新文化运动的目标是为了解决中国的社会政治问题,建立新的社会秩序和政治秩序。当功利性的政治诉求与文化建设的渐进性、缓慢性发生冲突时,新文化运动采取了"指向政治行为的文化主义",对传统文化的批判就不能不带有断裂和偏激的色彩。蒋少祖的忧虑也正是基于这种文化激进主义所带来的某些偏颇,如机械地批判传统文化的同时也牺牲了传统文化中的精华部分,造成"年青人底对往昔的无知"[①];急功近利、盲目地追随西方文化不仅没有促成中国文化的现代转型,反而导致了传统文化的断裂。蒋少祖并非拒绝西方现代科学文明,坚持"非工业和科学不足以拯救中国",而是"反对中国人底固步自封和浅薄的,半瓢水的欧化",提倡"独立自主的精神"[②],希望中国在学习西方先进的科技和制度、建立现代民主国家的同时能建立属于自己的文化流脉,保持传统文化的魅力。

蒋少祖尤其反感的是那些自以为是的"西崽"和新派人物。其妹妹蒋秀菊和妹夫王伦留学归来,彻底变成了欧美文化的"代言人",宣称中国的希望只能寄托在他这类"对欧美各国有着深刻的认识,具有世界的眼光,年轻而富有"[③]的人身上。实际上,王伦追求的并不是解决中国的实际问题,只是通过留洋镀金的"浮光"结交政客,戴着忧国忧民的面具谋取个人名声和地位。王伦与老舍批判的"西崽"

---

① 《路翎文集》(第一卷),安徽文艺出版社 1995 年版,第 446 页。
② 同上书,第 201 页。
③ 同上书,第 220—221 页。

又有所不同，老舍先生笔下的兰小山、丁约翰，虽然行为方式西化，但是丝毫没有领会西方文化的皮毛，这些人没有左右社会文化建设、引导文化发展的能力。与这些人相比，王伦要可怕得多，他有地位、有财富甚至学问也很有诱惑力和说服力，属于所谓的社会精英人士，在文化建设和社会活动中具有相当的话语权和影响力。蒋少祖的反感也正在于此。如果按照这些"洋奴"的理念发展，中国将完全丢掉之所以为中国的文化，只不过是欧美国家在东方的一个翻版，"王伦和他底那年轻而富有的一群底现代化的国家，将是完全奴化的国家"①。蒋少祖的担忧确实反映了"五四"后中国文化发展中存在的一些问题，功利性地期望用西方文化治愈中国的"病症"，来不及理性地辨析西方文化演进中的各种问题的利弊。"五四"发生之时，西方资本主义社会也正经历文化危机，"一战"后的欧洲知识分子普遍陷于苦闷的情绪之中，但中国更迫切的现实压力和政治期待导致新文化运动在"借用"西方文化时无暇做更全面周详的考虑，选取了激进反传统文化的主张策略，在此后的近百年中，中国文化始终处在破坏的逻辑中，没有建立起有序、有效的文化传统，王伦所代表的崇洋情结就是文化失序后的一种恶果。

19世纪中叶，中国的一些有识之士开始思考向西方学习，中日甲午战争的失败激起了全社会普遍的危机感和世纪末的毁灭意识，普遍悲观、屈辱的社会情绪中催生了并不周全的戊戌变法，变法只维持了百天便告以失败，但围绕着戊戌变法所形成的思维、情感、认知方式却延续到20世纪的各个领域，那就是：知识精英基于民族危亡或社会危机的焦灼情绪，寄希望通过激烈的变革冲破传统，改造中国的现状，变革的受挫和改革进程的艰难又转而被认为是变革得不够彻底，

---

① 《路翎文集》（第二卷），安徽文艺出版社1995年版，第221页。

从而寻求下一次更激进的变革。从社会现实层面上看，中国封建文化影响绵长，民众普遍文化水平低下；西方列强虎视眈眈妄图蚕食中国；清末封建统治处于内耗和外患的双重夹击中，种种原因决定了中国在寻求变革时几乎不可能采取像英国光荣革命那样温和、稳健的方式。中国特殊的文化土壤让任何变革的实施几乎不可能贯彻到底，"中国人的性情是总喜欢调和，折中的。譬如你说，这屋子太暗，须在这里开一个窗，大家一定不允许的。但如果你主张拆掉屋顶，他们就会来调和，愿意开窗了。没有更激烈的主张，他们总连平和的改革也不肯行"①。因此，五四新文化运动以及延续到抗战的激进立场和功利性的文化诉求虽然有可商榷之处，但自有其合理性和不可磨灭的价值与意义。

中国从传统皇权王朝向现代民族国家转型的过程中有其他后发国家不可重复的特殊性。这是一个曾经"万国来朝"、创造过辉煌东方文明，有着完备的文化体系的国度，其现代转型不单单是国体、政体的改革，更重要的是如何完成自身文化的重建、如何平衡西方文化和中国传统文化的关系。这是中国"现代性"必须直面解决的问题，而带给知识分子的历史课题就是：如何在吸收西方先进文化的同时，保持自身文化的独立性。新文化运动伊始，梁启超、章士钊、陈寅恪等学者的保守立场也并非逆时代而动，政治上另有企图和作为，而是在面对西方文化挑战时几乎本能的文化本位意识，体现了一种比较清晰的知识理性和自觉的文化归属感，更毋宁说"表达了抵抗现代性蚕食世界这一现象的愿望"②。而从美学意义上洞彻文化保守主义者内心的是格里德尔，他通过对梅光迪的分析看到文化保守主义固守的"不是

① 《鲁迅全集》（第四卷），人民文学出版社 2005 年版，第 14 页。
② ［美］格里德尔：《知识分子与现代中国》，单正平译，广西师范大学出版社 2010 年版，第 231 页。

因为其中国性而视为神圣遗产，而是因为它以本土民族的形式，表达了具有普遍意义的价值：知识自律和审美节制这样一种完美的创造精神"①。文化保守主义对文化激进主义的诟病和批评也主要是从这个方面出发的。

余英时对激进/保守文化立场做如下解释：相对于任何文化传统而言，在比较正常的状态下"保守"与"激进"都是在紧张之中保持一种动态的平衡。例如，在一个要求变革的时代，"激进"往往成为主导的价值，但是"保守"则对"激进"发生一种制约作用，警告人们不要为了逞一时之快而毁掉长期积累下来的一切文化业绩。相反地，在一个要求安定的时代，"保守"常常是思想的主调，而"激进"则发挥着推动作用，叫人不能因图一时之安而窒息了文化的创造生机。② 遗憾的是，在现代中国不断激进化的历史语境中，文化保守主义的声音很难被倾听、采纳，甚至被视为历史的"反动"，使得中国文化发展中的缺陷一直未能被理性地认识和弥补，传统与现代、东方与西方的融合一直没有得到彻底的解决。而有意思的是，对激进主义和新文化运动的反思在 20 世纪 80 年代末到 90 年代初形成一个高潮，并出现了一种反激进扬保守的思想倾向③，但在反激进主义的批判浪潮中，依然可以看到另外一种激进的情绪和二元对立的思维方式：反激进的激进，"激进主义变成一个无所不包的神话，它从现代以来的

① ［美］格里德尔：《知识分子与现代中国》，单正平译，广西师范大学出版社 2010 年版，第 233 页。
② 参见余英时《中国近代思想史上的激进与保守》，李世涛编《知识分子立场：激进与保守之间的动荡》，时代文艺出版社 2000 年版，第 24 页。
③ 这一时期发表的重要文章有：陈来的《二十世纪文化运动中的激进主义》、张灏的《中国近百年来的革命思想道路》、余英时的《中国近代思想史上的激进与保守》、许纪霖的《激进与保守之间》、王树人的《文化危机、融合与重建》、李泽厚和王德胜的《关于文化现状、道德重建的对话》等。

中国历史背景上浮现出来，囊括了所有政治灾难与文化恶果"①，扬保守的文化态度下依然潜隐着激进的思维逻辑。

蒋少祖对文艺（文学）大众化和人民的态度也较为复杂。抗战爆发让现代文学中的民族立场和本土意识空前强烈，救亡压倒启蒙，人民成为战争的主体，人民的形象不再是现代文学之初麻木、愚昧的阿Q、华老栓，取而代之的是健朗活泼的小二黑、王贵，人物形象变化的背后是精神主体的更迭，作家/知识分子的文学主体地位让位于人民/工农兵，文艺创作向民粹主义倾斜。蒋少祖曾经认为克服文化愚昧、专制最好的途径是"把文化交给人民"，"人们应该管自己底生活……应该多多地思索，管自己的生活"，使人民和社会摆脱苦闷和蒙昧的状态，免除"一切专制、偏狭、机械主义的缺点"。② 这是典型的"五四"启蒙立场的思维方式，也是七月派的思维方式。七月派和延安文学都强调文学与政治、现实的紧密关系，文学为政治服务、为人民服务，但在"如何"为政治服务、为人民服务上又各执一词。《讲话》无可辩驳地制订了文艺的"标准"，"普及，也就是向工农兵普及，所谓提高，也就是从工农兵提高"。而七月派始终在"五四"新文学所建立的艺术维度、启蒙立场上考虑文艺发展的方向，处理文学"如何"为政治服务、为人民服务的问题。

抗战爆发后，出于战时全民动员的需要，人民被塑造为历史主体的时候，蒋少祖却开始质疑这种文化策略，"诚实地说，谁明白共产主义是什么？它是什么？它要给什么样的文化？并且，社会革命究竟是什么？把革命交给人民，人民是什么？那些无识的人，懂得理想吗？革命以后再启发理想吗"③。此时，蒋少祖的思考依然是站在知识

---

① 陈晓明：《反激进与当代知识分子的历史境遇》，李世涛编《知识分子立场：激进与保守之间的动荡》，时代文艺出版社 2000 年版，第 314 页。

② 《路翎文集》（第一卷），安徽文艺出版社 1995 年版，第 20 页。

③ 同上书，第 446 页。

分子的精英立场上，保持着文化上的高雅品位，对革命和暴力可能对高雅文化和传统文化造成的破坏深表忧虑。这是被勃兰兑斯称之为"在同一时间里既是一个伟大的追求自由的人，又是一个明显的贵族分子"① 的海涅曾经的恐慌和担忧，当革命风暴到来的时候，恐惧于"他们将用他们粗暴的拳头摧毁我亲爱的艺术世界中的所有大理石雕像"，"打碎诗人所钟爱、妙不可言的浮想联翩式的奇思妙想"，"锄掉我的月桂树丛林而代之种上土豆"，"我的《诗歌集》将被小贩用来做成纸袋，为将来的老妪装进咖啡或鼻烟"②。这是海涅和蒋少祖这类知识"贵族"面对暴力革命和革命文化时普遍的犹豫。他们一方面站在人道主义立场上，尊重人人享有民主、平等、自由等权利，平等享有文化艺术的权利；另一方面又维护个体追求个性自由发展、个人精神诉求的空间和可能。普遍性和个性在这里产生了矛盾，当暴力革命推翻了"害病的旧世界"，让更多人获得了平等自由的权利，也一并摧毁了时间积累孕育的文化艺术，而"这当然会使我的身心感到非常忧虑，并且我自己也会在这种情况下受到伤害！"——文明的损害，无论是蒋少祖还是海涅，都是"这个害病的旧世界"③ 的文化培养出来的，生命中都积淀着"旧世界"文化的因子。蒋少祖的困惑与矛盾绝非偶然个别的情绪，而是几代知识分子无法摆脱的精神症候，何其芳、瞿秋白、穆旦……都在这种矛盾与犹豫中兜兜转转。20 世纪 40年代，自称"年幼的堂吉诃德"的何其芳曾为自己抛弃了"充满着寂寞的欢欣的小天地"，"走向人群，走向斗争"④ 而激动不已，高声欢呼，当革命胜利后，何其芳却犹豫了：

---

① ［丹］勃兰兑斯：《十九世纪文学主流（青年德意志）》，高中甫译，人民文学出版社 1986 年版，第 111 页。

② 《海涅全集》（10），河北教育出版社 2003 年版，第 11—12 页。

③ 《海涅全集》（8），河北教育出版社 2003 年版，第 273 页。

④ 林贤治编：《何其芳散文——梦中道路》，花城出版社 2013 年版，第 205、208 页。

从什么地方吹来的奇异的风，

吹得我的船帆不停地颤动：

我的心就这样被鼓动着，

它感到甜蜜，又有一些惊恐。

轻一点吹呵，让我在我的河流里

勇敢地航行，借着你的帮助，

不要猛烈得把我的桅杆吹断，

吹得我在波涛中迷失了道路。①

诗作以"回答"为题，传达的恰恰是永远"回答"不了、永远无法得到"回答"的重重困惑。在革命文化逻辑中，政治立场与文化立场应该是一致的，绝不存在徘徊中间的调和地带，而何其芳既无法彻底扭转自己的艺术观念以适应时代的需求，也无法安然寄身于艺术的"象牙塔"中，拒绝流行的文学意识形态。"时代或历史注定了要以牺牲这一代知识分子的精神地位和独立思考作为代价，以换取一个统一的、群体的、单纯而充满神性的时代风尚。何其芳那一代人几乎没有谁不曾经历过这一精神困扰。"②

客观地说，知识分子对文化的建设和发展具有重要的作用，但具体情况又要根据具体的历史语境区别对待。抗战爆发，战争的硝烟笼罩着民族的忧患，文学艺术不可避免地附加了更多的目的性和功利性要求，文艺与政治意识形态的关系被强化。人民大众是战争的主要力量，文艺首先要为人民大众服务，其服务对象的趣味也决定了这一时期的文艺发展要牺牲掉其中精致、高雅的一部分，在民族战争的大背景下，这种牺牲在所难免，也是必要的。因此，蒋少祖在民族战争阴

① 《何其芳诗稿》，上海文艺出版社 1979 年版，第 3 页。

② 孟繁华：《梦幻与宿命》，广东人民出版社 1999 年版，第 122 页。

云密布的时候，固执地要求文艺曲高和寡地保持高雅品格和价值取向是不合时宜的、片面的。今天，我们在批判蒋少祖的不合时宜时，同样也应该承认他所思考的问题的价值。抗战和内战时期，文艺与意识形态保持紧密联系，大众化、民族化被确立为文艺发展的方向。新中国成立后，战时文化经验和实践被平行移植到和平时期，在相当长的一段时间里，文化形态与文艺形式的格调和品质越来越单一、通俗，精致的、审美的文化品格却没有得到提升。"后历史"的发展验证了蒋少祖当时的文化忧虑。

知识分子对文化民粹主义、文艺大众化的忧虑，必然涉及对人民大众的态度，这不仅是蒋少祖个人的思考，而且贯穿于现代文学知识分子叙事的始终，构成了一段知识分子"对人民的态度的历史"。在中国现代革命话语中，人民是一个厚重而模糊的能指，几乎没有一个准确的概念可以描述现代文学三十年中"人民"的具体范畴和内涵，三个十年里，人民"扮演"着不同的角色，或者说，人民从来没有改变，改变的是作者（知识分子）的立场和观察的维度。最能体现"五四"时期知识分子对"劳动者精神上的历史积淀物"的批判态度的莫过于鲁迅的阿Q，同时鲁迅又最先建立了认识人民大众的另一条路径：人力车夫的高大要榨出皮袍下藏着的"小我"（知识分子）。这条线索延伸到20世纪三四十年代不断被强化，这其中既有意识形态导向的因素，也是知识分子主动做出的选择，多种原因的组合在20世纪40年代塑造了一个崇高甚至圣化的"人民"形象，与之相对应的，是知识分子不断的自省与检讨。

蒋少祖第一次思考人民大众是苏州仆人冯家贵的死。蒋捷三死后，蒋少祖回到苏州处理祖宅，到家后，他惊讶地发现老仆人冯家贵在贫寒交加中默默地死去，老人生前一直独自守护着老宅。蒋少祖埋葬了冯家贵后，站在坟墓前，开始反思自己的生活与冯家贵的生活。

第一次，蒋少祖把自己与冯家贵放在一起比较，"这个人底一生，和我底一生，有什么不同？对了，这个人底一生，和我底一生，有什么不同？谁饶恕谁？谁有意义？谁是对的？"① 蒋少祖不再以批判的视角看待人民大众，处于思想迷茫与精神困顿中的蒋少祖在冯家贵身上看到了普通民众与日常生活中蕴藏的力量和韧性，并从中获得精神支撑，"我认为像这样的死，是高贵的"，"这种沉默的、微贱的死，是最高贵的"②。曾经坚守启蒙立场的蒋少祖把"高贵"送给一个中国最普通的劳动者，这种思想的转折是巨大的。

20世纪30年代，文学创作重新估量作为革命"物质承担者"的劳动者，劳动者巨大的行动能力映衬了知识分子的渺小。蒋少祖和同时代的知识分子一样，重新审视了人民的价值，但他对人民的认同并非出于行动力这种现实层面，而是在人民中发现了理想的中国品格——朴素、坚韧、执着，人民作为中国大地的代言人出现在蒋少祖的思考中，这种精神层面的发现更像是沈从文对湘西纯美人性的歌颂，虚构了一个精神世界的桃花源。他所看到的是理想化的、抽象化的、象征化的"人民"，而非现实的人民，正是这种精神性的发现，满足了蒋少祖对中国品格的期待视域，也为他营造了精神的幻象，遮蔽了他对人民大众更全面的思考。因此，他既没有在复杂的生活中辩证地分析人民的复杂性，也没有跟随人民的步伐，走进革命风暴的中心，反而偏执地在人民的名义下寻找躲避革命和时代要求的借口——"每个人都有他自己底意义！所以这个时代，这样的革命，是浸在可耻的偏见中！一个生命，就是一个丰富的世界，怎么能够机械地划在一起来"③。以个性和个人的名义否定时代的要求和革命的合理性，蒋

---

① 《路翎文集》（第一卷），安徽文艺出版社1995年版，第419页。
② 同上。
③ 《路翎文集》（第一卷），安徽文艺出版社1995年版，第419页。

少祖在"个性解放"上走向了歧路。作者试图表达历史洪流中包含的多种流向，却在"企图概括历史"多元的时候，"失去了历史感"①。路翎此时的叙述既是混乱的，又是清醒的。作者从人物认识的巨大转折中看到了另一面，蒋少祖此刻心里对人民的"信任"，已经包含了"他并未意识到"的"不信任"。对人民、对"微贱"的沉默者的认同只是在现实生活中看不到希望的蒋少祖解决精神困境的一种手段，中国知识分子与生俱来的平民意识让他在人民中可以获得精神的慰藉，"他们底生活有缺陷——他们想着微贱的沉默，逃避这种缺陷"②。因此，蒋少祖不免牵强地在平凡普通的女学生张瑞芳身上看出了"中国这个民族底热情、意志和希望"③，甚至不无盲目、偏激地赞美"在人民生活底深处，每一种都有诗和艺术"④。策略性的情感倾向也暂时掩盖了更多的分歧，这种分歧是文化层面的巨大差距。因此，当抗战爆发后，文艺朝大众化发展的时候，蒋少祖又开始怀疑人民，甚至发出"人民是什么？那些无识的人，懂得理想吗？"这种刺耳的质疑。

蒋少祖的悲剧是他的"书生意气"，他始终按照知识分子的精神维度与思维方式思考时代和社会问题。能够在民族主义浪潮中逆时代而动，思考其中可能的偏颇需要足够的勇气，验证这种预见却需要更漫长的时间，这注定了蒋少祖的呐喊和思考都是孤独的，在日益高涨的民族革命浪潮中，蒋少祖只能活在自己的世界中。更遗憾的是，他没能把自己的思考与具体的历史语境合理结合，而是走向了偏执的另一端。虽然蒋少祖和弟弟蒋纯祖各执一词——一个信仰理性，另一个信仰人民，批评者也经常拿蒋少祖的保守反衬蒋纯祖勇敢地走向人民，但是两个人本质并没有区别，都是誓死维护内心信仰和价值立场

---

① 赵园：《艰难的选择》，上海文艺出版社1987年版，第164页。
② 《路翎文集》（第一卷），安徽文艺出版社1995年版，第420页。
③ 《路翎文集》（第二卷），安徽文艺出版社1995年版，第230页。
④ 《路翎文集》（第一卷），安徽文艺出版社1995年版，第419页。

的"本色"的知识分子，尽管他们的思考都存在明显的局限和偏执。

《财主底儿女们》上卷中蒋少祖占据了重要篇幅，作者寄希望于通过这个人物复杂的思想变化和人生历程阐释现代思想史上一个重要的精神现象，在叙述中读者可以明显感受到作者急切的表达愿望。小说对蒋少祖前半段人生经历的叙述是流畅的，人物性格发展也是在历史和时代合理的限度内展开的，但在后半段呈现蒋少祖"复古"后的思想变化时，叙述则变得生硬、刻板，人物形象的塑造几乎依赖于大段的叙述和内心独白，小说没能在人物、事件和历史境遇中建立起合理的人物性格和思想发展的逻辑关系，没有合理地交代蒋少祖思想转变的过程。一次苏州之行、一次平津访问团彻底扭转了一个激进、叛逆的知识分子的思想未免有些牵强、突兀，也不合情理。在蒋少祖后半段的人生中，叙述的急迫感更强烈，似乎蒋少祖每一次出场都是为了阐释某种思想——对革命的理解，对传统文化的理解，对自我的反思……各种思想碎片堆积在蒋少祖身上，以至于读者感到的不是感性且饱满的人物形象，而是各种思想的载体，太多思想的注入，反而让人物失去了鲜活可感的生命力，愈加模糊。路翎虽然敏锐地捕捉到了历史潮汐中细微的精神流向，但是"来不及使之成为人物的精神血肉，和那个人物'长'在一起"[1]，这在很大程度上减弱了人物本来具有的思想价值和历史深度。

第三节　革命高涨时代的"探索者"——蒋纯祖

路翎创作的知识分子小说并不多，除了一部繁杂庞大的《财主底儿女们》，还有《谷》《人权》《旅途》《青春的祝福》等几篇中短篇小说，几

---

① 赵园：《艰难的选择》，上海文艺出版社 1987 年版，第 357 页。

部作品的故事情节各不相同、艺术水准也参差不齐，但小说中的人物无一例外地呈现出与蒋纯祖相似的精神特征和生存状态。《谷》中林伟奇在乡村小学被排挤，被迫离开的经历几乎是蒋纯祖在演剧队和重庆剧团的"翻版"，与左莎的爱情悲剧也和蒋纯祖与高韵的爱情极其相似。《人权》中明和华与教务主任严京令的性格分别带有蒋纯祖与蒋少祖的"影子"。《青春的祝福》中章华明的苦闷、漂泊，《旅途》中何意冰飘忽、犹疑的情感，对自我的肯定与质疑，都可以看到蒋纯祖不同时期的精神特征。路翎把这一类知识分子的精神特征、情绪状态和生命历程都集中在蒋纯祖身上，并在一定程度上"放大"，或者说，作者把对知识分子全部复杂性的思考归结到蒋纯祖矛盾犹疑的一生中。正如胡风所言，路翎在蒋纯祖的个人经历中寄予了建构现代知识分子精神史诗的宏大愿望，通过这个人物反映知识分子在"历史事变下面的精神世界底汹涌的波澜和它们底来根去向"，"从他底搏斗里面展示出更深广的历史的意义"①。

一 "后花园"到"旷野"：现代知识分子精神境遇的双重隐喻

《财主底儿女们》上部中频频出现一个意象：后花园。虽然蒋家已经分崩离析，但不管身在何处，蒋家儿女对后花园的情感丝毫没有淡薄，反而因为距离滋生了更深切的牵挂，后花园"对于蒋家全族的人们是凄凉哀婉的存在，老旧的家庭底子孙们酷爱这种色调；以及在离开后，在进入别种生活后是回忆底神秘的泉源"②。后花园构成了蒋家儿女共同的文化记忆，"大女儿蒋淑珍爱大鱼缸，三女儿蒋淑媛爱葡萄架，蒋蔚祖喜爱荷花池，蒋少祖，在他未离家以前（他十六岁离

---

① 胡风：《路翎文集·序》（第一卷），安徽文艺出版社 1995 年版，第 1、5 页。
② 《路翎文集》（第一卷），安徽文艺出版社 1995 年版，第 68 页。

家）则女性地爱着松林里的那个小池塘"①。后花园不仅是蒋家人迷恋的空间家园，也是他们共同的精神家园。精致华美、静谧婉约的后花园中培养了"世家子女"共同的精神特征：细腻敏感的内心、睥睨众生的优越感、乖张神经质的情绪，蒋家儿女无一例外地"善于把外在世界变成自己'精神支配下的''内心图景'"，"在外界的每一现象上都首先看到、感觉到自己，并细致地品味这种感觉"②。蒋家儿女独特的精神气质混合了知识分子的某些性格特征和传统文化浸润滋养的贵族气息，这种卓尔不群的气质把蒋家人区别于芸芸众生。

小说上部中，蒋纯祖并不是重要的角色，出场的机会并不多，但是每一次出场的设计都意味深长。第一次出场是在二姐蒋淑媛的生日宴会上，"一个穿短裤的、兴奋而粗野的少年跳上了门槛"，"用明亮的眼睛看着大家，怀着一种敌意"，宴会开始后，他"戒备地看着"大家，"带着苦恼的表情"，"敌意地凝视着走过他底身边的金素痕"③。即便不知道名字、身份，读者都可以通过一连串的动作和神态猜出他一定是蒋家人，蒋纯祖第一次出场流露出的桀骜不驯、细腻敏感和精神优越感已经喻示了贯穿他一生的精神气质。

蒋纯祖的第二次出场是在父亲的葬礼上。蒋捷三的去世对于金素痕意味着"意外"的财富，对于蒋家其他儿女意味着失去财富，而对于蒋纯祖来说更为特别，意味着失去精神的庇护，"长大成人"。这是一场哈姆雷特式的成人仪式。葬礼上，蒋纯祖完全像是看客，看着金素痕和姐姐、姐夫们为了财产吵得不可开交，互相指责，看着哥哥蒋蔚祖怪异的举止话语，他却对这些表现出惊人的冷静和漠视。蒋纯祖完全沉浸在自我的感觉中，甚至表现出对这种感觉的享受，冥冥中似

①　《路翎文集》（第一卷），安徽文艺出版社1995年版，第70页。
②　赵园：《艰难的选择》，上海文艺出版社1987年版，第326页。
③　《路翎文集》（第一卷），安徽文艺出版社1995年版，第105—106页。

乎知道父亲的葬礼就是为他而设的，而他则是在完成与这个家最后的告别。一边是父亲的葬礼，一边是至亲间歇斯底里的争吵，这是这个早慧的年轻人成人礼的第一课，生活和世界终于露出了一副并不完美的面孔，"他觉得到处有火焰，幽暗的、绝望的火焰……"他清楚地意识到"我从此失去了一切"①，就像哈姆雷特发出的喟叹，"人世间的一切在我看来是多么可厌、陈腐、乏味而无聊！哼！哼！那是一个荒芜不冶的花园，长满了恶毒的莠草"②。作者精心地安排了蒋纯祖与家的告别仪式，这个告别最好的场所非后花园莫属。路翎用唯美的语言营造了一个梦幻般迷人的告别仪式：

> 他在寒冷和微光中走过低垂的、枯萎的花木，走过肮脏的草坪，走过假山石，在上面坐了一下，走进了阴暗而潮湿的松林。
>
> 树干是潮湿的，草上有露珠。顶上盖着繁密的、昏暗的枝桠，天空露出淡蓝色。地上有松实和枯黄的松针，周围是浓郁的、寒冷的香气——一种深邃，一种理想，一种渺泛的梦幻。
>
> 太阳升起来，天空有美丽的云霞，有水滴从树上滴下。
>
> 蒋纯祖变得虔敬。在孤寂和寒冷里久久地坐着，变得安静、深邃。他坐着不动，不看什么，感到一切，感到黎明，花木，水湿，香气……这一切都被甜美的悲哀染得更柔和。③

路翎的语言风格涩滞凝重，这种晶莹剔透的文字、唯美抒情的叙事并不多，80万字的《财主底儿女们》中出现了几次，每一次的出现都具有强烈的象征意味。坐在后花园池塘边的湿地上，蒋纯祖从池塘中看到了水中的自己，"看见了水里的乱发的，瘦削的影子"，认为

---

① 《路翎文集》（第一卷），安徽文艺出版社1995年版，第292页。
② 《莎士比亚全集》（5），译林出版社1998年版，第287页。
③ 《路翎文集》（第一卷），安徽文艺出版社1995年版，第292—293页。

"我一点也不美，一点也不"，在对水中影像的观照中蒋纯祖完成了"自我"意识的确立，同时产生了关于自我与世界关系的最初的思考，"这个世界是渺茫的，我站在它底边上，望着那不可见的远方，前面是升起来的太阳，我什么都不带，一切都不顾忌，我就出发了"①。一个孱弱的、略带自恋的不完美的"小我"，另一个对"世界""远方""太阳"等宏大意义世界充满渴慕与追索的"大我"，蒋纯祖，这个传统封建贵族抛弃了旧世界的一切，抛弃了那个"小我"，又义无反顾地上路，向渺茫而博大的新世界出发，在探索世界的实践中确立"大我"，完善自我。在忧伤、诗意而又决绝、豪迈的文字中一个"站在地球边上放号"的现代知识分子由此站立起来。对于蒋纯祖来说，这是一次对精神家园和物质家园的双重剥离，从此，蒋纯祖彻底告别了后花园——封闭、自足、安逸、精致的心理空间与生活空间，开启了从封建"贵族"到现代知识分子的寻找精神皈依的旅程。

小说下部中，出现最频繁的意象是旷野，旷野的粗粝、无序、残酷、开放与后花园的宁静、优雅、稳定、封闭构成了鲜明的对比，这是独属于蒋纯祖一个人的精神空间。南京沦陷后，逃出来的蒋纯祖开始了在广袤的长江沿岸的漂泊，先是搭上了军官徐道明的船只，又意外和朱谷良、石华贵结伴同行，这段非常经历在蒋纯祖的精神成长和性格塑造中烙下了太深的痕迹，以至于在以后生命中的每一个重要时刻，痛苦、彷徨、困惑、愤怒、失望……旷野总是从蒋纯祖的灵魂深处迸发出来，直至生命长眠于旷野中。

蒋纯祖与朱谷良、石华贵同行的这段经历是小说中浓墨重彩的一段。在不算长的时间跨度里，蒋纯祖经历了一个从人间到"炼狱"的行走，旷野上的自然环境和生存法则完全超出了他以往的生存经验，

---

① 《路翎文集》（第一卷），安徽文艺出版社 1995 年版，第 292—293 页。

而上演的一幕幕生死考验也超出了他已有的生活经验，最重要的是，蒋纯祖的道德立场与具体生存环境之间的冲突，直接影响并塑造了他的精神世界。小说在表现蒋纯祖与生存环境的冲突上层层推进。刚从南京逃出来的蒋纯祖在面食店买了几个面饼，看见一对饥贫交困的夫妇倚在墙角，一方面，几个面饼是他流浪中的全部食物；另一方面，出于自己的道德良知又不忍看着比自己更贫穷的夫妇挨饿，蒋纯祖犹豫了，随后又严厉谴责了自己的犹豫，"他觉得自己有罪"，最后他把四个面饼送给了这对夫妇。通过生活中的一个普通情境，把人物推向道德审判的"天平"，这是路翎最擅长的"桥段"。这时的蒋纯祖依然是后花园中那个高傲的、悲悯的、优越的精神贵族，但他对自我的检讨和反省显示了现代知识分子的精神品格。这是一个值得玩味的小细节。现当代文学中，知识分子检讨自我的情节屡见不鲜，而检讨的动因多是因为意识形态的规训和政治导向的暗示，通过对知识分子精神空间和思维方式的"反思"和"检讨"，达到"重塑"自我的目标。而蒋纯祖恰恰相反，他的检讨不是源于"高高在上"的权力，而是"低于"自己的卑微的生命，源于对一切生命的悲悯与同情，以及对知识分子道德"纯度"的苛求，这点与俄罗斯的知识贵族更为神似。年轻的路翎在此对世界性的文学观念做出了响亮的回应。

在与朱谷良、石华贵同行的一路上，我们可以鲜明而强烈地感觉到这个精神贵族在极端环境中的不适、变化，以及固有道德立场和极端环境的冲突。朱谷良杀死了强奸妇女的士兵，救下了石华贵，蒋纯祖对突如其来的死亡感到极度的震惊，对曾视为英雄的朱谷良产生了嫌恶，他认为朱谷良缺少对生命个体的尊重，"不能理解别人底生命底意义"，"无视了别人的生命"①。蒋纯祖所坚持的道德操守与小说提

---

① 《路翎文集》（第二卷），安徽文艺出版社1995年版，第59页。

供的生死一线的危机情境发生了矛盾，他的道德要求一方面反映了知识分子内心普遍的人道主义立场，另一方面又因其凌驾于具体情境的急迫而失去了"真实感"。"不对'实际后果'负责，也丝毫不关心问题的实质方面。超越具体善恶的道德立场，只能是虚构的。"① 蒋纯祖所遭遇的精神危机和道德危机是人物精神成长中重要的一环，也是知识分子理想与现实矛盾的另外一种形式。

在接下来的流浪中，蒋纯祖在旷野上开始重新认识这个世界，不断目睹抢劫、死亡、奸淫，以及一个士兵生病，被"轻轻地遗弃了"，危险的环境中"他们必得生存，而一切东西都可能危害他们底生存"，"在各种危害他们，以及他们认为是危害他们的事物前面"，"各人都企图使一切事物有利于自己"②。蒋纯祖性格中原本存在的强烈的自我意识和个人主义的一面被强化了，同时，他在"后花园"中形成的"静态的"道德立场、价值观、精神要求都被彻底放到"旷野"这个变化莫测的环境中重新检验，"一切回忆、信仰、希望，都要在完全的赤裸和无端的惊悸中，经受到严重的考验"③。旷野上，蒋纯祖感受着整个民族和人民在痛苦中承担着民族的深重灾难，感受着最底层生活中的"最崇高的情操"与"乡下的愚昧"，"懂得了中国"的力量与坚韧、荒凉与贫困，人性的罪恶与残忍，"在这一片旷野上，在荒凉的或焚烧了的村落间，人们是可怕地赤裸"④。旷野以混沌、原始、野蛮的面貌呈现在蒋纯祖的视野中，彻底改变了"后花园"中贵族少年温文尔雅的精神空间，把人性中的复杂、混乱、善恶最大化地朝向极端发展，形成了蒋纯祖时而"软弱、恐惧、逃避、顺从"，时而狂热、自尊、执着的双重性格。

---

① 赵园：《艰难的选择》，上海文艺出版社 1987 年版，第 329 页。
② 《路翎文集》（第二卷），安徽文艺出版社 1995 年版，第 71 页。
③ 同上。
④ 同上书，第 69、71 页。

路翎笔下的旷野不仅是对战乱中的中国社会生活的真实再现，而且极具象征意义，在自然景观中融入了开阔的心理张力和情感意味。小说中，作者带着浓烈的情感描述旷野上的战争、生死、离乱、人性，旷野也伴随着人物情感和情节的进展呈现出不同的样子。当蒋纯祖一个人在长江沿岸行走时，"有惨白的阳光照射在荒凉的，宽阔的江流上和两岸的荒凉的旷野上"①，旷野上的孤寂映衬了蒋纯祖的恐惧和孤独。路翎把旷野营造成一个脱离了文化规约和社会秩序的独立空间，在这个空间里，人的行动只接受本能的支配，为了生存，士兵肆意掠夺，人与人之间充满猜忌和怀疑，互相残杀无度。如果说"后花园"是优雅的贵族精神栖息地，那么"旷野"则是残酷的精神炼狱，把蒋纯祖敏感细腻的神经、精致丰富的内心世界磨砺得强劲、冷酷。同时旷野也是道德的考验场，抛却了任何文明社会的规范约束、人类伪装的面具，旷野上发生的生生死死时刻考验着蒋纯祖——这个旷野上唯一的高级精神动物——的精神高度和道德良知，这是蒋纯祖区别于石华贵、朱谷良等人的标志，也是一个现代知识分子的精神标志，在旷野流浪中，只有蒋纯祖对自我之外的生命怀有深切的关怀。旷野又为蒋纯祖准备了现代知识分子必备的现实认知深度，旷野揭示了"黄金世界"与乌托邦的虚幻，现实的残酷、人性的莫测更远非"后花园"般诗意，现代知识分子的精神探寻注定是从一个虚妄到另一个虚妄的"在路上"。旷野从精神和现实双重层面上喻示了现代知识分子的"无家可归"，只有旷野才是知识分子本质的归属。蒋纯祖的精神历程从一无所有的起点出发，以旷野的精神炼狱开始，探索革命、人民、爱情，最终又在生命的终点回归旷野，完成了现代知识分子精神追求的轮回。

---

　　①　《路翎文集》（第二卷），安徽文艺出版社 1995 年版，第 10 页。

二 知识分子与现代革命

小说中，蒋纯祖在重庆演剧队的短暂经历所占的篇幅并不多，放在中国现代革命历史语境中，这段经历以及呈现的问题却格外突出，这不仅是因为知识分子与革命/政治的纠葛是 20 世纪中国政治文化中最复杂的一页，更是因为小说以直接激烈对抗的方式提出了个人与集体、知识分子与革命的矛盾冲突，而从革命队伍内部抛出问题又显得格外意味深长。

走进演剧队的依然是那个桀骜不驯、特立独行的蒋纯祖，"丝毫都不能注意到实际的一切"，"从未思索过别人"；"只注意自己底思想和激动"，视自己的内心为"最高的命令、最大的光荣和最善的存在"。① 而演剧队内部宗派主义、专制极权与个人崇拜弥漫，把个人情感视为"小布尔乔亚"劣根性，两者之间发生冲突几乎是迟早的事。作者省略了双方相互试探、碰撞、积累的过程，通过简洁的叙述直接交代了双方的立场分歧，几乎是用最简单的方式把矛盾冲突推进到一触即发的程度。这一方面是由路翎独特而单调的叙事方式所决定的，另一方面也可以视为由于问题在革命进程中所具有的普遍性和重要性而引发的作者急于讨论的意愿。

蒋纯祖参加的演剧队是一个抗日文艺团体，在各地通过文艺演出进行抗日救亡宣传，而演剧队内部的组织工作完全被以王颖为首的"小团体"所控制。在演剧队中，蒋纯祖工作表现出色，但因为不属于"小团体"而不被重视；"小团体"试图"收编"蒋纯祖，又意外地遭到了拒绝，这把蒋纯祖和"小团体"截然对立起来；蒋纯祖和高韵的恋爱更引起了"小团体"的强烈不满。因此，"小团体"蓄意把

---

① 《路翎文集》（第二卷），安徽文艺出版社 1995 年版，第 236—237 页。

一次例行的工作检讨会变成对蒋纯祖的批斗大会。批斗大会上，双方的矛盾冲突以戏剧性的方式爆发了，王颖一方攻击蒋纯祖是"小资产阶级个人主义的根深蒂固的毒素"，恋爱妨碍工作。另一方的蒋纯祖指责王颖"小团体"搞宗派主义、形式主义，借革命的名义获取个人利益。无论是蒋纯祖还是王颖集团，都确实说中了对方存在的问题。对中国现代政治革命有所了解的读者，一定对这种有计划、有组织的批斗安排，引蛇出洞、集体围攻的批斗策略，上纲上线、扣帽子的话语方式不会感到陌生，这些在整风运动，新中国成立后的文艺运动、反右、"文革"等历次重大历史事件中都曾大行其道。作者也没有隐晦蒋纯祖在革命队伍中漠视革命纪律、抵抗批评的缺点。但是如果把作者所提出的问题放在更广阔的空间中延伸开来看，蒋纯祖与演剧队的矛盾冲突的意义就不仅限于此。

知识分子/革命、个人主义/集体主义之间错综复杂的纠缠由来已久。丁玲在20世纪二三十年代已经有所觉察，韦护穿着蓝布工人服装，却不能掩饰对革命之外的私人生活空间和艺术趣味的需求，这种个人性的精神需求在革命与爱情的选择中被淡化处理，小说结尾革命压倒爱情的设计也暂时掩盖了其中隐含的矛盾冲突。在其后的革命/文学进程中，知识分子向革命、人民靠拢的趋势不断被强化，革命所要求的集体原则和纪律性必然"压缩"了知识分子强调的个人价值与精神诉求的空间，本来值得商榷的问题一边倒地向革命倾斜。20世纪40年代，身在延安解放区的丁玲在小说《我在霞村的时候》《在医院中》中以更加感性、日常化的方式，在更多元的维度中呈现了问题的复杂性。无论是考虑到20世纪40年代大批知识分子投身于战争的现实语境，还是路翎本属革命文学阵营的身份，以如此直接、激烈、对抗的方式重新提出问题都显得有些"异端"的味道，甚至会引起知识分子自身的某些不适与反感。

知识分子带着信仰和热情走进革命队伍，同时带进革命队伍的还有现代文明中民主、平等、自由、科学的理念，而残酷的战争环境、革命的纪律原则在某些时候又不得不暂时舍弃被知识分子视为基本权利的这些理念。知识分子理智上接受了革命信仰，但扭转不了身体的感觉，固执地坚持以自己的原则和理念思考革命队伍中的问题。在这个过程中，对革命理想抱有无限热情和向往的"堂吉诃德"渐渐转变为犹疑矛盾的"哈姆雷特"。巴金用更形象的语言描述了这种理智与情感分离的状态，"知识分子的心灵深处总是有一个'伟大的自己'。他们最难忘记的也就是这个'伟大的自己'。他们习惯了站在自己的、个人的立场看一切事情、一切问题。自然，他们中间也有好些人走到群众中去，有的人甚至让个人的感情逐渐溶化在集体的感情里面。但是更多的人却把个人看得跟集体一样重要"[1]。这个"自己"不仅是知识分子的个人立场和精神诉求，还包括了知识分子习惯的思维方式和价值观。

蒋纯祖不满于演剧队内部民主观念的淡薄，青年人盲目的偶像崇拜，缺乏独立思考的精神；陆萍对边区医院狭隘、冷漠的氛围失望；"我"不解于贞贞为了革命事业身心俱损，换来的却是"看客"的嘲讽、鄙夷。路翎和丁玲的发现与怀疑真实地反映了革命进程中某些方面的缺失，同时又提出了一个严肃的时代话题：要由怎样的道路，才能使历史的进步不至于以"个性"的牺牲为代价，怎样的革命才能在自己的任务中包括了"个性解放""人底觉醒"[2]。问题的提出和解决都太过复杂，几乎是人类永恒的话题和理想，远非一部或几部小说可以解决的，不同的文学作品又基于自己所反映的时代的特殊性，从不同的立场出发，不断地呈现问题的错综复杂，丰富思考问题的角度。

---

① 《巴金全集》（19），人民文学出版社 1993 年版，第 8 页。
② 赵园：《艰难的选择》，上海文艺出版社 1987 年版，第 335 页。

而从中国现代文学叙事的角度看，路翎和丁玲的价值不仅在于勇敢地直面革命内部的问题，还在于重新"设计"了文学叙事中知识分子与现代革命的关系。中国现代民族战争和解放战争的主体都是广大的农民阶层，知识分子（也包括作者）不断地被要求"洗刷"自我，向民众"看齐"，因此，现代文学中知识分子总是被放在不利于发挥其所长的位置上，反衬出知识分子"讷于行"的"缺陷"。路翎和丁玲的创作中恢复了知识分子"敏于思"的"长处"，蒋纯祖和陆萍不再唯唯诺诺地检讨自我，在民众面前感到惭愧，而是以现代价值观念为尺度理性地思考革命，发现"病灶"，提出问题，这才是便于知识分子发挥所长的合适位置。

只有在平等位置上的思考才可能具有深度，路翎借助蒋纯祖这个人物纠正了一方面的偏颇，又因为对人物过度的偏袒而陷入另一方面的偏颇。小说中，蒋纯祖所对抗的演剧队小团体虽然握有实权，但几乎是一群猥琐、虚伪、不堪一击的乌合之众。在批斗大会上，胡林、张正华、王颖对蒋纯祖的批判如蜻蜓点水，丝毫没有触及蒋纯祖的实质问题，反而是蒋纯祖的回击发言条理清晰，激情四射，切中了小集团的关键。在这种不算势均力敌的较量中，作者把所有的赞美和同情一边倒地给予了蒋纯祖，削弱了作品对蒋纯祖精神弱点的批判力度。作者透过蒋纯祖对革命过程中民主机制不健全、民众思想落后等问题提出批评，却忽略了造成这些弊端的全部根源并非革命本身，革命的目标正是消除这些弊端及造成这些弊端的根源，这个过程与革命一样是渐进的。作者把革命中存在的弊端作为全部来批评革命，小说在这里出现了偏差，损失了原本可能的丰富度。

作者对蒋纯祖的偏袒影响了对知识分子与革命、时代关系的更深入周全的思考，而小说中汪卓伦的存在多少弥补了这个缺陷。战争爆发后，汪卓伦参加了海军舰队，走到战争前线，在执行作战任务的同时也获得了一个深入观察这场民族战争，思考人民、民族未来的机会。汪卓伦执行任务到汉口，在汉口"灿烂的灯火""繁星的天空"下，他思念蒋家的亲人，想看看自己的孩子，但是作为一名军人，他又知道这种感情是不合时宜的。第二天黎明，汪卓伦就要离开武汉，站在甲板上，他偷偷地流泪了，与这个城市作别，"而这个告别没有任何人知道"。小说用极尽细腻感伤的文字表达了知识分子在国家与个人情感之间的舍与不舍。汪卓伦在战争中清楚地看到中国舰队根本没有和敌人势均力敌的作战能力，迷茫于战争、国家的未来走向，士兵们虽然和他一样迷茫，"却保留着高涨的士气""单纯的忍耐"和"顽强的信心"①。从这种来自底层人民的信念和力量中，汪卓伦看到了战争和民族的希望，并激发他克服了个人的悲观，在民族战争中"承担那种朦胧而苦恼的理想"②。汪卓伦对"中国底将来"的思考并没有停留在获取战争胜利的盲目乐观上，"这个战争必会诞生中国底将来，但什么力量是主要的种子？"他清楚地看到民众身上还存留着愚昧，"二十年以内很难有确立民主与法治底可能"，战争并不能去除掉"中国内部底那些丑陋的势力"，"在这个战争中受难、献身的老百姓们""在将来他们究竟会得到什么呢？"③ 如果说蒋纯祖对道德和个性的绝对要求因为脱离了具体的历史语境而丧失了一部分现实意义，那么汪卓伦对大众与战争、国家的思考则既根植于当时的战争语境，又着眼于民族未来的发展。毫无疑问，人民大众是革命战争的主体，承受着战争的创伤，是获取战争胜利及建立现代民族国家的基础，同时，民众在精神上和思想上残存的痼疾又是建立民主、自由、平等的现代国家的阻碍。小说从个人立场、民族立场和民主立场三个层次出

---

① 《路翎文集》（第二卷），安徽文艺出版社 1995 年版，第 119 页。
② 同上书，第 123 页。
③ 同上书，第 123—124 页。

发，讨论了汪卓伦对国家、战争、个人理智而清晰的思考，展现了一个精英知识分子在国家民族大义前的责任感和忧患意识，这种忧患既关乎民族的生死存亡，又包含对未来民族品格塑造的危机意识。与蒋纯祖、蒋少祖相比，汪卓伦真正走进了国家和战争的深处，在国家和个人之间既理性地克制了对自我的强调，又保持了现代知识分子独立的认知和判断。

在写给《财主底儿女们》的序言中，胡风毫不掩饰对蒋纯祖这个并不完美的人物的喜爱和赞美，同时，胡风的论断也奠定了以后蒋纯祖研究的基调，蒋纯祖被定义为一个决绝的个人主义者，蒋纯祖与体制、革命的矛盾冲突被视为个人主义的顽固和失败。在笔者看来，蒋纯祖的个人主义立场下隐藏的是一个绝对的、孤独的浪漫主义的灵魂。蒋纯祖的"浪漫主义"不是中国现当代文学所界定的与现实主义相对的文学形态，而是从生命和灵魂内部迸发出来的对绝对意义上的救赎、自由、信仰、自我意识的"忠诚"。对于一个绝对的浪漫主义者来说，任何形式的权力、体制都是部分的对灵魂的禁锢和对自由的压抑，蒋纯祖的精神之旅注定是一个在现实中不断碰壁的过程，因为"浪漫的英雄不想扮演既定的社会角色，试图在陈旧的道德体系之外去表明和实现自我"①。蒋纯祖不断地在现实中寻求确立自我，又不断地反抗社会的行径，既是对精神世界高度纯粹的苛刻，又是浪漫主义者普遍的精神症候：回归个体的情感、心理和感觉方式。换而言之，一个浪漫主义者的灵魂和精神世界恰恰是在精神与现实的断裂、灵魂与境遇的交错，人的心灵和外部世界的隔膜中得以实现的。这也决定了蒋纯祖一生永远"在路上"，永不妥协又永不放弃。

---

① 邓腾克：《路翎笔下的蒋纯祖与浪漫个人主义话语》，《南京师范大学文学院学报》2010 年第 4 期。

三 "走向民间"

在《财主底儿女们》上部结尾，抗战爆发，蒋纯祖与哥哥在"我信仰人民"的宣告中分道扬镳，毅然走向了战争的最前线。在旷野流浪、重庆演剧队和文艺界的经历中，蒋纯祖并没有真正接触到底层民众，更没有走入人民大众的生活中，直到小说下部的后段，蒋纯祖厌倦了重庆无聊的城市生活，来到了石桥场，才真正在底层生活中"触摸"到人民。知识分子"走向民间"的情节在现代文学各个时期的知识分子小说中不断上演，这条道路上有太多熟悉的身影，如 20 世纪 20 年代的倪焕之（《倪焕之》）、萧涧秋（《二月》），20 世纪 30 年代的三小姐（《田家冲》）、萧明（《八月的乡村》），20 世纪 40 年代的徐清（《入伍》）、左嘉（《闯关》）。一个熟套的模式被几代作家反复使用本身就说明这种动向中蕴含重要的认知倾向，这种现象中"映现着现代史上中国知识者的处境和命运"①，通过知识分子"对人民的态度的历史"可以梳理出中国现代思想史上几条重要的线索：启蒙与救亡、乡土叙事与精神乌托邦、现代性语境中的国族叙事与个人命运。

现代文学的乡土叙事中有一种重要的认识倾向：知识分子（作者）把乡土设想为精神乌托邦或栖息地，顺理成章地，在遭遇精神困境或寻求精神支持时，总是期冀从乡土和民众身上汲取力量或精神源泉。在这种想象性关系中，乡土和民众的真实样貌已不再重要，重要的是，它提供了一个参照的对象。乡村出现在蒋纯祖的视野中时正是他彷徨无措的时候，他失望于演剧队和重庆文艺界的专制与混乱，"黑暗的波涛淹没了一切"。此时的蒋纯祖已不再是那个骄傲地"跨着大步"奔向上海的热血青年，"每天都迷失"，又"似乎是在渴望"，

---

① 赵园：《艰难的选择》，上海文艺出版社 1987 年版，第 148 页。

孙松鹤的来信恰逢其时地提供了帮助他摆脱精神困境的机会，也激活了这个曾经被他所"遗忘的世界"①。因此，蒋纯祖几乎是带着寻找精神乌托邦的诉求踏入石桥场的，他第一眼看到的石桥场几乎是一个世外桃源：

> 当他看到了腾着灰蓝色的烟气的、房屋稠密的、在坡地里微微倾斜着的石桥场的时候，是多么兴奋。
>
> ……
>
> 他迅速地走过秋日的稀疏的林木，看到了耕牛、家禽、草堆粪池、和一个站在草堆边给婴儿哺奶的女人——太阳在秋日的发香的林木中照耀着，他不可遏制地有喜悦的情绪。他迅速地走下山坡，听见了水流声，看见了在阳光中飞溅着的巨大的瀑布。瀑布投奔下去，在石桥场的左端形成了澄碧的河流。水波在阳光中发闪，两岸有林木。
>
> ……
>
> 他站下看见一只小船从潮湿而阴暗的断岩那边，从深黑的林木中划了出来，接着又是一只。重要的是阳光照耀着，重要的是儿童们底嘹亮的欢乐的歌声。他从未想到他会在这里遇着这个，这是意外的幸福。②

路翎长于议论和主观精神分析的叙事方式较少对环境和客观事物做细致的描摹，甚至反感于对事实的罗列，当他以诗意的眼光专注于石桥场的乡土风情时，反而赋予这部太过沉重纠结的作品一丝的灵动和清新。此时的蒋纯祖如手持长矛的堂吉诃德闯入了乡村世界，"意

---

① 《路翎文集》（第二卷），安徽文艺出版社 1995 年版，第 307—308 页。
② 同上书，第 345 页。

外地来到了光明的、宽阔的地方"①，几乎是怀着虔诚的献身精神，渴望在这片土地上获得灵魂的安宁，因此，他眼中的这幅乡村牧歌图景明显带有"外乡人"的理想光环。此时，我们丝毫不用怀疑蒋纯祖融入这片土地的信念和决心，在了解了蒋纯祖在乡场上的经历后，我们可以明确地判断这种信念和决心中隐含着的精神诉求与当时意识形态所号召的知识分子走向民间有多么大的差别，却又机缘巧合地回应了另一位先驱思想者的召唤。

李大钊在 1919 年写下：

> 青年呵！速向农村去吧！日出而作，日入而息，耕田而食，凿井而饮。那些终年在田野工作的父老妇孺，都是你们的同心伴侣，那炊烟锄影、鸡犬相闻的境界，才是你们安身立命的地方呵！②

> 只要山林村落里有了我们的足迹，那精神改造的种子，因为得了洁美的自然，深厚的土壤，自然可以发育起来。那些天天和自然界相接的农民，自然都成了人道主义的信徒。不但在共同劳作的生活里可以感化传播于无形，就是在都市上产生的文化利器——出版物类——也必随着少年的足迹，尽量输入到山林里村落里去。我们应该学那闲暇的时候就来都市里著书，农忙的时候就在田间工作的陶士泰（注：为托尔斯泰）先生，文化的空气才能与山林里村落里的树影炊烟联成一气，那些静沉沉的老村落才能变成活泼泼的新村落。新村落的大联合，就是我们的"少年中国"。③

---

① 《路翎文集》（第二卷），安徽文艺出版社 1995 年版，第 346 页。
② 《李大钊文集》（上），人民出版社 1984 年版，第 652 页。
③ 《李大钊文集》（下），人民出版社 1984 年版，第 44 页。

在李大钊的设想中，知识分子走向民间不仅是传递知识，更是确立自我、实现自我的一种途径。知识分子与民众接触的过程是双向的"启蒙"，知识分子承担对民众现代意识的启蒙，在这个过程中，知识分子通过自我的克制达到道德和精神的自我完善。无论是旷野上因为比别人多几块面饼而感到可耻，还是因为深陷文艺界虚伪无聊的生活而产生的内疚、愤怒、自责，蒋纯祖念兹在兹的不正是如何找到一条通往精神上和道德上纯粹净化的道路吗？"他底目的是为那个总的目的而尽可能的工作，并且工作得好；是消灭一切丑恶和黑暗，为这个世界争取爱情、自由、光明。"① 无论是演剧队还是石桥场，蒋纯祖所追求的绝非是单独地完成对民众的启蒙，更重要的是知识分子的自我启蒙，在对民众的启蒙中不断达到自我启蒙，突破自我的局限，完成现代意义上"人"的确立。也许只有在这个意义上理解蒋纯祖，才能解释他那种歇斯底里的自我叩问、躁动不安的精神、剧烈紧张的心灵搏斗，和对奔向"前方""旷野"永恒的渴慕。

蒋纯祖在石桥场努力践行着启蒙者的责任，在石桥场小学，决心整顿全局、催缴学费、解决学校资金问题，发动同学保护将被母亲出卖的李秀珍，帮助赵天知争取爱情。遗憾的是，蒋纯祖所有的实践都没有结出"果实"，学校因为没钱面临破产；李秀珍沉浸于姨太太的富足生活，没有丝毫痛苦与羞耻；赵天知的爱情也失败了。此时的石桥场在蒋纯祖眼里完全是另外一个样子："肮脏、狭窄、丑陋"，"经常地发生着殴斗、奸淫、赌博、壮丁买卖、凶杀、逃亡……"② 现实和理想出现了裂缝，蒋纯祖在石桥场的启蒙失败了，更无法在实践中获得精神上的解放。在这个"无物之阵"中，蒋纯祖感受到的是绝望、矛盾、困惑、无助，甚至是厌恶，他左突右奔不得其法，"堂吉

---

① 《路翎文集》（第二卷），安徽文艺出版社 1995 年版，第 355 页。

② 同上书，第 340 页。

词德"走向了"哈姆雷特"。"那个叫作人民底力量的东西，这个时代，在中国，在实际的存在上是一种东西，它是生活着的东西；在理论的，抽象的启示里又是一种东西，它比实际存在着的要简单、死板、容易：它是一种偶像。"①"'现实'所指示的是超出主观愿望的外在性和不可置信感。"② 真实的石桥场对蒋纯祖的打击不仅是麻木无知的人民、蒙昧的社会现状，更重要的是，蒋纯祖对寄予厚望的乡土乌托邦产生了失望和不安，而且这种不安和失望无一例外地转化为精神信仰的危机和怀疑。乡土的破碎也让知识分子所试图建立的连接过去与未来的想象空间变得越加模糊。

文学作品中知识分子与乡土、民众之间不可调和的错位由来已久，萧涧秋竭尽所能，甚至牺牲自己的爱情依然不能拯救文嫂；倪焕之在乡村教育实践中受挫后一蹶不振。在同样的境遇中，蒋纯祖最动人的力量是在理性认识与现实感受、道德意志与情感倾向发生冲突时，强烈的自我批判与内省——"他始终觉得，蹲在这个石桥场，他底才能和雄心埋没了；但又始终觉得这种意识，是最卑劣，最卑劣的东西。他觉得前者是虚荣、堕落、妥协、对都市生活的迷恋，后者是历史的，民众的批判，然后对于他，是痛苦、厌恶、消沉"③。在情感与理智的角逐中，蒋纯祖以哈姆雷特的方式不断地叩问自我，甚至达到了一种残忍的地步，这种对终极精神信仰和道德追求的叩问伴随着蒋纯祖在石桥场的始终。赵园精辟地将蒋纯祖的精神历程概括为：他企图在知识分子中，发现强大的个性力量，这种力量将使他们有可能经由自己的探索，独立不倚地达到"神圣的真理"④。对于蒋纯祖而

① 《路翎文集》（第二卷），安徽文艺出版社1995年版，第392页。
② 唐小兵：《英雄与凡人的时代：解读20世纪》，上海文艺出版社2001年版，第50页。
③ 《路翎文集》（第二卷），安徽文艺出版社1995年版，第408页。
④ 赵园：《艰难的选择》，上海文艺出版社1987年版，第337页。

言，这种"神圣的真理"对内是自我精神世界的臻于完善，对外是通过社会实践，参与对现实世界的改造与建构。因此，只要现实还存在不和谐，对"神圣的真理"的追求就不可能到达终点，知识分子的精神探索就不能到达彼岸。

蒋纯祖所追求的更像是精神的宗教，借以获得自我救赎的可能，旷野上、演剧队、乡场上所经历的一切，都是向这个目标靠近的过程，当蒋纯祖陷入精神困境时，总会发出"要是能有宗教多么好啊！要是能有万能上帝是多么好"的呼唤。因此，当在现实世界中不能获得精神上的支撑，中国的现实语境中又没有可以皈依的宗教时，蒋纯祖为自己塑造了一个想象性的存在：克力，小说中自始至终都没有解释克力到底是什么，在蒋纯祖一次次对克力的呼唤中，克力既像是一个安宁的聆听者，又像是一位洞悉一切的精神导师；既像是赋予蒋纯祖力量的源泉，又像是蒋纯祖的自我化身。总之，在蒋纯祖经受挫折、痛苦、迷茫的时候，克力总是会出现在蒋纯祖的精神世界中。克力近乎蒋纯祖耗尽生命所追求的精神与道德的尽善尽美的理想境界，蒋纯祖希望"借助这个自己心造的'上帝'艰难然而高贵地完成了内心的突围"[1]。蒋纯祖身上近乎残忍苛刻的内省和对精神道德终极价值的追求，既有曾国藩式中国传统士大夫的遗韵，又带有俄罗斯知识贵族式的忏悔精神。

蒋纯祖带着满腔热血与希望走进石桥场，又狼狈地逃离，而倪焕之、萧涧秋都如此走过，文学作品中不断上演的知识分子"归来—离去"的故事也是现代知识分子精神之旅的隐喻。"现实主义文学最有感染力、最发人深省的时候，正是当它把现实本身视为一种失败，尤

---

① 潘嘉：《"恶""疯"以及精神旷野的流浪》，张业松编《待读惊天动地诗——复旦师生论七月派作家》，安徽教育出版社 2008 年版，第 249 页。

其是把死亡作为任何生命都不可逾越的极限的时候。"① 蒋纯祖的死可能是现代文学中最惊心动魄而又意味深长的死亡。在蒋家儿女欢迎王伦、蒋秀菊的热情中，蒋纯祖拖着病残的身体踏上了又一次的出走之路，在生命的最后，他依然不能放弃获得精神和道德救赎的最后可能——争取万同华的原谅。小说把现代知识分子的精神深度和主体性的确立推到了极致，既在"城市—现代"与"传统—乡土"中无家可归，又决绝地踏上下次追寻之旅，蒋纯祖的挣扎和死亡也是向"绝望之为虚妄，正与希望相同"精神的回归。

蒋纯祖临死前天马行空般的内心世界是小说最精彩的段落之一。在生命的终点，蒋纯祖那根绷紧的神经依然没有放松，时而"听见嘹亮的进行曲，觉得空间是无限的"，自责"我为什么不能跑过去，和他们一道奔跑、抵抗、战斗？"时而觉得"被那件庄严的东西所宽容，一切都溶在伟大的，仁慈的光辉中，他底生与死，他底一切题目不复存在"②。路翎极具张力的叙事方式把人之将死的忏悔、不甘、痛苦、困惑、坚定表现得酣畅淋漓。对于一个处在弥留之际的人，作者让他承受这些沉重的问题是过于残忍了，但也只有这样的死亡方式才能够承担一个桀骜不驯、孑然一身的现代知识分子的分量。蒋纯祖是一个"分裂的意识，却顽固地执着于单纯的、诚实的灵魂"，"努力要忠实于他一定仍相信是他自己的那个自我"③，在他短暂的人生道路和精神信仰中，存在诸多值得商榷和批评的偏执与过激，却依然让人对他的死心存敬畏、唏嘘不已的，恰恰是那份中国知识分子中少有的，对信仰至上、道德至善的不懈追求。

---

① 唐小兵：《英雄与凡人的时代：解读 20 世纪》，上海文艺出版社 2001 年版，第 81 页。

② 《路翎文集》（第二卷），安徽文艺出版社 1995 年版，第 549—550 页。

③ ［美］莱昂内尔·特里林：《诚与真》，刘佳林译，江苏教育出版社 2006 年版，第 51 页。

在苏德开战的炮火声中蒋纯祖溘然长逝，现代知识分子在生命的终点又回到了精神的起点——旷野，现代知识分子小说没有比这个时机的掌握更恰到好处的了，下一次可能要数半个世纪后的《废都》吧！蒋纯祖在还算体面的死亡中保持了知识分子的尊严和信仰的忠诚，可以想象，如果他活下来的命运——要么接受改造，成为下一个林道静；要么不一定体面的死亡。七月派与路翎在20世纪四五十年代的种种"冒险"与"挑战"又何尝不是蒋纯祖的现实"翻版"呢？文学与历史之间的互证与演绎不禁让人唏嘘感怀。不妨说，蒋纯祖的魅力源自他不是艺术的"虚构"，而是一代知识分子坚守与困境的泣血哀鸣。

第四章　大时代不受"欢迎"的人

新中国成立后，路翎的个人命运和文学创作都发生了巨大的转折。为了适应当时的文艺规范和政治环境，路翎创作了一系列简洁明快、通俗易懂的工人题材小说和细腻清新的反映抗美援朝战争的志愿军题材小说，这些作品在当时都遭到了严厉的批判。与此同时，路翎也因受"胡风案"的牵连，在 1955 年被捕入狱，此后的 25 年里，创作完全停滞。直到 20 世纪 80 年代，路翎被平反，他又重新拿起笔开始文学创作，到去世前的大约 10 年间，总计创作了百万字的作品，这些作品的思想性和艺术性与 20 世纪四五十年代的创作不可同日而语，长期的监禁生活严重伤害了路翎的艺术创造力。与 20 世纪 40 年代相比，路翎在新中国成立后的创作涉及的题材和范围更广泛，但整体水准没有大的突破，造成这种局面的原因是多样的。本章将文艺政策、意识形态与具体文本相结合，分析路翎新中国成立后创作中的得失，文艺规范如何影响、约束作家的创作，作家的艺术个性又如何"突破"文艺规范和意识形态的要求，"顽强"地在文本中存在。

第一节　20 世纪 50 年代的转变

20 世纪 40 年代末，伴随着共产党在战场上的节节胜利，文艺界的局面日渐清晰，延安文学开始整体规划自己的文学版图，确立在全国文艺界中的领导地位。在接下来的一系列措施中，有一项格外引人注目，即 1948 年由香港开始的对以胡风为首的七月派的批判，这也证明了延安方面不仅要在全国范围内取得意识形态上的领导权，更欲了断革命文学内部由来已久的纷争，而且通过对内部不同思想派别的批判达到意识形态的高度统一。若干年后，香港批判的当事者林默涵用另一种"语调"回忆了当时的情况："在光明与黑暗进行殊死搏斗、在新中国艰难诞生的前夜，迫切需要各种思想武器来帮助催生的时候，在进步文艺阵营内，把这些问题提出来谈清楚一下，以便统一步调，加强战斗力，不能不说是一件具有重要意义的事情。"①从 1945—1946 年对胡风的"缺席"批判，到 1948 年有组织、有目的的公开批判，再到 1949 年 7 月全国第一次文代会上，茅盾在总结国统区文艺运动经验的报告《在反动派压迫下斗争和发展的革命文艺》中，从理论和创作两个方面对胡风和七月派提出批评，延安方面期待的是胡风和七月派在思想和"态度"上主动做出"彻底"的检讨和转变，对于意识形态的"询唤"，胡风和七月派却表现出异常的"木讷"和"抵抗"，也为日后更大规模的批判埋下了伏笔。

而第一次文代会过去仅仅两个月，胡风又开始创作大型政治抒情诗《时间开始了》，诗歌气势恢宏磅礴、结构大开大阖、感情充沛饱满，热情歌颂新政权和领袖权威。"躬逢盛事，岂可无诗"，作为开国大典的参与者和见证人，李慎之先生在天安门观礼阅兵式时曾感慨万千，"我竭力想把当时的种种感受用诗的语言表达出来。……但是，想来想去竟是'万感填胸艰一字'，只能自己在脑子里不断重复'今天的感情绝不是用文字所能表达的'这样一句话"，"我自以为决然无法用文字表达的感情结果还是有人表达出来了，他就是胡风"，"时间

---

① 林默涵、黄华英：《胡风事件的前前后后（林默涵问答录之一）》，《新文学史料》1989 年第 3 期。

开始了！我怎么就想不出这样的文字来呢？时间开始了！我完全了解胡风的思想和心理。绝不止胡风和我两个人，我肯定那天在天安门广场的每一个人都是人同此心，心同此理：中国从此彻底告别过去，告别半殖民地与半封建的旧社会，告别落后、贫穷、愚昧……而走上了一条全新的路——自由、平等、博爱的路，新民主主义的路"①。50年后，李慎之先生回忆的笔触依然让人为之动容，激荡其间的喜悦溢于言表。诗作者胡风的喜悦、激动、兴奋更是可想而知。就是在这种大喜悦大"木讷"、紧张而又微妙的关系中，胡风和七月派走进了新中国。

新中国成立后，意识形态的紧张和控制在文艺创作和批评中充分体现，文艺创作规范的"条条框框"严格限制了作家的创作自由，文艺界笼罩在"苦闷"的情绪中，"老作家诉苦：批评太凶，空气太严厉，怕。新作家诉苦：批评过左，怕……大家一齐骂'批评家'——其实又找不出一个批评家来"②。胡风和七月派的同人当然也感受到了其中的压力，也都敏感地意识到文学创作必须做出改变。胡风在与路翎的通信中建议他"顶好弄些新形势的报道，特别是关于工人的"，并一再提醒，"要注意政策，不要招到误解的表现法"③，随后又对路翎的创作提出更明晰的要求："（一）要写积极的性格，新的生命；（二）叙述性的文字，也要浅显些，生活的文字；（三）不回避政治的风貌，给以表现。我想，做到这些是不难的。"④ 路翎也极力在创作中对作品主题、语言风格做出改变和调整。

---

① 李慎之：《风雨苍黄五十年——李慎之文选》，明报出版社 2003 年版，第 2—3 页。
② 路翎：《致胡风书信全编》，大象出版社 2004 年版，第 228 页。
③ 胡风：《致路翎书信全编》，大象出版社 2004 年版，第 60 页。
④ 同上书，第 61 页。

一　主题

20 世纪三四十年代是中国时局最为混乱的时期，国内政治动荡、民不聊生，国际上硝烟弥漫、战争频仍。抗战爆发后，路翎从南京逃往武汉避难，颠沛流离中目睹了战时生活的悲惨艰辛、底层人民的不幸与愚昧。因此，初登文坛的路翎把笔触深深地扎入现实生活的土壤中。早期作品中，《卸煤台下》展现了煤矿工人恶劣的工作环境和极度贫寒的生活处境；《"要塞"退出以后》以一个新兵的视角批判部队工作作风涣散，军官贪生怕死。随着创作的深入，路翎小说挖掘生活的力度和深度都不断地加强，触及的生活领域和题材范围不断地扩大，几乎观照到各个基层的生活。《嘉陵江畔的传奇》切开了 20 世纪 40 年代乡村生活的"毒瘤"，摹画了荒唐、无聊、愚昧的众生相；《爱民大会》以辛辣、嘲讽的笔致无情地暴露了官僚阶层冷漠、丑陋、虚伪的面目；《罗大斗的一生》《棺材》继承了鲁迅开创的国民性批判的传统；《一个商人怎样喂饱了一群官吏》直指政商勾结官僚阶级对弱势群体的盘剥和压榨。路翎在 20 世纪 40 年代的创作围绕着社会批判、国民性批判展开，在度过了创作初期的探索后，他不再拘泥于现实生活层面，而是延伸至更幽深广阔的精神世界，逐渐确立了文学创作的核心：批判"精神奴役的创伤"，激发本能的"原始强力"，探索心灵世界的多重隐秘，建构充满力量的、强韧的人格精神。《饥饿的郭素娥》中，忍受着精神和物质上双重"饥饿"的郭素娥在死寂的生活中爆发，以死发出对黑暗社会的控诉，也激发了懦弱的魏海清迈出反抗的第一步。《两个流浪汉》中，陈福安势利、投机、聪明，终日梦想飞黄腾达，却又生不逢时，但在同伴生死攸关的时刻终于良心醒悟，冒着生命危险拯救伙伴。

新中国成立后，路翎小说的主题围绕着"新"字展开，新时期、

新气象、新人、新风貌。小说集《朱桂花的故事》围绕"新社会、新风貌"的主题，小说主人公是新中国的中坚力量：工人，积极乐观的生活态度，饱满昂扬的精神面貌，与 20 世纪 40 年代创作中阴暗的"灰色调"、浓重的悲剧意味形成极大反差。小说中的批判性，尤其是社会批判性明显减弱，小说的艺术世界与客观世界保持同步，人物的精神高度、价值立场与意识形态诉求高度贴合，对现实生活的认同和歌颂取代了 20 世纪 40 年代社会批判的倾向。《英雄事业》讲述了新中国成立初期，发电厂职工在党代表和工会主席的带领下，与反动分子做斗争，在敌机轰炸中保护电厂机器、抢救线路、维护城市供电的英勇行动。《粮食》反映的是新中国成立初期物价不稳，工厂工会采取积极措施，保障工人基本生活物资的故事。小说中的时间、内容与新中国成立后的社会生活同构，文学世界与现实世界的"界限"被抹平，创作主体不再是社会生活的"审判者"和思考者，而是转换为客观生活的记录者、歌颂者。但是，作为一位有着丰富文学经验和敏锐生活观察力的作家，路翎一方面在自觉地修正文学主体的身份与立场，另一方面又在文本细微处"泄露"以往文学表达的立场，这就造成了作者主观意图与文本实际效果之间的偏差和"裂缝"。无论是小说集《朱桂花的故事》，还是稍后的志愿军题材小说，在对时代认同和歌颂的基调下，一些真实可感的细节反而暴露了诸多不和谐的"声音"，如新中国成立后社会生活中的官僚主义，城乡生活方式、资源配置的矛盾，战争中的人性关怀等，这些"裂缝"和偏差也为后来的研究者思考那个特殊的时代留存了空间和余地。

路翎在 20 世纪 40 年代小说创作的另一个特点是主题的模糊性，这个特点主要体现在短篇小说中。路翎的很多短篇小说具有一种独特的美学形态，小说几乎不讲述完整的故事，也不强调塑造丰富立体的人物形象，而是专注于再现某种特殊的情境或生活中的某个小片段，如《平原》中夫妻二人一路走一路吵架的生活小片段；《棋逢对手》中下棋人由悔棋到相互激怒互揭老底，再到和好如初的情绪变化；《幸福的人》全篇都是周绍钧在渡船上和船夫的聊天。这类作品中，对故事性的淡化决定了小说在渲染氛围、捕捉人物情绪变化上可圈可点，对具体情境中细微因素的刻画丝丝入扣。《平原》细腻地表现了丈夫胡顺昌对妻子从气愤、责备，到哀求、劝说以及劝说无效后的恼火和媳妇跳河后的疼惜等一系列情绪的变化。《中国胜利之夜》汇聚了不同职业、地位、阶层的人在听到抗战胜利的消息后不同的反应和想象。《凤仙花》中小姑娘因为梦到凤仙花而产生的恐惧和忧虑。这类小说更少社会功用性，强调突出文学审美性的表达，因此，小说无形中已经预设了读者的类型——首先能理解文字所传达的美学意味，并通过文字进入特定的艺术情境中，通过品味情绪的变化或感受具体情境的美学气息而获得审美的享受。这类小说虽然没有宏大的场面和曲折的故事，但对作者的文学表现力和观察力却有着更高的要求，它要求作者必须在有限的篇幅和文本空间中呈现出每一个细微环节的张力和人物微妙的变化。在 20 世纪 40 年代的战争环境中，这类主题模糊的小说的生存空间注定是窄小的，获得的关注也很少，但是它们的存在丰富了路翎文学的多样性，也丰富了 20 世纪 40 年代文学的形态。新中国成立后，这类小说在路翎的创作中几乎完全消失。《讲话》确立了文艺为工农兵服务，政治标准第一艺术标准第二的方向与尺度，要求文学作品格调明快清晰，而这种模糊的、审美的文学风格显然不能适应时代的要求。

二 语言

语言是文学意义的承担者和构建者，不同的语言传达着不同的美学态度和意蕴，个性鲜明的语言风格是一个作家成熟的标识。20 世纪

40年代，路翎的语言风格具有强烈的个人色彩，形容词反复叠用，陌生化的修辞方式，频繁的短句，强烈深沉的语调，正如胡风所称赞的，是"追求油画式的，复杂的色彩和复杂的线条融合在一起的"①。路翎追求的是语言能够"表现出每一条筋肉的表情，每一个动作的潜力的深度和立体"②，形成了浓烈、诗性、藻饰的语言风格，语言中充满了焦灼不安、紧张的韵律，裹挟着读者的情绪和思维跟随文本的节奏"奔跑"。《财主底儿女们》融汇了路翎语言所有的风格和特色：

> 这蒋纯祖觉得是动人的、惊心动魄的一切，简直是震碎了他的神经，使他在夜里不能睡眠。他是燃烧着，在失眠中，在昏迷、焦灼、和奇异的清醒中，他向自己用声音、色彩、言语描写这个壮大而庞杂的时代，他在旷野里奔走，他在江流上飞腾，他在寺院里向和尚们冷笑，他在山岭上看见那些蛮荒的人民。在他底周围幽密而昏热地响着奇异的音乐，他心里充满了混乱的激情。在黑暗中，他在床上翻滚，觉得自己是漂浮在波涛汹涌的大海上。他心里忽然甜蜜，忽然痛苦，他忽然充满了力量，体会到地面上的一切青春、诗歌、欢乐，觉得可以完成一切，忽然又堕进深刻的颓唐，恐怖地经历到失堕和沉没——他迅速地沉没，在他底身上，一切都迸裂、溃散；他底手折断了，他底胸膛破裂了。在深渊里他沉沉地下坠，他所失去的肢体和血肉变成了飞舞的火花；他下坠好像行将熄灭的火把。③

在这段文字中，作者几乎动用了所有可能的手段，把景观、感

---

① 胡风：《饥饿的郭素娥·序》，杨义等编《路翎研究资料》，知识产权出版社2010年版，第53页。

② 同上。

③ 《路翎文集》（第二卷），安徽文艺出版社1995年版，第517页。

知、视觉、声音等元素转化为蒋纯祖的精神世界，大量短句的使用、强烈的语气、独特的修辞方式，构成了一幅摄人心魄的精神图画，读者跟随着文字也不由得陷入与蒋纯祖同样的躁动、困惑、极端的情绪中。在路翎的作品中，语言的无限可能被极大地挖掘，而且作者显然并不满足于仅仅把这种无限可能限定于语言层面，而是试图通过"语言的狂欢"达到对物质世界与精神世界多元性和不确定性的深入把握。

新中国成立后，路翎文学语言上的变化是显而易见的。繁复、生涩、欧化的风格被明快、简洁、浅显的风格所替代，作者放弃了 20 世纪 40 年代那种"刺目""机械化""涩窒"的修辞方式[①]，取而代之的是赵树理式的通俗易懂、流畅直接的表达方式，尽可能使用普通读者熟悉的词语和修辞，去除陌生化语言修辞可能带来的歧义和阅读障碍。在小说集《朱桂花的故事》中，人物简洁流畅的对话和果断的动作取代了《财主底儿女们》中大段大段的议论和心理剖析，"毛主席""军事代表"等具有鲜明政治含义的词汇代替了密集使用的形容词：

> 军事代表热情地和他谈了很久，问了他过去，并且赞成地说："修一修女人的坟是应该的，旧社会的女人是受了那么多的苦。"……军事代表的话叫他高兴极了，他觉得是说了心腹话了。[②]

> 突然地军事代表进来了——高大的身材，披着一件棉军衣。看见了军事代表，赵梅英就像是被刺了一刀似地，尖叫着用力地甩开了鸭行流氓，跑到台阶边上去了。

[①]　刘西渭：《三个中篇》，杨义等编《路翎研究资料》，知识产权出版社 2010 年版，第 69 页。

[②]　路翎：《朱桂花的故事》，作家出版社 1955 年版，第 17 页。

军事代表对着冷笑着的流氓看了一眼，明白了一切，就微笑地向着赵梅英走去。①

作为意识形态和政治权威的象征，"毛主席""军事代表"等词中蕴含坚定的信念和不容置疑的力量。小说中依然使用了大量的短句式，句式中的词语组合近似口语，通俗易懂，一扫20世纪40年代巴洛克式的藻饰，文本叙事与语言共同构建起坚定、纯净的精神世界和单一、确定的客观世界。

第二节　工人题材小说：不彻底的蜕变

新中国成立后，路翎出版了小说集《朱桂花的故事》（1952年），其中收录了路翎从1949年6月到1950年4月间创作的10篇短篇小说，1955年北京作家出版社重新出版，增加了《英雄事业》。小说集中除第一篇《试探》外，其余作品都以新社会工人阶级的生产生活、精神面貌为主要内容，展现跨入新社会后劳动人民从落后到进步的思想转化过程，凸显"旧社会让人活不下去，新社会让人新生"的主题。作品一改路翎之前沉郁凝滞、悲愤激越的风格，呈现出积极乐观、明快昂扬的特点，小说结构简单，叙事流畅，语言通俗易懂。纵观路翎的创作历程，《朱桂花的故事》在艺术性和思想性上都乏善可陈，只能说这是一次不成功的"转型"尝试。路翎的改变既受到文学规范的约束和文坛政治环境的压力，也是作家根据自己的艺术个性与生活经验做出的主动选择。

---

① 路翎：《朱桂花的故事》，作家出版社1955年版，第76页。

　　20 世纪 40 年代，路翎在文坛异军突起，短短的几年中拿出百万字的创作实绩，其中既有被称为“‘五四’以来中国知识分子的感情和意志的百科全书”① 的鸿篇巨制《财主底儿女们》，也有风格独特、意蕴深厚的中篇小说《饥饿的郭素娥》《蜗牛在荆棘上》等，以及《爱民大会》《蠢猪》这样具有黑色幽默气质、视角独特的短篇小说，后期更涉足剧本、文艺理论等方面。20 世纪 40 年代的路翎在不长的时间里达到了创作的高峰，作品凸显现实批判性，塑造了一系列内心彷徨纠结的知识分子、背负着“精神奴役的创伤”的农民、富于反抗精神的工人和流浪汉，但是进入共和国后，路翎擅长的题材和人物形象在当时的文学规范中变得非常敏感甚至危险。

　　新中国成立后，围绕着文学规范的建立和文学功能的分类，文艺界开展了一系列的“清理”工作，题材的分类是其中重要的一项，题材问题也是由来已久的“写什么，怎么写”问题的延续。洪子诚在《中国当代文学史》中详细地论述了题材分类的意识形态倾向，题材“被认为是关系到对社会生活本质‘反映’的‘真实’程度，也关系到‘文学方向’确立的重要因素”②。“新的主题，新的人物，新的语言、形式”③，为工农兵服务，都是题材分类及确定等级的标准。第一次文代会上，周扬在《新的人民的文艺》中明确指出，“民族的、阶级的斗争与劳动生产成了作品中压倒一切的主题，工农兵群众在作品中如在社会中一样取得了真正主人公的地位。知识分子一般是作为整个人民解放事业中各方面的工作干部、作为与体力劳动者相结合的脑力劳动者被描写着。知识分子离开人民的斗争，沉溺于自己小圈子内

---

　　① 鲁芋：《蒋纯祖的胜利》，杨义等编《路翎研究资料》，知识产权出版社 2010 年版，第 104 页。

　　② 洪子诚：《中国当代文学史》，北京大学出版社 1999 年版，第 81 页。

　　③ 周扬：《周扬文论选》，人民文学出版社 2009 年版，第 371 页。

的生活及个人情感的世界,这样的主题就显得渺小与没有意义了"①。显然,塑造工农兵与知识分子具有了"等级"的差别,工农兵题材优于知识分子题材。即便是处理工农兵题材的作品,如何塑造人物,也被严格限定在"新"的范围内,简而言之,进入共和国的农民只能是小二黑,而不是罗大斗。在这样的规范下,路翎在现代时期擅长处理的知识分子小说变得"身份暧昧",即便是蕴藏着"原始强力"的农民显然也难以达到文艺规范的要求,只有在现代时期尝试过的"工人题材"留有了继续创作和发挥的空间,而当时文艺界又大力提倡作家投入工业题材的创作中去。

20世纪40年代,路翎创作了《家》《卸煤台下》《破灭》等反映底层矿工生活的小说,其中的工人形象多沉着坚毅,具有改变现实的行动力和坚定的意志,与路翎塑造的知识分子、农民相比,性格中具有更多积极、正面的革命"因子",也更靠近文学规范要求的方向。因此,新中国成立后路翎选择工人题材作为自己继续创作的"起点",是充分考虑了自己的艺术个性和文学积累后挑选的一条比较"安全"的道路。1949—1950年,路翎多次深入工厂"体验生活",如1949年秋在南京被服厂、浦口机车修理厂,1950年5月在上海申新九厂,1950年10月在天津国棉二厂。通过深入工厂体验生活,作家可以鲜活地感受到"新生活、新气象、新思想",并转化为作品的主题,为创作转型积累生活素材。

一 一个文本的两面:新形式与旧人物

小说集《朱桂花的故事》中的转变是显而易见的。新中国成立前,见诸路翎小说中的人物有:被迫离开土地的农民、生活艰辛的工

---

① 《周扬文论选》,人民文学出版社2009年版,第371页。

人、居无定所的流浪汉、苟且生活的小职员，在生活底层挣扎的芸芸众生，他们命如草芥、无所依靠、没有尊严，路翎对他们不幸的生活和命运给予深深的同情和悲悯。在《朱桂花的故事》中，这群边缘小人物消失了，取而代之的是社会的中坚力量：工人阶级劳动者。他们的工作岗位、工作性质不同，相同的是都饱含当家做主的自豪感，对待工作和生活热情洋溢、豪情万丈，对祖国的未来充满信心。小说集中的人物命运、故事结构、艺术风格极其相似，基本上是在新/旧社会、进步/落后思想对比的框架内展开叙事。《荣材婶的篮子》中，荣材在旧社会"因为受苦没有出路，荒唐过一阵，在外面搞了一个乡下唱戏的女子"，新社会后在工厂做工，"他很是积极，做起工来比什么都上进"①。《"祖国号"列车》中，在旧社会，老司机张富荣提的合理建议不被工厂采纳，还被调去扫地，到了新社会，他不但得到工厂的重用，还被评为劳动模范；年轻司机李春华因为父亲被日本人杀害而思想消极、意志消沉，新社会后，年轻人鼓足干劲积极参与到工厂建设中，抵制工作中的不良作风，"恨不得马上就实行社会主义"。

小说中通常出现三类人物：党代表、工会主席、厂领导；背负着精神负担、半新不旧的"中间"工人形象；热情高涨、情感纯粹的新式无产阶级工人。通常的故事模式是：从旧社会走进新社会的"中间"工人，渴望摆脱旧社会的不幸遭遇，开始新的生活，但在生活和工作中，还时常会出现旧社会形成的消极、懈怠和狭隘的情绪与思想，每当思想上出现矛盾或犹豫的时候，作为真理和信念化身的党代表或工会主席总会及时出现，给予精神上的鼓舞和帮助。而新式无产阶级工人则对新社会无限信任和忠诚，满怀热情奋斗在各自的工作岗位上，他们的精神世界纯粹而单一，政治信仰坚定而执着。作为一种

---

① 路翎：《朱桂花的故事》，作家出版社 1955 年版，第 41—43 页。

参照对象，新式无产阶级工人既反衬出"中间"工人思想上的落后，为他们树立进步的标杆，又昭示一种全新的生活方式——新意识形态塑造的新人与新生活，在他们身上看不到任何思想精神上的"裂缝"与矛盾，他们的思想与行动高度统一、言语和行为直接指向意识形态许诺的乌托邦理想。不妨说，他们是走进新社会穿上工人制服的"小二黑们"。路翎在20世纪40年代对延安文学塑造的新人形象有诸多异议，而这类"新人"又在20世纪50年代路翎自己的创作中"转世重生"。

小说集《朱桂花的故事》中的作品无一例外地以和谐光明的大团圆结局，路翎40年代创作中的悲怆愤懑一扫而光。这些作品确实在一定程度上反映了新中国成立初期人民群众对新社会、新生活高涨的热情和积极乐观的态度，但我们不禁要问：这还是那个写出《饥饿的郭素娥》《棺材》的路翎吗？文学创作与现实生活、历史变革的"对接"会如此顺畅吗？就在不久前还对王贵与香香大团圆的故事结局发出质疑声音的路翎彻底变了吗？当我们带着这些问题回到作品，细心的读者会发现，在某些不经意的细节处、在某些微妙的言语中，小说又在传递出与主题基调相悖的信息和态度，尽管这些信息很微弱，甚至一带而过。

《女工赵梅英》讲述的是女工赵梅英在生产工作中以次充好，被发现后又无理取闹，最后在党代表的劝说和帮助下，纠正了自己的态度，改过自新的故事。小说结构并不复杂，结局皆大欢喜，除了赵梅英以外的人物都形象单薄，党代表更像是政治符号的化身，人物语言公式化，但小说中富有张力的心理描写为作品增色不少，使作品更富于社会深度和饱满的心理容量。赵梅英是一个被丈夫抛弃、家庭生活不幸福的妇女，性格泼辣、强横、虚荣，好逸恶劳又逞强好胜，渴望在新社会开始新生活却又不想付出劳动。作者把人物性格与形成这种性格的社会的、历史的及个人的诸种原因较好地融合在一起。小说细腻地刻画了赵梅英在闹事后的一连串的心理起伏，无论是无理取闹时的激动、乖张，事后内心的悔恨、害怕，还是感觉走投无路后下意识重返歧途的纠结、不甘，都表现得淋漓尽致，环环相扣的心理刻画和情感纠结推动着人物朝"自身"的方向——而不是"预设"的人物应该发展的方向——发展。

赵梅英回到家意识到自己把事情闹大了之后，很快"心理软弱了"，心想："要是能有几个钱，要是能有一个知心的人，在家里也舒舒服服，哪个要去做工呢？"[1] 她含着眼泪自言自语，"我当初是想，翻了身了，过好日子了；我心里也尽是怨气，叫人欺够了，要出这口气。现在好，看着人家高兴……""不过呢，我也不是这样的人。像他们讲的，我不过是旧社会里的人"。[2] 通过细腻的心理起伏描写把一个无依无靠的妇女生活的不如意、感情无处寄托的酸楚真实清晰地展现出来。赵梅英意识到自己搞砸了工作，生活没了退路，第二天早上下意识地"换上了一件漂亮的花袍子"，"涂起脂粉来"，"把嘴唇画得通红"[3]，意欲重操旧业还硬给自己的行径找借口，"我不过是旧社会的女人，像他们说的，好不了的了"[4]；当碰到鸭行流氓时又犹豫了，"她觉得还有什么应该再考虑一下"，想起了20年来自己的辛酸生活，想起了新社会后工厂对自己样样照顾，她让鸭行流氓走开，但只是"小声地"，"软弱可怜地"说[5]；而面对鸭行流氓的金钱诱惑时，"她挣扎了一下，就被他拖着走了。但走了几步又挣扎起来"，她感到"又痛苦又羞耻"，"声音是发着抖的"[6]。一波三折、举棋不定的心理

---

① 路翎：《朱桂花的故事》，作家出版社1955年版，第67页。
② 同上书，第69页。
③ 同上书，第74—75页。
④ 同上。
⑤ 同上书，第75—76页。
⑥ 同上书，第76页。

波动非常贴合赵梅英虚荣、好面子又不甘堕落、渴望新生的性格，也与她在旧社会经历复杂所形成的阴暗心理相符。人物的性格又强化了故事冲突，心理波动和故事情节合乎逻辑地交织在一起，主人公内心的矛盾推动着故事情节波澜起伏的发展，故事情节的一步步延展又更深入地剥开了人物复杂的内心。也正是因为有了这段人物内心世界的精彩刻画，为军事代表的适时出场做足了铺垫，让象征着光明、真理的军事代表在赵梅英内心最纠结的时候"有的放矢"，恰如其分地发挥了"指路人"的引导作用，把赵梅英拉回了正常生活的轨道。

路翎充分发挥了他所擅长的心理分析的才华，把一个生活在"悬崖"边上徘徊的女性内心细密的"褶皱"层层展开，露出里面的痛苦、犹豫、不甘。有趣的是，在题材和结构的限制下，路翎把心理、情绪分析运用得节制而匀称，在20世纪40年代创作中曾经备受争议的心理分析冗长、影响叙事节奏的弊病得到了一定的克服。这并不是说《女工赵梅英》在艺术上超越了路翎前期的作品，只是在情节发展与心理分析配合上更加合理，更毋宁说，恰恰是小说中心理剖析的合理运用赋予一部结构简单、主题单一的小说更丰富的心理张力和社会容量，小说在传达既定主题的同时开拓了更丰富的文学审美空间。

小说集《朱桂花的故事》中，赵梅英式的主人公并不是特例，几乎每篇作品的主人公都有一段旧社会的受难史：劳动模范朱学海旧社会在铁匠店学徒，受到老板的残暴压迫与剥削，过了七年"冷酷而恐惧"的生活（《劳动模范朱学海》）；荣材婶的孩子被国民党杀害（《荣材婶的篮子》）；货车司机李春华的父亲被日本人杀害（《"祖国号"列车》）。旧社会的不幸经历在他们的生活或思想上留下了不同程度的阴影：有的当过二流子，有的"荒唐过一阵"，有的拿自己的老婆出闷气，精神麻木懈怠。朱学海过了七年非人的生活，"从那统治着骇人的阴沉的铁匠铺里出来，他已经快二十岁了"，但是"完全不知道什么叫作快乐和青春，就变成了年轻的老人","经常地疲惫,对什么事情都没有兴趣,甚至连话也不想说","什么样的事情在他底身上都似乎很难有反应,人家欺侮他,他也不作声,好像他也没有什么痛苦,也没有什么喜欢"。① 新中国成立后,他努力工作,只是"害怕丢掉饭碗","实际上他是完全没有走到新的生活里面来的"。② 因此,当他被大家推选为劳动模范时,表现得惊慌失措甚至不可理喻,完全没有工人当家做主后神采飞扬的精神面貌。经过党代表和其他先进分子的帮助教育,朱学海的思想慢慢发生了转变,融入了新社会、新生活。但是令读者印象深刻的并不是他们转变后的豪言壮语,而是人物性格中暴露出来的"精神奴役的创伤"的顽固与深远,以及旧创伤与阶级觉醒在人物精神层面上引发的矛盾,政治力量介入个人生活所起到的作用反而显得单薄。

20 世纪 40 年代,路翎就曾经质疑《王贵与李香香》中把个人命运的转变处理得过于简单,他认为读者从诗歌中感受到的是"直接的政治信仰的乐观精神",而这种精神"还没有能在人生情节和矛盾中完全活过来",作者把"人物底命运直接地依赖着革命底胜利形势,并且把它表现在一种偶然的姿态上,这固然强调了革命信仰的主题,但在现实的斗争意义上讲,就不能不是轻率的"③。路翎坚持文学作品在表现"人民所依赖的政治斗争"的同时,更应该表现"作为政治斗争的主人底人民,他们底切身的,生活和精神的矛盾斗争"④。这样的讨论和质疑在 40 年代的语境中尚可存在,而在新中国成立后的政治气候和文艺规范下则敏感而危险。一面是基于个体经验与审美认识所形成的文艺观念,另一面是文艺规范的权威,路翎试图遵循时代的召唤,强化意识形态的"力量",而业已根深蒂固的文艺观念又时时迁

---

① 路翎:《朱桂花的故事》,作家出版社 1955 年版,第 100—101 页。
② 同上书,第 101—102 页。
③ 张业松编:《路翎批评文集》,珠海出版社 1998 年版,第 85 页。
④ 同上书,第 86 页。

回曲折地反映在作品中，影响着作品的思想与风格。因此，小说集《朱桂花的故事》中，虽然主人公都"获得"了大团圆的结局，但令人印象深刻的却是人物精神层面的"创伤"与新生中的"阵痛"。

小说集《朱桂花的故事》意图表现新社会、新事物，作者采取了新/旧社会对比、进步/落后对比的模式结构小说，重点表现从旧社会进入新社会的劳动者，如何克服消极的思想负担，转变思想态度，积极参与到社会主义建设中。作者把大量的笔墨放在剖析主人公从落后到进步的过程中在思想和心理上发生的细微变化，通过细致地刻画人物的心理波动，充分释放人物形象蕴含的社会学价值。路翎在处理人物从落后到进步的过程时，更倾向于在文化心理层面上展开，与意识形态所指认的阶级层面的转变有着显著的不同。从文化心理层面出发，对人物形象的塑造不可避免地要触及人物性格中消极落后的方面，以及形成人物性格的社会、历史、文化的因素。与身份、阶级、政治立场等"外在"属性相反，个体的文化背景、性格、道德是"内在"于人自身的。如果承认性格、文化背景和道德立场的形成是渐进的、缓慢的、多方面作用力的结果，那么，人物精神状态和思想的转变也就不会是"一蹴而就""风平浪静"的，尤其是在重大的社会变革中，个人所能理解到的和感受到的往往并不如意识形态期许的那般直接。美国政治学家亨廷顿的观点也许更有助于我们的理解。他认为，文化间的差异"作为历史的积淀非短期所能消除，它们比政治意识形态和政治权力间的差异更为根本"，"因而比政治、经济特征和差异更难协调和变更"，个人的政治立场或经济地位可以改变或重新选择，因为它只代表着"你站在哪一方"，但人的文化属性更难以改变，因为它决定了"你是什么人"。① 新中国成立后，工农兵成为文艺作品

① ［美］亨廷顿：《文明的冲突》（一），张铭、谢摇、周士琳译，《现代外国哲学社会科学文摘》1994 年第 8 期。

理所当然的主角，文艺创作一方面要塑造符合意识形态规范的"新人"，另一方面要表现"落后"人物因为阶级地位、社会环境的变化而带来的全新的精神面貌。《朱桂花的故事》中的人物虽然最后都无一例外地完成了精神"转型"，但是人们又分明可以感受到他们身上依然纠缠着历史的"阴影"，甚至占据了人物性格的主要部分，这样的作品显然不能达到意识形态的要求，即使没有"胡风案"的牵连，遭到批判也是必然的。

今天回头去看路翎的这组作品，意识形态标准和政治正确已经不再是评判作品的唯一标准，事实上，路翎文学观念中呼应的胡风文艺思想中始终挥之不去的人道主义立场，可能才是理解路翎的关键。20世纪40年代，胡风撰写长文《论现实主义的路》应对来自香港的批判，文章中胡风提出一句口号来阐释自己对"统一战线"问题的理解：全民性和人民性的对立与统一。参照当时的抗战背景，胡风坚持认为，文艺"要从高扬全民性的爱国主义的过程上来加强人民性的爱国主义"，"'动员民众'的文化、文艺底任务，不能是简单地使人民成为战争底'工具'，而是要'为大众服务'，使人民能够理解自己、社会以至世界而获得通过战争来解放自己，用自己的力量创造一个'新生的祖国'的觉悟"[1]。在胡风的表述中，人民不仅仅是被动地参与到革命中，更是积极地"建设"革命，同时也是"建设"个人的主体，这个过程是客观世界与主观世界统一的过程。同样，在进入和平年代之后，文艺在表现人民对新政权和意识形态的认同上也就不仅体现为"一览无余"的接纳，而是要真正深入人物的精神世界，通过展现人物思想认识和自我意识上的蜕变，达到对"新生的祖国"的认同。因此，路翎文学对人物的内心世界和精神时刻自觉地保持着高度

---

① 《胡风评论集》（下），人民文学出版社1984年版，第276页。

关注，在他看来，这关系到"人"的真正的"新生"，而这种转变并不一定如意识形态期许的那么直接，甚至会更缓慢、"滞后"。虽然赵梅英最终走向新生，但是党代表的作用显然没有得到突出，人物自身的"自我搏斗""纠正自我"的力量甚至超越了党代表。

二　现实主义的"两面性"

新中国成立后，文学创作中存在的普遍问题是：表现"新事物新社会"与"现实主义"经典理论之间的摩擦与"纠缠"。周扬在第一次文代会上确定了文学表现新社会新主题的方向，既是意识形态对文学的要求，也是文学在新的历史时期无可逃避的责任，但清晰的理论表述落实在实践层面上却存在诸多的"暧昧不清"。作为意识形态对文学的要求，表现新事物新主题是在无产阶级意识形态确立的阶段，用文学的方式表达意识形态需要的精神症候和情感特质，新事物新主题寄寓着意识形态急需塑造的政治乌托邦理想。文学负载的任务是向民众灌输全新的世界观、价值观，建构全新的政治伦理道德与意义体系，塑造一种全新的、迥异于以往一切形态的生活图景，增强民众对政权的认可和忠诚。作为新中国成立后唯一的文学形态，现实主义文学责无旁贷，承担着表达意识形态所要求的新事物新社会，从而达到"从形式方面明确地指出内容所要求的方向"① 的责任，但现实主义本身所具有的天然的"两面性"——真实再现与批判锋芒——又导致文艺与意识形态的要求会有所偏离。作为曾经的资本主义意识形态的文学载体，现实主义文学在革命时期被无产阶级政党视为文学创作的"圭臬"，正是看中了其所具有的现实批判尺度，当无产阶级开始着手建立自己的文化阵地、确立意识形态合法性、巩固现存政治秩序的时

---

① 《胡风评论集》（中），人民文学出版社 1984 年版，第 219 页。

候，现实主义的"批判的尺度"则需要辩证地看待，只有在表达主流意识形态对立物时才被允许发挥其批判的作用，而文学形式自身所具有的美学特质又经常"溢出"意识形态的尺度。耀斯称之为文学具有"诡谲的双面"，即文学难以逃脱被统治阶级利用的事实，但是文学本身具有的"歧义性与难以把握性"使它常常表现出挣脱操纵和智性奴役的特征。① 因此，虽然文艺政策的制定者意识到了在与资产阶级斗争中立下汗马功劳的现实主义文学所具有的两面性，并试图通过限制主题、题材、人物等方面使现实主义在建构无产阶级文化的过程中再次冲锋陷阵、建功立业，而一旦回归到文本细节处、回归到感性的人物形象和情节设置中，现实主义本身的"两面性"又显示出与意识形态相悖的立场。

小说集《朱桂花的故事》紧紧围绕新社会、新事物、新主题，但是总有一些线索溢出主题之外，这些线索在文本中或一闪而过，或无心为之，却与主题构成一种微妙的关系。《锄地》讲述的是工人吴秀兰在锄地时意外伤到脸，医务室的助理员刘良因为准备工作报告，对受伤的女工态度怠慢，女工赵慧珍为吴秀兰打抱不平，两个人发生口角，一件日常生活中的小事被上纲上线到"封建意思""官僚主义"，最后，两个人经过劝解和自我反省认识到了各自的错误，一场风波就此平息。表面上看，引起争吵的原因是刘良对待病人简单粗暴的态度，以及话语中流露出来的官僚主义作风，但在小说细节中多处透露，刘良和工人搞不好关系的真实原因是"这些工人，无论穿的、吃的、住的都要比他乡下家里，比他父母好得多了。家乡在闹水灾，有的地方连杂粮都吃不上，但这些工人却生活得这样安定。他们农民为了解放中国流了这么多的血，工人们舒舒服服地享受革命的果实，还

---

① ［德］汉斯·罗伯特·耀斯：《审美经验与文学解释学》，顾建光等译，上海译文出版社 1997 年版，第 51—56 页。

要被称为革命的领导阶级"①。在这种差异性的对比中，刘良和乡下的父母象征着农村生活方式，而工人代表的是城市生活方式，两种生活方式的品质、地位差距悬殊。农民是农村生活的主体，是无产阶级革命获得胜利的主力军，革命胜利后却没有获得与之贡献相对应的生活品质和社会地位，而城市工人作为革命胜利果实的享受者又对农村抱有偏见。农村文化的代表刘良看不惯城市生活的安逸，批评女工"烫头发"；工人们对农村出身的刘良的医术抱着不信任的态度，委婉地传达了城市文化对农村文化的优越感。两种生活方式和文化形态的对立与隔阂一览无余地呈现其中，可见城乡矛盾在当时已经初露端倪。

这种文化与生活方式的隔阂在《林根生夫妇》中以另一种形式展开：夫妻矛盾。丈夫林根生在旧社会是一个朴实的农民，具有浓厚的小农思想，深爱妻子却不擅表达。妻子何秀英结婚前寄人篱下，饱受压榨，婚后进入工厂工作，学习文化知识，接受新思想，加入了青年团，开始享受城市生活，逛街、看电影、买漂亮的衣服。何秀英的工作生活方式无疑是新中国成立后城市生活方式的表征，尽管作者对何秀英生活、文化、思想上逐渐"城市化"的叙述含蓄而节制，但通过与林根生"原生态"的农民思想、生活方式的对比性描述，读者依然可以清晰地感受到两者之间的差异与隔阂。城市文化与农村文化之间的"摩擦"中隐含的是从战争时期进入和平年代后，文化建设和资源配置如何调整，以此适应和平时期的社会需求。这样的结构与主题很容易使读者想到后来受到批判的《我们夫妇之间》，较之萧也牧在小说中流露出的自觉的艺术趣味和"资产阶级"生活品位，路翎在小说中的处理显得更谨慎。《我们夫妇之间》中，李克"天然"地出身于城市，而路翎保留了何秀英被剥削的底层劳动人民的身份，这也为小

---

① 路翎：《朱桂花的故事》，作家出版社1955年版，第122页。

说结尾夫妻重修于好保留了空间和余地。"劳动人民"的身份确保何秀英虽然在生活方式、文化品位上逐渐"城市化",但阶级属性依然具有政治正确性,在政治正确的前提下,夫妻间重归于好才有可能实现。

在新中国成立之初,路翎已经开始思考革命"第二天"的复杂性:革命胜利后城乡文化、生活的差异与隔阂,进入和平时期后文化的重建与调整等。这些问题在此后的几十年里不断凸显,甚至构成了中国"现代性"问题的一个重要方面。虽然在小说的结尾,作者"和谐"地处理了这些矛盾,如《锄地》中,工人吴秀兰联想到刘良把津贴省下来邮寄给遭水灾的家乡,认识到刘良本性的淳朴善良;刘良经过同样农民出身的老工人刘玉根的劝解,理解到工人也是"劳动人",双方达成和解。《林根生夫妇》中,林根生转变态度,决心认真补习文化知识,何秀英也想到多年来丈夫的包容和爱护,夫妻重归于好。但在当时的语境中,这些不和谐的"声音"与意识形态要求的新事物新主题大相径庭。尽管路翎由衷地希望与主流意识形态要求保持一致,但当作家真正地把"现实"——哪怕仅仅是一小部分——还原进文本,现实主义就显示出自身的"不可驾驭性"。"当作家转而去描绘当代现实生活时,这种行动本身就包含一种人类的同情,一种社会改良主义和社会批评,后者又常常演化为对社会的摒斥和厌恶。"①

而更具反讽意味的是《"祖国号"列车》。小说讲述了老司机劳动模范张富荣和年轻司机李春华负责把"祖国号"列车从北方送到南方,又搭乘列车返回北方的故事。小说没有波澜起伏的故事情节,没有戏剧化的冲突矛盾,贯穿其中的是一老一小两位司机在返回北京的列车上的聊天,回忆自己在旧社会的不幸遭遇以及新社会后生活的改善、祖国日新月异的变化。在平淡的叙事中,一个"意外"的环节显

---

① ［美］韦勒克:《批评的诸种概念》,丁泓等译,四川文艺出版社 1988 年版,第232—233 页。

得突兀而富有意味。火车站为两位司机的返程安排了头等车厢的座位，两人拒绝了这种特殊待遇，坚持乘坐普通车厢，上车后却被一位"穿西装"的旅客告之不能进入空荡荡的三等车厢，因为是"公务人员的包车"，"西装"旅客又拒绝了解放军从车厢通过的要求。小说隐隐地对现实生活中的官僚作风、特权意识持谨慎的保留态度。意外"插曲"也出现在《替我唱个歌》中。小组长吴顺明"顺时而动"参加革命，工作中好表现、出风头，工作方式简单粗暴；管理室王主任工作不深入基层，只坐在办公室听底下人的报告。小说在表现冯有根式的工人摆脱精神包袱重获新生的同时，又"无意"中暴露了革命队伍中存在的投机主义和形式主义的工作作风。其实早在人们还沉浸在革命胜利的欢呼声中时，路翎已经隐隐感觉到了革命的"第二天"并非"晴空万里"。短篇小说《泡沫》（1949 年 5 月 11 日）创作于南京解放后的第 18 天，小说的主人公何季超投机革命，革命胜利后以"功臣"自居，沉溺在"接收大员"美梦中。作品对革命队伍中存在的特权意识和权力崇拜保持着清醒的警觉，这也是新中国成立初期文坛最早的批判现实主义的作品。

同新中国成立后的许多作家一样，路翎真诚地歌颂着民族的新生，新中国就像"祖国号"列车一样，迎着朝霞，庄严神圣地行驶在广阔的大地上，到处是欣欣向荣的繁华景象。在为祖国"高歌"的同时，作家又无意中泄露了"列车内部"的一些不和谐的"音符"，这些不和谐的"音符"既像是历史的遗留，又像是政治权力的衍生品。韦勒克把这视为现实主义在"描绘和规范、真实与训谕之间的张力"①，而这种"张力"又是文艺规范或意识形态"律条"无法"克服"的，这种矛盾也困扰着艺术家的良知，作家只能在"须听将令"

---

① ［美］韦勒克：《批评的诸种概念》，丁泓等译，四川文艺出版社 1988 年版，第232—233 页。

和"现实主义"真实之间的暧昧模糊地带稍作"徘徊"，尽管这样的"徘徊"马上招致铺天盖地的批判，但毕竟为一个时期的文学留下了多样的一笔。

第三节　志愿军题材小说："大叙事"与"小叙事"的纠结

新中国成立后，经胡风推荐，路翎从南京调入廖承志担任院长的中国青年艺术剧院工作，先后创作了剧本《人民万岁》《英雄母亲》《祖国在前进》，这三个剧本都因为各种原因未能搬上舞台，工人题材小说也招来铺天盖地的批判。路翎陷入精神和创作的双重痛苦中，痛苦于作品"一定要改成那样"，"我有一种受摧残的感觉。我竭力不使整个的东西弄成虚伪的，只能如此做，否则就受不了。我一时还不能知道我的这种感觉究竟有多少是真实的"①。1952 年年底，为了暂时远离无休止的批判、学习，也是为创作积累更丰富的素材和经验，路翎来到战火纷飞的朝鲜战场，实地体验、亲身感受战场上的战斗和生活。1953 年 7 月，朝鲜战争停火，路翎回国，随即创作了一组志愿军题材小说：《战士的心》（《人民文学》1953 年 12 月号）、《初雪》（《人民文学》1954 年 1 月号）、《你的永远忠实的同志》（《解放军文艺》1954 年 2 月号），以及《洼地上的"战役"》（《人民文学》1954 年 3 月号）。同期发表的其他志愿军题材文学作品还有魏巍的《谁是最可爱的人》、巴金的《黄文元同志》等，都受到读者和评论界的一致赞

---

①　路翎：《致胡风书信全编》，大象出版社 2004 年版，第 211 页。

誉,《谁是最可爱的人》甚至作为"典范"被选进中学教材,影响了几代人,而路翎的这组作品在读者和文艺界中却产生了截然不同的反响,读者的赞誉声与评论界的批评声形成鲜明的对比。在当时特殊的环境中,正面肯定的言论和文章难以发表,但从当时公开发表的评论文章中还是可以寻到"蛛丝马迹"。

听说有人洒了同情之泪,深夜写信向路翎致敬。并且还听说一位教授兼作家惊叹它是解放以来最优秀的作品,真正的社会主义现实主义杰作。北京某大学助教甚至认为《洼地上的"战役"》和苏联卫国战争时期某些题材类似的作品比较,也"不算逊色",关于小说中的爱情描写,一位读者称誉它是"开放在浓烟烈火中的一丛不屈的红花",小说中的人物"王应洪是崇高理想的化身,是有血有肉有生命的伟大的布尔什维克"。①

有关爱情这类感情的问题更容易迷惑读者。路翎利用了我们有许多读者还没有清楚的革命的和唯物主义的观点,因此当他在这篇作品用反动的唯心主义的人性论的观点来歌颂"爱情"、歌颂"赤诚的眼光"等等的时候,我们有些读者便相信了,感动了,甚至看到王应洪牺牲便认为他是"马特洛索夫"了。②

《洼地上的"战役"》是描写志愿军侦查员的生活和斗争的小说。路翎的最有力的支持者、他们那个黑帮头子胡风说:"这一篇……引起了广大读者的感动。由老作家到部队的战士和干部被这里面的人物感动了。在读者中间引起了一股热潮。""作家们有

---

① 魏巍:《纪律——阶级思想的试金石——谈路翎的小说:〈洼地上的"战役"〉》,《解放军文艺》1955 年第 3 期。

② 陈涌:《认清〈洼地上的"战役"〉的反革命本质》,《肃清胡风黑帮分子——路翎》,中国新文学资料室 1975 年版,第 26 页。

的说从路翎的小说才看到了真正的志愿军。"①

通过上述文字，我们可以间接地感受到当时小说在读者中受欢迎的程度。《初雪》发表后，评论家巴人甚至用"就是诗"来称赞小说清新明快的格调。与之形成鲜明对比的是来自文艺界的严厉批判，侯金镜、康濯、陈涌、杨朔、魏巍等纷纷撰文批评这组小说，多数文章是针对《洼地上的"战役"》中朝鲜姑娘金圣姬与战士王应洪之间朦胧的异国爱情。与读者的感动不同，批评家把这种年轻人之间的感情上升到污蔑英雄形象的高度，"歪曲了士兵们的真实的精神和神圣的责任感"，"把他们崇高的品质，写成庸俗的，不健康的，甚至是丑恶的"②，"把现实用主观唯心的方法予以任意的解释和歪曲"③，其作用是"松懈战斗意志、妨碍战斗"④，诸如此类，从文章中充斥的"反动性""反革命本质""反动文艺的流毒"等刺目的文字中可以看出，这种解读已经超出了文学批评、争论的范围。

事实上，读者所欢迎的正是评论界所批判的，如朦胧的异国恋情、个人化的叙事视角、战争中的人性人情。像很多从"现代"进入"当代"的作家一样，路翎是怀着真诚严肃的态度在文学创作中反映新社会新风貌，但文本所呈现的"效果"却未如所愿，他显然并没有真正"领悟"到时代精神的"精髓"，或者说没有准确把握文艺反映时代精神的"方式"和"尺度"。其实路翎的文艺观念与他的批评者之间并没有绝对的、本质的分歧。路翎和他的批评者一样坚持认为，"人们的命运和祖国的命运的一致；人们和祖国的血肉联系；以及从这里出发，人们走向集体主义的远

---

① 巴金：《谈〈洼地上的"战役"〉的反动性》，《人民文学》1955 年第 8 期。

② 晓立：《从〈瓦甘诺夫〉联想到〈洼地上的"战役"〉》，《文艺月报》1954 年第 5 期。

③ 宋之的：《错在哪里？——评路翎的小说〈洼地上的"战役"〉》，《解放军文艺》1954 年第 8 期。

④ 荒草：《评路翎的两篇小说》，《文艺月报》1954 年第 9 期。

大目标"①。王应洪从金圣姬的感情中感受到的是"人民的热爱，人民的愿望，痛苦和仇恨，他为这个而战"②，而不是个人的私密情感。路翎同样也不承认个体价值也可以是评价历史和反思战争的一个维度，只是他并不认为表现英雄主义和爱国主义一定要在文学中完全摒弃个人生活和情感，相反，两者是密切相关的，而且爱国主义、英雄主义是从个人性的经验中升华出来的。因此，王应洪虽然牺牲了个人的生命和爱情，他的精神却"更深刻地被统一在集体主义里面"③，体现了更高的英雄主义和爱国主义。但是理性的理论阐述不等于感性的艺术作品，当路翎把文艺观念转化为艺术创作时，理性认识与感性形象、作家意图与文本效果之间总会有一些"抵牾"与"偏差"，形象性、情感性的"异质"因素在某种程度上消解了文学观念的"宏大""正统"，也正是这些"异质"因素使路翎的这组作品区别于同时期同题材的众多作品，于当时主流的战争观之外提供了理解战争与人性、国家与个人之间关系的新视角。这种理论与创作之间的悖谬也是路翎文学创作与个人命运幸和不幸之所在。路翎始终坚持自己的创作属于无产阶级革命文艺，却又难逃被批判的命运，偏偏这些在当时不被认可的"异端"作品让他在文学史上又占有了一席之地。稍后路翎创作了长篇志愿军题材小说《战争，为了和平》，在这部五百多页的小说中，出现在中短篇小说中的"异质性"元素几乎消失殆尽，成为一个"标准"的十七年主流文学文本。

一 "英雄"与"凡人"之间

新中国刚刚成立，美国出兵朝鲜，此时，八年抗战和三年内战的"硝烟"尚未"散去"，中国人的战争记忆依然鲜活，与此同时，蒋介

---

① 张业松编：《路翎批评文集》，珠海出版社 1998 年版，第 157 页。
② 同上书，第 128 页。
③ 同上书，第 156 页。

石一再向美国政府申请出兵朝鲜，借机反攻大陆。这些事件的交叉无疑复活了中国人刚刚平淡的战争情感和民族情绪，朝鲜战场蔓延的烽火激发了中国民众感同身受的故国家园之感，抗美援朝就不仅是人道主义的同情，更融入了保家卫国的庄严情感。文学在其中不仅承担着宣扬战争合理性，弘扬爱国主义、集体主义的使命，还隐含巩固国家意志、强化意识形态权威的目的，这也构成了战争环境下的文学政治学。因此，志愿军题材文学延续了解放区文学的某些特点，如作品中贯穿着浓厚的英雄主义和爱国主义精神，对待战争的态度立场与国家意志保持一致，塑造具有惊人的牺牲精神、战争热情的军人形象，热衷于展现血腥的战争场面等。

路翎的四篇中短篇小说在内容上与同时期的志愿军题材文学作品一样，主要是反映志愿军在朝鲜的战斗、生活以及与朝鲜人民的战斗友谊，歌颂战士们勇于牺牲、英勇无畏的精神。《洼地上的"战役"》塑造了稳重成熟、爱护战士的班长王顺，在战斗中成长起来的年轻战士王应洪；《战士的心》是一组英雄的群像，他们共同的品格是无畏、英勇、乐观。在作品的内容、主题、基调方面，路翎的这组小说并没有超越其他同类作品，构成路翎独特性的是作品切入主题的角度。中国战争文学中常见的叙事模式是通过表现激烈的战斗塑造英雄形象，路翎小说中虽然也不乏战争场面，但是作者没有把战场作为小说叙事的主要部分，而是把战争作为人物活动的背景和推进情节的契机，挖掘非常状态下人的精神世界和内心活动，如《战士的心》《你的永远的忠诚的同志》，或另辟蹊径挖掘发生在如火如荼的战争中的"插曲"，如《初雪》《洼地上的"战役"》。

战争文学具有独特的审美目的性，其中一个重要的目的是塑造英雄形象，志愿军题材文学更不例外，塑造了大量的英雄形象，这些英雄出身、经历、身份各不相同，但具有相似的品格：无所畏惧、勇于

献身、爱国克己、积极乐观。志愿军题材文学中的英雄"质地"纯粹而完美，几乎没有私人的情感欲求，与战争意识形态所需的道德品格完全相符；英雄直接以"英雄品格"出现在战场上，而英雄成长的历程与"前史"则忽略不计，或者说，"成长"意味着还不够完美，英雄应该是"纯天然"的，任何与之不相匹配的特质（哪怕是合理的人性欲求范围），都不应该存在。《谁是最可爱的人》中对英雄品格有过精练的概括："他们的品质是那样地纯洁和高尚，他们的意志是那样地坚韧和刚强，他们的气质是那样地淳朴和谦逊，他们的胸怀是那样地美丽和宽广！"[1] 这样的英雄人物和精神品格无疑会带给读者鼓舞的力量，但也不可避免地陷入千人一面、类型化、模式化的窠臼。路翎小说中也塑造了经受战争考验的英雄形象，但是作者并没有放弃英雄的"前史"，将他们视为"成长"的英雄，呈现由"凡人"成长为"英雄"过程中所经所历、所思所想，塑造英雄身上"凡人"的一面。

《战士的心》主要展现了一个班在反击无名高地的战斗中的英勇表现，副班长刘贵兴，战士廖卫江、吕得玉为了胜利献出了宝贵的生命。小说的故事结构没有太多新鲜的设计，在很多志愿军题材小说中都可以看到类似的故事。小说的独特之处是作者在叙事主线外设置了一条叙事副线，叙事主线是按照战斗发生的时间顺序，表现战士们在激烈战斗中的勇敢、无畏，叙事副线是英雄班中的"另类"张福林在战争中的个人经历。张福林是一个新战士，缺乏战斗经验，在战斗刚打响时不小心弄响了照明弹，引起了敌人的注意，导致反击行动处于被动中。敌人猛烈的火力让张福林的内心忐忑不安，他的腿只是在石头上碰了一下，却"控制不住自己了：他相信负伤了"，"觉得它麻木，不灵活"[2]，紧张、恐惧、胆怯的心理一览无余。一个没有经验的

① 王尧：《魏巍散文选集》，百花文艺出版社 1996 年版，第 52 页。
② 路翎：《初雪》，宁夏人民出版社 1981 年版，第 3 页。

新战士，在生死只在须臾之间的战场上，这样的心理是符合常人的正常反应的，但却与"英雄"应有的坚强无畏、勇往直前的品格相距甚远，张福林的表现与战友廖卫江、吕得玉形成了凡人／英雄的鲜明对比。张福林"想到自己将不能前进，将被孤单地留在这个地方，这种思想使他心乱"①，与其说他是担心不能及时完成战斗任务，不如说是恐惧死亡。作者真实地还原了正常人在面对战争与死亡时真实的心理感受。如果说叙事主线是通过英雄人物宣扬爱国主义和英雄主义精神，代表了国家意志下个人和国家的统一，那么，叙事副线中那些看似正常而又"与众不同"的心理反应则在主流意识形态之外提供了一个从普遍人性出发，考量战争与人性的角度。小说一方面塑造了战场上视死如归的英雄，另一方面又设置了一个"凡人"，"凡人"既是英雄的"前史"，又是对英雄的"补充"；既衬托了英雄的伟大，又颠覆了英雄的"真实"。

小说中有一段张福林自责的内心活动，作者采用了不常用的第三人称叙述方式。"为什么他没有能够第一个站出来，像廖卫江那样呢"，"他觉得难过，找不到理由来辩解。在战斗中每一个人都可能牺牲，这一点是清清楚楚的；如果他牺牲了，他的年轻的妻子当然要痛苦起来，可是她依然能够生活下去，照样下地，晚上照样上识字班，有很多同村的妇女亲爱地围绕着她；于是她就能够把现在才满周岁的孩子带大"，"没有了自己，谁来帮助她收割呢？舅舅是很忙的。……可是一定会有人来帮她收割的。是的，是这样的，这一切原来是很简单……"②表面上看，这段文字是刻画张福林从忧虑重重到打消顾虑、坚定信念的心理过程，第三人称的叙述方式却制造出一种悖谬的反讽效果——看上去是张福林矛盾自责的内心活动，实际却为人物缺

---

① 路翎：《初雪》，宁夏人民出版社 1981 年版，第 3 页。
② 同上书，第 13 页。

乏勇气的行为找到了充足的理由：孩子还小、妻子独自承担沉重的家务，如果张福林牺牲了，妻子和孩子必将陷入无边的痛苦。作者似乎是在批评张福林的怯懦，又像是站在张福林的角度审视战争：为了国家牺牲自我，痛苦的是亲人；为了亲人保全自我，又背叛了祖国。战争使个体在国与家之间陷入两难的困境，战争的绝对正义受到了质疑，这无疑与意识形态宣扬的战争正义背道而驰。

作者站在更具普世意义的人道主义立场上反思战争，提供了超越当时意识形态的战争观：无论怎样的战争，带给人类的都是痛苦与毁灭。如伏契克在《绞刑架下的报告》中所说："今天终将成为过去，人们将谈论伟大的时代和那些创造了历史的无名英雄们。我希望大家知道，没有名字的英雄是没有的。他们每个人都有自己的名字、面貌、渴求和希望，他们当中最微不足道的人所受的痛苦并不少于那些名垂千古的伟人。"① 对人的尊重、对生命的尊重，是文学在表达立场时最基本的底线。此时，路翎的立场与张福林是一致的，张福林的困惑和矛盾也是路翎在面对战争，以及处理战争文学时的精神困境。

小说的叙事主线选取的是国家意识形态——宏大的叙事视角，副线采取的则是张福林——个人化的叙事视角，主线和副线穿插交替推进，副线人物张福林从主线英雄人物的身上吸取精神力量，不断克服心理的障碍，最终成长为合格的英雄战士。张福林在战争中成长的过程，是人性不断"纯化"的过程，也是不断剥离个人情感诉求，达到英雄的"纯粹"与"统一"的过程。在当时的政治语境与文学规范中，这个过程和结果是毋庸置疑的，但作者显然不愿意把副线向主线靠拢的过程处理得过于简单直接，而是尝试通过副线的发展在主流战争文学观之外，呈现更复杂丰富的人性和更残酷的战争真相。因此，

---

① ［捷克］伏契克：《绞刑架下的报告》，蒋承俊译，人民文学出版社 2004 年版，第 47 页。

张福林的成长过程中不断出现个人与国家的"撕扯"。

　　张福林经历了内心的自责后，在战斗中表现得非常勇敢，一直"笼罩着他的羞耻的感情消失了"，国家至上的情感战胜了个人的恐惧与顾虑，在左臂受重伤的情况下继续追击美国逃兵。此时，戏剧性的一幕出现了，在照明弹的照耀下，张福林发现对方只是一个十八九岁的孩子，"一对充满恐怖的眼睛"，"这美国兵战栗了一下，就像是僵了一样，不能动弹了"，张福林"一瞬间也怔住了"，双方都没有采取任何行动。① "这个美国兵的恐怖，紧张的眼光没有离开张福林的迫人的、静止的枪口，却不觉地移动着右脚向后退，显然是，他虽然明白逃跑就是死亡，却不得不逃跑了。而张福林所注视着的，却不是敌人的枪口——他注视着敌人的恐怖的眼睛。"② 在短短的两三百字中，作者呈现了都缺乏战争经验的敌对双方的神情，而双方的神态惊人地相似：美国兵面对枪口时的极度恐惧与张福林近距离和敌人对峙时的恐惧。作者敏锐地抓住了一个微妙的细节：张福林第一时间看到的不是敌人的枪口，而是一双恐惧的眼睛。此时，张福林面前的不仅是敌人、对手，他看到的更是另一个自我，面前这个年轻的美国士兵像一面镜子，"照出"了战斗刚打响时那个惊慌怕死的"自己"。可以说，张福林的枪口面对的既是"敌人"，也是"自己"，没有人比他更深刻地了解此刻美国士兵内心的恐惧、无助与无辜，但是捍卫国家利益又是他无可逃避的责任。作者又一次将张福林置于个人与国家的矛盾中，在张福林"怔住"的瞬间，读者可以感受到人道主义情感超越了国族仇恨，对人的同情和悲悯超越了战场上的国家利益。而真实的战场不允许这样的对峙持续下去，张福林必须在痛苦中做出选择，"他一瞬间仿佛又听见了班长的严厉的喊声，这个支持了他。他肯定他已

---

　　①　路翎：《初雪》，宁夏人民出版社 1981 年版，第 16 页。

　　②　同上。

经战胜了敌人。美国兵一动弹，他就开枪了"①，依靠一个强大的外力
支撑，他做出了开枪的决定。我们无法对张福林提出更高的要求，
"谁叫你到朝鲜来的"反问提醒读者：这里是战场，如果他不开枪，
倒下的可能将是他自己。作者的思想困境也正在于此，一方面，站在
维护国家利益的角度、对以牺牲无辜生命为代价的战争表示了最大限
度的理解；另一方面，从人道主义的角度，从尊重每一个生命个体的
角度出发，对毁灭生命的战争发出谴责。作者在当时可能的文学尺度
内，不仅以人道主义的理解与同情看待张福林内心的脆弱，而且寄予
这个年轻的美国士兵深深的同情，无论是他内心的恐惧，还是中弹后
发出的"绝望的嚎叫"，"旋转着倒下去"的身体，读者都可以从中感
受到作者对生命在战争中无辜毁灭的悲悯。

在短暂的几秒钟内，作者以饱含人道主义力量的笔触，从生命个
体价值出发，对战争文化与人性做出理性的考察和反思。难能可贵的
是，作者没有采取当时志愿军文学中流行的丑化美军的方法，将美军
塑造成十恶不赦、穷凶极恶的杀人魔鬼，而是真实地再现了作为
"人"的美国士兵在战争中的心理。十七年文学时期，在战争文学作
品中表现人性的复杂已属突破之笔，进而把这样的笔触深入敌对人物
的身上，在当时无疑需要强大的艺术胆识和良知。小说中，张福林经
历了战争的考验，成长为一名优秀的战士，但正如小说名字所提示
的，他的"心"在战争中经受的炼狱般的磨难却不可能马上平复痊
愈。战争所带来的生灵涂炭、心灵创伤，是人类反思战争之所在，也
是文艺作品摆脱单一意识形态视角，呈现战争全部复杂性的重要
维度。

---

① 路翎：《初雪》，宁夏人民出版社 1981 年版，第 16 页。

二　个人视角下的战争叙事

与众多志愿军题材小说直接切入战争，表现战争中战士的英勇、指挥者的非凡智慧不同，路翎没有把小说的重心放在激烈的战争大场面上，而是寻找如火如荼的战斗中的"小插曲"，关注战争非常情境下人性的复杂、生死之间的精神波澜。路翎很少对残酷血腥的战争场面做细致的描摹，而是尽量淡化"火药味"，突出人性、人情的力量。路翎小说的叙事策略在某种程度上弥补了志愿军题材小说叙事的单一，丰富了志愿军题材小说的审美格调，拓展了战争题材小说表现人性的范围，但是在当时的文化语境中，这些特质不但没有获得认可，反而带给作者巨大的灾难。

《洼地上的"战役"》中，作者选取了一个容易引起非议却又真实感人的生活"侧面"——朝鲜姑娘和志愿军战士之间单纯而朦胧的爱情，歌颂了中朝人民之间的友谊。小说的主人公王应洪是一个对革命事业充满热情和憧憬的年轻战士，渴望在战场上建功立业，淳朴善良的性格不但获得了班长王顺的信任，还赢得了朝鲜姑娘金圣姬的爱慕，但是小伙子理智地拒绝了姑娘的感情，在执行任务时，为了掩护班长王顺，献出了宝贵的生命。如果说《战士的心》中张福林的"另类"虽然触动了文艺规范和政治原则的界限，但是小说结尾张福林成功迈入"英雄"的行列，过程的"危险"在结尾中圆满化解，那么，《洼地上的"战役"》在战争中加入爱情的主题无疑是碰到了"高压线"。

爱情是文学永恒的主题，它不仅是两性之间的两情相悦，而且附加社会性的价值和功能。在左翼文学"革命＋爱情"的模式里，革命话语中的爱情早已超越了异性之间的爱恋，革命是"个人的欲望在公

众的、政治的和显然无性的外衣下采取的升华了的形式"①。革命文化本身已经包含力比多的驱动。朝鲜姑娘金圣姬对解放军战士王应洪的爱慕又何尝不是对政治信仰与革命激情的另外一种形式的追随。考察现代文学中革命与爱情的存在形式,其或疏离或密切的关系中若隐若现地浮现着一条历史权力关系的"内线",从创造社到左联时期,革命文学中的个人情感和爱情隐含政治乌托邦的冲动和理想;延安文学中,《王贵与李香香》《小二黑结婚》的爱情与阶级革命密切相连,阶级内部的爱情与其说是两情相悦,不如说是阶级情感的认同与结盟。政治革命充分利用了革命文学中的浪漫主义和理想主义,将个人的感情行为加以调整,乃至升华为政治文化的更高目标。而当《讲话》彻底取消了个人主义和主体性的合法空间,十七年文学中革命与爱情的关系变得紧张而微妙了,个人性的情感欲求和精神空间变成了对业已稳固而纯粹的革命理念的"破坏"力量,作家们不得不小心翼翼地平衡个人情感与国家主义之间的关系。因此,出现在朝鲜战场上的爱情显然是不合时宜的,虽然金圣姬对王应洪的感情中本就掺杂对革命战争本身的忠诚与热情,但依然构成了对革命纪律和战斗精神的消解与破坏。

战争文学是审美目的性极强的文学类型。文学创作与战争同步,对创作而言既是有利的因素——作者可以掌握战争最新鲜的信息,也是不利的影响——切近的距离不利于作者的艺术沉淀、不利于作品内在意蕴的积累。20 世纪 50 年代的大部分志愿军题材小说风格激越壮阔,洋溢着强烈的乐观主义和革命浪漫主义精神,如魏巍的《谁是最可爱的人》、巴金的《黄文元同志》、杨朔的《三千里江山》等作品中,都尽量淡化或回避了战争的惨烈和残酷,凸显解放军和其他参战

---

① [美]王斑:《历史的崇高形象》,孟祥春译,上海三联书店 2008 年版,第 131 页。

人员的英雄主义精神，以及对取得战争胜利强烈的自信和乐观。这一时期的志愿军题材文学作品延续了现代文学中形成的战争文化心理和文学理念，取得战争胜利是唯一的目标诉求，围绕着这个目标，战争所要求的纪律要求、集体主义、牺牲精神也几乎成为文学承载的全部，文学也因为功利性的目标诉求而牺牲了更丰富多样的文学元素、牺牲了化力度为精致的审美形式。

在大多数志愿军题材小说中，读者既看不到解放军战士身处异地背井离乡时的陌生、孤独和寂寞，也看不到战争中人的脆弱、无力和渺小，个人性的情感欲求最大化地被集体主义情感和国家利益所替代。身处异国他乡，思乡是普通人的正常情感，很多志愿军题材作品却以另外一种形式处理这种情感，把思念家乡的个人性情感转化为集体主义话语：渴望加入家乡（国家）的建设中，集体主义价值取向取代了个人性价值取向。小说虽然是讲述发生在朝鲜国土上的战争，但是"家乡""祖国"的形象经常作为参照对象出现在文本中，"祖国"安定团结的生活、蒸蒸日上的国家建设、日新月异的面貌与炮火连天、千疮百孔的朝鲜形成鲜明的对比，这一方面激发了战士的民族自豪感和荣誉感，在战争中英勇杀敌；另一方面也昭示了战争的绝对正义，以及作家（作品）对此的无条件认同。与这些作品相比，路翎的创作在风格上"柔软"很多，《洼地上的"战役"》中王应洪和金圣姬之间朦胧的爱情使小说充满了脉脉温情；《初雪》中亲切平和的人物对话，王德贵与红格子姑娘之间细腻的心理波澜的刻画赋予战争小说浓郁的"人情味"。

路翎的志愿军题材小说的政治诉求——表现抗美援朝战争的恢宏壮阔、解放军战士的英雄气概、中朝人民的深厚情感——与《三千里江山》《谁是最可爱的人》等作品没有不同，但在情节和人物处理上呈现出清晰的差异。如果说后者强调通过激烈的战斗表现战士顽强的

意志，那么前者更愿意在日常性的细节和情感中，展现人物如何克服自身的弱点，在战争中成长的过程，挖掘非常情境中人性的温暖和力量；后者利用"恨"的情感加深意识形态的对立，获得战争中的"正义"话语权，激发战争参与者的奉献牺牲精神，前者更倾向于表现战争中的"爱"，无论是异性之间的爱恋还是战友军民之间的关爱，通过"爱"稀释战争本身的残酷和冰冷，凸显人类和平安宁的珍贵。

《谁是最可爱的人》中记录了朝鲜战场上最激烈的一次战斗：松骨峰战斗，"敌人为了逃命，用了三十二架飞机、十多辆坦克配合着发起了集团冲锋，向这个连的阵地汹涌卷来。整个山顶的土都被打翻了。汽油弹的火焰把这个阵地烧红了。但勇士们在这烟与火的山冈上，高喊着口号，一次又一次把敌人打死在阵地前面。敌人的死尸像谷子似地在山前堆满了，血也把这山冈流红了"，战斗结束后，"烈士们的遗体，保留着各种各样的姿势，有抱住敌人腰的，有抱住敌人头的，有掐住敌人脖子，把敌人摁倒在地上的，同敌人倒在一起，烧在一起。还有一个战士，他手里还紧握着一颗手榴弹，弹体上沾满脑浆；和他死在一起的美国鬼子，脑浆崩裂，涂了一地。另有一个战士，嘴里还衔着敌人的半块耳朵。在掩埋烈士们遗体的时候，由于他们两手扣着，把敌人抱得那样紧，分都分不开，以致把有些人的手指都掰断了。……这个连虽然伤亡很大，他们却打死了三百多敌人，更重要的是，使我们部队的主力赶上来，聚歼了敌人"①。作者用骄傲的口吻叙述战斗的异常激烈、战士们的视死如归，字里行间流露着胜利者的昂扬和乐观，但是无论多么的义正词严，透过"脑浆崩裂""死尸像谷子似地在山前堆满了""嘴里还衔着敌人的半块耳朵"，读者还是可以感受到战争的暴力、血腥与惨绝人寰。作为战争必然的代价，

---

① 王尧：《魏巍散文选集》，百花文艺出版社1996年版，第53页。

死亡也许不可避免，但是文学中的"死亡"并非全然应该是承载意识形态的"祭品"，更应该是反思战争的一个维度。

《洼地上的"战役"》在描述战争场面上缺乏力度和强度，没有扣人心弦、紧张激烈的笔致，或者说作者并不认为描写战斗场面是表现战争唯一的手段，反之，人在战争中的心路历程是更重要的"战役"。因此，小说延续了路翎擅长挖掘人物深层心理波澜，表现复杂人性的特点，关注战争中人的复杂心理变化和情感波折。王应洪虽然理智地拒绝了金圣姬的感情，但是感情的火苗并没有彻底"熄灭"，"睡不着，回想姑娘的神态"，挑水时的做作忸怩，生硬地还袜套，种种细节把爱情在一个风华正茂的年轻人的心理上激起的涟漪层层揭开。作者让王应洪在经历战场上的战役的同时又经历了一场心灵的"战役"，通过这场没有硝烟的"战役"审视战争中责任与情感、纪律与人性的矛盾。在执行任务时，王应洪梦到了金圣姬和毛主席，金圣姬在毛主席面前跳舞。这个梦看似离奇却暗藏玄机，按照弗洛伊德的解释："梦的内容仍是一种欲望的满足，而它的动机正是欲望。"① 显然，金圣姬隐喻了王应洪的个人情感需求，毛主席则象征着军人担负的责任和对国家的义务。作者显然不愿意王应洪在生命的最后依然是单一的国家意识形态的执行者，试图通过梦境还原作者眼中真实的人性人情。战争中，出于军人的责任和道德，王应洪不能接受金圣姬的感情，但是在梦境中，作者理想化地弥合了两者。在现实的战役与心灵的"战役"的考验、较量中，个体以牺牲生命维护了国家的利益、以舍弃美好的爱情捍卫了军人的责任和道德，在牺牲和舍弃中蕴含了丰富的审美内涵和反思战争的空间。

不同于《洼地上的"战役"》结尾悲伤缠绵的格调，小说《初雪》

---

① ［奥地利］弗洛伊德：《梦的解析》，周艳红等译，上海三联书店2008年版，第61页。

风格清新纯净。小说讲述了志愿军汽车连穿越敌军的重重封锁，护送朝鲜老百姓撤离战区的经过。车上一老一小两个司机：成熟、坚毅、耐心的刘强，毛躁、真诚、热情的王德贵。老司机对背井离乡有切身的体验，理解朝鲜老百姓不舍家园的感情，因此，尽管时间紧急，着急上路，他还是耐心地帮助朝鲜大妈安放破炕席、旧包裹、帘子草席等零碎杂物，用风趣的言语安慰鼓励朝鲜妇女。小司机王德贵青春活泼，好动毛躁，缺乏耐性，在护送老百姓的过程中，被老司机敬业乐观的精神所感染，不断成长。小说一改战争文学中习见的壮烈、激昂、紧张的风格，人物间的对话如唠家常般亲切自然，营造了一种清新温暖的氛围。

小说在表现微妙的心理波澜和人与人之间的情感上也另辟蹊径，把小司机王德贵内心朦朦胧胧的对异性的敏感以及渴望被异性关注的复杂心态刻画得细腻生动。18 岁的司机副手王德贵被安排在副驾驶座位上照顾孩子，出于男子汉的自尊，他不想干这种"婆婆妈妈的事情"，感觉"就像捧着一盆热水似的"，那个"头上包着花格子毛巾的、浓眉毛的姑娘"① 善意的笑更让他不自在。他怕姑娘嘲笑他抱孩子笨拙的样子，于是，他在脑海里虚构了一个与"婆婆妈妈"截然相反的自我形象——"他自己驾驶着一台车，冲过了照明弹和机关枪——一只手抱着孩子一只手驾车"，"女人们总是这样的，他会带孩子她们也讥笑"，"那个头上包着花格子毛巾的浓眉毛的姑娘，站在人们后面一声不响地偷看着他"②，真实再现了青春期男孩渴望在异性面前表现自我、树立形象的迫切心理。小说把王德贵在异性面前的焦灼、紧张、慌乱描摹得生动可爱，在众人的笑声中，"那个用花格子毛巾包着头的姑娘的笑声，虽然笑得很轻，王德贵仍然一下子就听得

---

① 路翎：《初雪》，宁夏人民出版社 1981 年版，第 32—37 页。
② 同上书，第 39 页。

出来了"①，他不由得联想到是不是又在嘲笑他，那种紧张、笨拙的神态呼之欲出，让人忍俊不禁。小说没有正面描写姑娘具体的神态动作，而是以王德贵的心理感受来反射姑娘视角中他的"可笑"与"笨拙"，使青春期少男少女间的微妙情感呈现得更为真实可感。小说在激烈的炮火中敏锐地捕捉到青春萌动的心态，丰富了战争文学中人物的精神空间，通过抓住稍纵即逝的人物内心的波澜起伏，使小小的驾驶室里充溢着青春气息，一波三折的心理动向中容纳了微妙而敏感的人际关系。

　　路翎深受俄国和苏联文学的影响，对"世界观和情感，现实主义的美学要求、美学规律性"的理解受到契诃夫、高尔基、肖霍洛夫、法捷耶夫等作家的影响②，《洼地上的"战役"》《战士的心》等作品的结构中闪烁着苏联文学的影子。苏联文学有深厚的战争文学传统，也经历了从国家主义角度到个体视角审视战争的转变过程，20 世纪 50 年代也是苏联作家开始突破传统，从人道主义和个人立场反思战争的开始。《一寸土》中的莫托维洛夫在战场上作战勇敢，但他特别渴望能活着回去，因为在他看来：如果自己战死了，对国家来说是微不足道的损失，而对自己的母亲来说却是最根本的损失。这种反思的角度与路翎的矛盾、犹豫如出一辙。《洼地上的"战役"》中青春的气息、爱情的毁灭、感伤的结局，与《这里的黎明静悄悄》有着相似之处。可惜的是，路翎没能把这种态度、立场贯彻到底，集体主义话语最终压倒了个人话语。路翎所做的有益尝试和局限都是显而易见的，个人命运的转折没有再给路翎弥补的机会。路翎之后，20 世纪 80 年代的《离离原上草》再次尝试"突围"，小说把苏联小说《第四十一个》的故事模式移植到国共战争时期，但也没能逃脱被批判的命运；21 世纪

①　路翎：《初雪》，宁夏人民出版社 1981 年版，第 37 页。
②　张业松编：《路翎批评文集》，珠海出版社 1998 年版，第 252 页。

后，《云端》又一次给读者带来了新的审视革命、战争、文化的文学经验，获得这种文学创作的自由经过了漫长的半个世纪，可见突破意识形态的破冰之旅的艰难。

三 《战争，为了和平》："史诗品格"与战争"颂歌"

《战争，为了和平》出版的过程跌宕起伏。路翎从朝鲜战场归来后陆续发表了几篇中短篇志愿军题材小说，之后又创作了反映志愿军在朝鲜战场上战斗和生活的长篇小说《朝鲜的战争与和平》，小说约五十万字，但因路翎被捕入狱，手稿也被抄收，直到1981年路翎被平反后，小说手稿由公安部退回，但遗失了其中的两章，约十万字，重新整理后，小说更名为《战争，为了和平》，在《江南》等文学刊物上发表过部分章节，1985年由中国文联出版公司出版。小说与作者的命运一样，经历了两个完全不同的历史时期，小说从创作到出版一波三折的过程也与路翎的个人经历颇为相似，其中折射的政治、时代与文学的巧合与错位令人备感历史的无常。

《战争，为了和平》是路翎出版的第三部长篇小说，小说全景式地展现了20世纪50年代抗美援朝战争波澜壮阔的宏大场面，解放军战士与敌人艰苦卓绝的斗争，塑造了从深谋远虑的将军到朝气蓬勃的战士各个层面的英雄人物，弘扬了英勇无畏、乐观坚强的精神品格。小说中充溢着50年代特有的战争热情和革命乐观精神，人物精神饱满纯粹，叙事流畅简洁，结构清晰明了，语言通俗易懂，小说所有的构成元素都中规中矩。但是这样的作品无疑会让读者感到不解和困惑，是什么原因让路翎放弃了《洼地上的"战役"》中细腻的心理刻画、《初雪》中流淌的温暖清新与淡淡的人性关怀？甚至工人题材小说中有限的对时代主题的"偏离"也被纠正，取而代之呈现出一种十七年文学"青睐"的纯粹透明的美学风格。路翎晚年很少深入谈及自己 50 年代以后的经历，当时也没有留下关于创作风格转变的文字记录，暂时还无法确切地了解路翎创作这部小说时的心态和意图，只能通过具体文本的比较分析，结合当时的文坛环境，来思考这段创作经历在路翎整个艺术生涯中的意义和价值。

《战争，为了和平》塑造了一组英雄的群像：师长李恒、团长王正刚、营长赵庆奎、连长魏强、排长朱洪财、副排长徐国忠、战斗英雄赵凤林、机敏的通讯员王恩、朴实厚道的朱国山……这张英雄名单还可以罗列得更长。朝鲜战场上的战士们不管出身、性格、地位有多大的差异，都具有共同的品质：英勇顽强、不惧死亡、坚强乐观，对战争抱有必胜的信念，对朝鲜人民充满了无私的关爱，对以美国为首的联盟军充满了仇恨和鄙视。这是一个完全去除了私人情感和个人欲求的群体，也是 20 世纪 50 年代众多志愿军题材文学作品共同塑造的人物性格。《战争，为了和平》中，作者摒弃了《洼地上的"战役"》中个人情感与国家利益的矛盾，也抹掉了《初雪》中浓厚的人情味，以及《战士的心》中难能可贵的个人价值立场参照，完全以主流意识形态的价值观处理战争中的人性、死亡、正义等问题，成为一个"标准"的意识形态文本。从小说宏大的结构、时间的跨度、庞大的人物群像可以看出，路翎对这部小说寄予了相当的期待，不难猜测，22 岁已完成《财主底儿女们》这样鸿篇巨制的作者在新的历史时期向更高的艺术顶峰进发的雄心，战争题材也为成就小说的史诗品格奠定了一定基础。可惜的是，小说具有了史诗品格的形式，却失去了史诗品格应有的精神高度，小说对战争的认识完全在单一维度上展开，把一场战争所具有的可能深入展开的空间压缩到意识形态化的简单判断：对与错。

小说的叙事沿着战争发生的时间进度推进，事件大多是激烈的战斗和战斗空隙的防御布置，第五章却宕开一笔，把叙事空间转移到国内。营长赵庆奎负伤后回到家乡休养，他刚结婚几天就参军去了朝鲜

战场，妻子张桂珍对丈夫的归来既感到陌生紧张，又有所期待，充满欣喜。但是赵庆奎刚回家，母亲就向他抱怨儿媳妇的种种不是："三天两头开会"；"每天上夜校"；不给乡亲留面子，批评互助组成员"想发财买地"。[1]这让赵庆奎对妻子隐隐地感到不满。在相处的日子里，两个人几乎没有情感的交流，赵庆奎只是简单地询问妻子生产和上夜校的情况，"很干脆，很简单"地安排家里的一切，妻子希望多了解丈夫在朝鲜的情况，他却避而不谈，让妻子"感觉到他的心在战争里面，在她所不认识的那些人们里面，那里才是他的真正的生活"[2]。这是小说中唯一正面描写日常生活情感的情节，作者没有延续《洼地上的"战役"》中对个人情感有保留的尊重和理解，取而代之的是安排人物按照集体主义原则处理私人情感。

赵庆奎回家后看到家乡的变化感到无比的惊喜兴奋，"被幸福的激动弄得昏昏沉沉"，关心新中国成立后村里的生产情况、发展了多少党员，多次探望牺牲战友魏强的家人，却对妻子张桂珍在离别的几年里的生活和感情甚少提及，表现得甚至不近人情。在国家主义原则下，家乡的变化意味着国家的蓬勃发展、政治领导的正确，在祖国的欣欣向荣与朝鲜人民水深火热的生活境遇的对比中彰显了意识形态的绝对正确和抗美援朝战争的正义。赵庆奎对家乡的关心也就是另外一种形式的对国家意志和战争的认同，在国家至上的前提下，与妻子的私密情感则必须退居其后，甚至是冷处理，从而区分个人与国家地位、价值的高低。经过一段时间的了解，赵庆奎慢慢改变了对妻子的看法，但是这种改变不是建立在情感的沟通上，而是因为看到妻子冒雨参加村里的护堤行动，积极保护集体财产，对妻子"发生了这么强

---

① 路翎：《战争，为了和平》，中国文联出版社1985年版，第222—224页。
② 同上书，第236—237页。

烈的情感"，"这还是他从来不曾有过的"①。丈夫是赵庆奎"私人生活"的身份，战士是他的"公共"身份，支撑这个身份的是"政治化"人的本质，前者是这种本质在私人生活中的另一副面具。如果说王应洪和金圣姬之间的感情还保留着情窦初开时异性间基于生理和心理需求的吸引与渴望，那么，赵庆奎和张桂珍之间的夫妻情感则跳出了"私人领域"，个人的情感诉求完全建立在集体主义原则和国家利益之上。

需要彻底"清洁"的不仅是夫妻之间的情感，一切私人性的情感都必须经过集体主义和国家主义的"过滤"。魏强的父亲魏家发起初不参加互助组，私卖高价猪，但是作为战斗英雄的父亲，这种"自私"的行为显然无法与英雄的"无私"相匹配，更有损儿子"根红苗正"的"纯洁"出身，必须扭转这种"自私"的倾向苗头。因此，作者让魏强的父亲经历了一些磨难，受到女儿的嘲笑，认识到自己的错误思想，回归到大集体中。魏家发的思想转变经历与《创业史》中梁三老汉几乎如出一辙，一个想发财，另一个想发家；前者积极送儿子参加抗美援朝，后者在处理女儿与抗美援朝战争中受伤的女婿的婚姻关系上，表现得"贤明、不迟疑、识大体"；魏家发的女儿积极组织互助组，因此受到父亲的责骂和阻拦，梁生宝热心互助合作工作，梁三老汉为了阻止儿子借钱给互助组，不惜向家人有意"寻衅"，竟然要索钱"下馆子""买汗褂"。这种"不谋而合"与其说是作品间的巧合，不如说是"现实主义"创作原则的艺术穿透力，两个神似的"中间人物"身上积淀的是"现实主义"映射下的作家共同的生活经验和艺术识见。路翎创作《战争，为了和平》的时间虽然早于《创业史》，可惜的是，过于简单化的处理让作者浪费了这个塑造经典人物、提升

———————

① 路翎：《战争，为了和平》，中国文联出版社1985年版，第262页。

作品思想厚度的机会。

路翎是一位具有现代主义特质的作家，开阔流动的精神空间、高密度的心理描写、人性景观的深度挖掘、坚韧不屈的生命意志、繁复的叙事、纠结藻饰的语言、不安紧张的节奏，构成了路翎独特的美学风格。而最能体现这种风格的无疑是《财主底儿女们》，年轻的路翎以其惊人的天赋完成了这部知识分子的精神史诗，而在《战争，为了和平》里这些特质几乎全部消失。

《战争，为了和平》的物理空间更加开阔，精神空间却几乎凝滞不动，"旷野"（《财主底儿女们》）和"荒野"（《燃烧的荒地》）所具有的思想冲击力被对战争意识形态的认同所替代。小说场景转换多处——战壕、深林、村庄，人物不断更替——童江生、杨玉成、王安福、吴述云，但是每一次战斗所传达的价值和意义几乎是完全一样的——弘扬英雄主义和爱国主义精神。《财主底儿女们》中，作者通过人物的成长区分了信仰和追问的不同价值。蒋纯祖并没有因为革命信念和对"人民"的信仰而停止追问道德、真理、革命、人民的本质与终极意义，始终在且行且进中坚守精神的自由与独立，或者说，任何信仰都不应该是盲目而凝固的，只有在不断地探索中确认的信仰才具有真理的价值，因此小说呈现出不安、躁动、紧张的风格。而在《战争，为了和平》中，小说过渡到沉稳、规范、平易的风格，人物精神世界、价值观高度统一，对唯一信仰毫无怀疑的坚持取代了韦伯称之为的时代精神的"诸神纷争"，小说中的众多人物与其说是一个个鲜活的个体生命，毋宁说是"单向度社会"中高度政治意识形态化的"单向度人"。

《财主底儿女们》中充斥着各种人物内心的声音，时而疯狂时而清醒的蒋蔚祖、自甘沉沦又忏悔罪恶的金素痕、走向文化保守立场的"复古者"蒋少祖、对信仰至死不渝却困惑一生的蒋纯祖。每个人物都是巴赫金所谓的"冥思苦想的人，每个人都有种'伟大的却没有解决的思想'"①，每个"小人物"都代表了多元世界中的一元，不管这一元多么微弱，作者都赋予它充分伸展和表演的空间，通过众多"一元"的聚合反映人类生存境遇中来自精神世界和现实世界的种种问题。从这个角度考察，《财主底儿女们》具有巴赫金定义的复调小说的某些特征，即通过对话彰显"人"的存在，以至于"全部现实生活成了主人公自我意识的一个因素"②。《战争，为了和平》很容易令读者联想起另一位伟大的俄罗斯作家托尔斯泰，当然两者艺术价值与思想内涵上的高低不可相提并论，但在处理文学与世界的关系上都倾向于运用归纳和概括，通过某类典型人物或现实来表达一般社会状况和世界性真理及价值，只不过《战争，为了和平》所表达的一般性社会真实不再是作者独立思考的结果，而是意识形态建构的产物。当路翎尝试以不同的艺术形式掀开现实生活所隐含的真实，作品却呈现出截然不同的面貌，《财主底儿女们》试图穿透混浊腐烂的物质世界到达清晰独立的精神高度，《战争，为了和平》却在看似整齐划一、条理清楚的社会结构中走向精神的单一和个性的钝化。

作为一部完全符合十七年要求的战争颂歌，《战争，为了和平》在 20 世纪 50 年代阴差阳错地未能出版，斗转星移到了 80 年代，革命话语落花流水、烟消云散，文学唯恐与任何宏大叙事、政治口号沾边，小说却得以问世，除了作为反观十七年文学的"负面"文本，也就理所当然地不可能引起太多的关注。路翎的个人命运及新中国成立后的创作也正如这部小说的命运——个人追随历史的脚步，却总是与历史擦肩而过，在不断翻新的文学浪潮中飘零凋落。

20 世纪，中国饱经战争离乱，各个时期的战争也都在文学中得以

---

① 《巴赫金全集》（第五卷），白春仁等译，河北教育出版社 1998 年版，第 113 页。
② 同上书，第 62 页。

书写，如反映抗美援朝战争的志愿军题材小说，反映解放战争的《保卫延安》《红日》，反映抗日战争的"三花"(《苦菜花》《迎春花》《山菊花》)。这些作品中贯穿着几乎一致的战争意识：站在民族主义和阶级立场上的战争观，文本中弥漫着浓郁的战争热情和对战争胜负的追求。综观世界范围内的战争文学，还有一种被普遍接受的观念：从广泛的人道主义立场出发的反战文学观，代表作品有《永别了，武器》《西线无战事》，体现了对任何形式、任何理由的战争的否定和谴责。十七年文学时期，《关连长》尝试突破对战争的单一理解，随即遭到批判，时至今日，现当代文学中还没有出现具有世界影响的战争文学作品，不能不说狭窄的战争文学观和民粹主义立场桎梏了文学创作的深入。

美国越战作家蒂姆·奥布莱恩的理解也许会有助于我们更深入地反思战争："一个真实的战争故事从来就不是道德的。它既不传授、鼓励美德，也不提出值得效仿的人类正当行为的范例，更不抑制人类去做人类一直在做的事情。……如果听完或看完了一个战争故事，你感到精神境界得到升华，或感到有那么一点正直已经从更为严重的毁坏中被挽救回来，那么，你就已经成为一种非常古老和可怕谎言的受害者。"① 任何对战争的美化和宣扬都构成了古老谎言的一部分，而谎言的泛滥带来的将是可怕的战争狂热和一个民族畸形的战争心理。一场血腥残酷的战争、一部试图赋予战争正义本质的小说，其受害者不仅是那些永远留在异国他乡的生命，而且还有整个民族的精神健康和文化视野。

---

① ［美］蒂姆·奥布莱恩：《士兵的重负》，刘应诚、丁建新译，上海译文出版社 2010年版，第 53 页。

第四节　"一生两世"与"劫后余生"

　　新中国成立后，因为与七月派、胡风的特殊关系，路翎陷入"无论写什么都被批判"的处境。针对铺天盖地的批判，1954 年 11 月，他撰写了三万多字的长文《为什么会有这样的批评》（连载于《文艺报》1955 年第 1－4 号）反驳来自各个方面的批评，这也是路翎入狱前留下的最后的文字。在志愿军题材小说发表后，路翎的创作已经处于"真空"状态，紧张的舆论环境和严格的文学规范让路翎无所适从，视文学创作为生命的路翎试图通过这种方式为自己的创作辩护，争取文学创作的权利。文章中，路翎针对侯金镜、荒地、宋之的、刘金文章中谈到的"宣扬个人主义""攻击工人阶级集体主义""爱情与纪律的冲突"等问题逐条予以反驳，并对批评文章粗暴的态度，"滥用政治上的结论的方法来代替了创作问题的讨论"① 表达了不满。文章意在澄清创作中对朝鲜战争和解放军战士所秉持的严肃敬仰的态度，对引发争议的问题做进一步的解释说明，同时阐释自己的文艺观和创作理念，表明自己对无产阶级革命事业和文化事业的忠诚。

　　新中国成立初期，文艺界有意通过文艺批判运动达到统一思想、改造知识分子的目的，从对萧也牧的批判，对《红楼梦》研究的批判中俞平伯已经可以嗅到文艺批判不断扩大的味道，对胡风与七月派的整肃已呈"山雨欲来"之势，在这种前提下，侯金镜、宋之的对路翎小说的"定调"只是以文学评论之名行政治批判之实。韦伯对公共政治话语的阐释更适用于解释这类批评："在这种场合，立场鲜明甚至是一个人难

---

　　①　张业松编：《路翎批评文集》，珠海出版社 1998 年版，第 126 页。

以推卸的责任。这里所有的词语，不是科学分析的工具，而是将其他人的政治态度争取过来的手段。它们不是为深思熟虑疏松土壤的铧犁，而是对付敌手的利剑，是战斗的工具。"① 在这种剑拔弩张的政治气候中，路翎坚持表达自己反驳的意见既是十足的书生意气，也暴露了他对政治文化的不敏感。舒芜的《从头学习》发表后，胡风及其同人面临的政治环境已愈加严峻，此时，路翎的辩解和反驳不但不会起到任何积极的作用，而且可能导致更严厉的批判，保持沉默也许是最明智的方式，路翎却坚持用自己的方式发出抗议。1945 年和 1948—1949 年，作为七月派主将的路翎都曾经参与到当时的论战，时过境迁，这一次，他如堂吉诃德一样，单枪匹马面对更强大的意识形态力量。这不禁让人想起那个无所畏惧、誓不妥协的蒋纯祖，在旷野上、在演剧队中、在石桥乡场上、在道德与生死的"短兵相接"残酷对峙中、在与革命队伍中死而不僵的封建专制的对抗中、在封建势力氤氲弥漫的"无物之阵"中，孤身一人左突右击，直至生命的最后一刻，在知识分子的精神丰碑上写下了浓墨重彩的一笔。现实还原了文本内设定的历史语境与精神困局，文学与现实如此诡异地交织在一起。蒋纯祖至死不渝地"信仰人民"，却在革命的"十字口"徘徊犹疑，目送革命队伍渐行渐远，与风起云涌的革命大潮擦肩而过。历史斗转星移，"人民"站在了历史的中心，路翎对新政权、对人民当家做主发出毫不保留的呼唤与认同，"在毛泽东底旗帜下……在解放了的这广大的土地上，人民是已经成为历史的主人和新世界的创造者了"，"对于过去我无所留恋，我希望在这伟大的时代中，我能够更有力气追随着毛泽东底光辉的旗帜而前进，不再像过去追随得那么痛苦"②。路翎积极真诚地转变文风以追随上时代文学的要求和脚步，

---

① ［德］马克斯·韦伯：《学术与政治》，冯克利译，生活·读书·新知三联书店 1999 年版，第 37 页。

② 路翎：《在铁链中》，海燕书店 1949 年版，第 298 页。

但以牺牲自我的艺术个性为代价的亦步亦趋的转型不仅没有获得认同，反而被冠以"反党反人民反革命"的罪名，以革命者自居却被排除在革命队伍之外，这不单单是七月派的悲剧，"革命总是吃掉自己的孩子"，这句法国革命家维尔涅留下的箴言在中国现代革命中一次次应验，屡见不鲜。我们不禁要问，革命怎么了？是什么让革命具有如此的权力？当革命者所鼓吹的革命一旦开始运转，革命者是否还有制约、反思革命的资源与能力？革命者的悲剧宿命是否早已潜伏在革命启动之初？而在路翎与文本内外的境遇中包含了艺术与政治的错位、意识形态规约与知识分子的纠缠、理智认识与情感认同之间的背反等诸多耐人寻味的问题，等待着历史做出反思。

路翎于 1955 年 5 月 16 日，即《关于胡风反党集团的第一批材料》公布后的第三天被隔离审查，6 月被捕入狱，监禁近 9 年后，因患精神分裂症，于 1964 年 1 月保外就医。在此期间，他连续向中央领导投书，为自己申冤。1966 年 11 月，路翎再次被收监；1973 年 7 月 25 日，北京市人民法院军事管制委员会以"现行反革命罪"判处路翎有期徒刑 20 年；1975 年 6 月，路翎刑满释放；1980 年 9 月 29 日，中共中央做出决定：胡风反革命集团是一件错案，予以平反。11 月 18 日，北京市中级人民法院再审判决，宣告路翎无罪。20 年的牢狱生活和精神折磨把曾经意气风发的路翎变成了一个两鬓斑白、精神呆滞的老人，历史的诡谲与无常不禁让人感怀唏嘘。如果蒋纯祖活到革命胜利，恐怕也难逃如此的命运际遇。

路翎刚出狱时精神状况很差，还顶着"管制分子"的帽子，半年后，出于监督改造的目的，组织安排他在街道做扫地工，同时要定期写思想汇报，报告自己改造的情况。1980 年彻底平反后，路翎恢复了原来的级别待遇，但没有安排工作，精神状况好转后，家人鼓励路翎重新拿起笔，希望通过创作找回那个才华横溢、激情澎湃的路翎。恢

复创作的过程并不顺畅，精神穿越黑暗的幽禁更为漫长。路翎晚年创作了大量的文学作品，包括诗歌、回忆性散文、小说等，其中小说所占的比例最大，但大部分不曾发表；最有价值的是那些回忆友人的文章，情感饱满，笔锋清晰流利；诗歌创作集中在 1990 年前后，近年来渐渐为研究者所注意。

路翎晚年创作的中短篇小说多是歌颂"文革"后轰轰烈烈的国家建设，歌颂和谐平等的社会氛围，描绘新时期祖国的宏伟蓝图。小说努力追随社会公共话题，借以表达对祖国和社会主义事业的忠诚和热情，格调昂扬，浅近平易。小说延续了路翎早期创作中对社会现实的关注，却与那个"向生活突进"、与自我搏斗的路翎截然不同。没有了 20 世纪 40 年代作品中错综复杂的情节、歇斯底里的角色以及繁复盘缠的修辞，没有了对人的精神世界的探索、对道德信仰的"审判"，没有了对社会矛盾冲突的批判，甚至 50 年代的志愿军题材和工人题材小说中尚存的"裂缝"也消失殆尽，取而代之的是乐观昂扬的基调，积极饱满的人物精神，日新月异、蒸蒸日上的社会风貌，如初雪般无瑕纯净的社会生活。出现在小说中的是：林立的工厂、高耸的楼房、人们脸上的笑脸，歌声回荡在生活的每个角落，大段大段如歌颂式新闻报道般的赞美文字，浮光掠影式的叙事，一切都与曾经被刘西渭称之为"泥沙俱下"的冲击力大相径庭，曾经被研究者称赞的 40 年代创作中的现代主义特质消失殆尽，取而代之的是 50 年代路翎都不曾摸透的"社会主义现实主义"创作。

发表在《北京晚报》上的《海》讲述（甚至不能称为叙述）了刚考取大学的女青年张健给弟弟买电子琴，在柜台挑选不定，售货员服务热情，表现得极其耐心。小说不足千字，唯一的情节就是挑选电子琴，售货员跟随琴声哼唱，作品类似小学生作文，作者却在张健弹琴中生硬地插进一句"她（主人公张健）也赞美国家现时的这精致的小电子琴出品，虽然有的不够精良"①，中间没有任何过渡和衔接。《横笛街粮店（片段）》讲述了粮店顾客和服务员因为小误会而引发的争吵，立意通过一个小粮油店日常工作的情景反映粉碎"四人帮"后的社会变化，呼唤相互包容理解的人际关系。这也是路翎后期创作中为数不多的反映生活矛盾的作品，句式上隐约可见早期欧化语言的"影子"；作品中难能可贵地有股躁动而又不失真诚的气质，贴合了80年代社会的整体氛围；小说的故事结构在后期作品中算是比较复杂的，涉及服务行业规范、社会公民道德，以及行业内人事矛盾与争斗。可惜的是，作者浪费了一个可以深入呈现生活复杂性的切入口，小说简单地集中于浮泛的争吵，安排了大量新闻稿式的"颂歌"，"社会呈显着平衡，整个的粮店在这一年代的平坦的，时常是愉快的、紧张的勤劳状态中。这一年代表征着世纪的进展，中国从经过的动乱往前行进，建立着奋斗的平静的，有着生活的愉快的秩序"，"各样的工作里呈显着平衡、和谐——旧世纪的灾难，患难以至流血的处所粮店显得平静，顾客守秩序，而且衣着整齐"②。诸如此类的文字中看不出任何属于路翎的文学风格，甚至文学性③。如果说，20世纪50年代的路翎尝试在个人艺术风格、艺术个性与意识形态规约之间寻求平衡，发出歌颂新社会的声音，那么，80年代的路翎则是依据政治宣传的口径

---

① 张业松、徐朗编：《路翎晚年作品集》，东方出版中心1998年版，第265页。

② 同上书，第280页。

③ 路翎晚年创作了大量诗歌，风格宁静、明亮、细腻，与同一时期创作的小说相比，更富于个人性的思考和表达。一些研究者认为这部分诗歌代表了路翎晚年创作的最高水准，主要研究文章有张新颖《路翎晚年的"心脏"》（《南方文坛》1999年第1期）、张业松的《"一生两世"与强制遗忘》（《当代作家评论》1997年第4期）、李辉的《灵魂在飞翔》（《路翎晚年作品集·序》）。路翎晚年的诗歌创作情况比较复杂，一部分诗歌正如研究者分析的，具有较高的文学价值，也反映了在经历了巨大的个人灾难后专属路翎的思考和理解，但也有一部分诗歌作品与小说相似，是歌颂式的创作，因此不能因为部分诗歌创作完全否定曾经的政治磨难和精神苦难在路翎创作上留下的印记。诗歌倾向于面向个人的内心世界，小说更倾向于表达外部世界，相对于小说的"公共性"，诗歌更具有"私人性"。因此，诗歌创作与小说创作的反差在某种程度上恰恰反映了政治灾难留给作者的精神创伤，和一朝被蛇咬，十年怕井绳的教训。

决定文学创作的内容与倾向。路翎创作上的这些不可思议的"转型"也许可以从 20 多年的牢狱生活中找到某些原因。

福柯一生致力于揭示社会生活中存在的各种权力关系，其中最隐蔽的一种方式是：规训。福柯认为，现代社会中充满了各种纪律，但是纪律又区别于法律，法律的目标是消极的禁止，纪律的目标则是积极的规训，"其目标不是增加人体的技能，也不是强化对人体的征服，而是要建立一种关系，要通过这种机制本身来使人体在变得更有用时也变得更顺从，或者因更顺从而变得更有用"，"它规定了人们如何控制其他人的肉体……使后者不仅在'做什么'方面，而且在'怎么做'方面都符合前者的愿望"[①]，规训正是通过持续不断的规范对照所带来的压力，把主体驯化为有用的、充满愧疚的、一个听命于一切需要策略的良民。从 1955 年被捕入狱，路翎在牢狱中度过了 20 年，关押初期，他经常高声抗议，咒骂看管人员；1959 年 6 月被投进秦城监狱，路翎在秦城监狱的牢号是 0683。这里只有代码，没有具体的人名。监狱中，路翎每天必须做的一件事情是坦白交代历史，按照看管人员的要求逐条交代自己过去的问题。路翎的罪状包括：新中国成立前联络他人加入胡风反革命集团，新中国成立后钻入革命阵营，指使他人盗窃国家机密，为胡风通风报信等。路翎拒绝接受这些罪名，只是依据所知情况如实陈述，结果当然是不能通过审讯，被斥责为"顽固""不老实"。看管人员质问他，你不是反革命怎么把你关起来了？人民政府是不会冤枉好人的。于是，一轮又一轮地审讯，一轮又一轮地"交代"，周而复始。经历过新中国成立前后历次知识分子思想改造运动的人们对这一场景都不应该感到陌生。出于权力与舆论的压力，知识分子按照意识形态要求，不断地检讨自我，剥离个人独立精

---

① ［法］米歇尔·福柯：《规训与惩罚》，刘兆成等译，生活·读书·新知三联书店 2012 年版，第 156 页。

神空间与诉求，消解主体性，达到改造"小我"融入"大我"的目的。杨绛先生戏谑地称之为"洗澡"。在监狱中，"洗澡"不分"大中小盆"，唯一的"一盆"就是按照"指定"的罪名承认罪责。

1964 年，路翎因"精神问题"被允许回家休养，这期间，他经常到家附近的野鸭洼散步，在水洼边唱俄罗斯歌曲，结果被邻居投诉给余明英（路翎的妻子），唱歌的权利也被剥夺了。作为"反革命"异端分子是没有权利歌唱的。"监视"的力量来自社会各个方面，他终于沉默了，至死再没有唱过歌！路翎还不断地给各个部门写信申述自己不是反革命，结果在一次投信的时候，被公安局逮捕，第二次投入秦城监狱，路翎也是"胡风案"中唯一一个"二进宫"的成员。"二进宫"后，规训的效果已经体现在路翎入狱后的表现上，当时的监狱记录显示：态度较好，服从管理，不再骂人，自己表示 1955 年犯错误；过去态度不好，现在要改，要求早日处理。[1] 不服从意味着失去自由，无休止的监狱生活，服从则"将保证他不再冒任何风险而获得温饱"[2]。日复一日，年复一年，路翎从最初的激烈反抗到沉默，再到承认罪名，自我检讨，不知不觉中，承认有罪内化为习惯性思维。监狱通过实行身体惩罚达到了精神规训的目的，被规训者在不断的检讨中认同了意识形态话语，自觉调整自我适应意识形态的策略。于是，那个曾经强调"精神奴役的创伤"、高举"主观战斗精神"的路翎不见了，取而代之的是一个时代话语的附和者。

路翎出狱后，《剧本》刊物的编辑尝试请他审阅文稿，但是路翎认真写下的评语是：生活不真实，不能这样来表现社会主义现实；歌颂资本主义，污蔑工人阶级。50 年代的意识形态批评话语被路翎完全

---

[1]　朱珩青：《路翎传》，大象出版社 2003 年版，第 22 页。
[2]　[法] 米歇尔·福柯：《规训与惩罚》，刘兆成等译，生活·读书·新知三联书店 2012 年版，第 137 页。

照搬过来，这恰恰是他当年愤而抗争的"为什么会有这样的批评"。20年的牢狱生活终于把路翎规训为意识形态需要的模样，但悲哀的是，时代又变了，这套话语过时了。个人刚被历史的车轮碾过，尚未获得片刻喘息，历史又改弦易辙了……

《拌粪》是路翎1982年发表在《中国》上的短篇小说，也是他复出后创作的能够较完整地塑造人物性格、具有矛盾冲突的作品。故事发生在劳改农场，被陷害的中学语文教师李顺光在劳动改造中受到坏分子朱毕祥、刘武的刁难和欺负，大队长李应做出公正的判断，帮助李顺光伸张正义。小说中的人物分为对立两方，一方是代表正义善良的大队长李应、王富、李顺光，另一方是代表恶势力的朱毕祥、刘武，小说以正义战胜邪恶圆满收场。小说直接取材于路翎在延庆监狱农场大队的真实生活，在监狱农场，他做过种葡萄、倒粪、挖萝卜窖、锄地、铲地等工作。主人公李顺光的遭遇几乎是路翎经历的翻版，中学语文教师（作家），从小立志奋斗要入党（一直自认是无产阶级革命战士），被陷害到农场改造（胡风案牵连被定罪反革命），李顺光在受到刁难时的沉默也和路翎很相似。路翎在狱中饱受折磨，小说中李顺光却得到了大队长的帮助和公正的裁断，为真实的经历安上了一个虚构的乐观结尾。今天已经无法得知路翎创作的真实想法，或许是出于一种美好的愿望，或者是对过去经历的恐惧与拒绝，但虚假的乐观毕竟不具有穿透历史的力量。

胡风对作家与创作曾做过这样的判断："一个作家的成长有任何人都无法'培养'或指定的、从他的个性内含和血肉经验爆发出来的开花时期，闷死这个时期，就会使这个作家永远不能结果，顶多也不过磨成一个无灵魂的文字工匠"[1]，"如果一个作家真正被'宗派的棍

---

[1] 《胡风全集》（第六卷），湖北人民出版社1999年版，第220页。

子'征服了,那他的心灵就要因为对时代要求说了谎而负伤,鄙弃自己,丧失了对于一个作家说是最基本的东西的品质,伤口扩大起来,从此枯死下去,再也不是一个作家了,顶多也不过磨成一个无灵魂的文字工匠而已"①。这段话,放在路翎身上再恰当不过。在中国社会政治最动荡的时期,路翎初出茅庐,创作如火山爆发,秉持着坚定的文学信念和独特的艺术个性,挥舞文学利剑穿透黑暗,祈祷光明,反而在和平时期,一场前所未有的政治浩劫和 20 年的监狱生涯把一个才华横溢的作家磨成了"无灵魂的文字工匠"。作为胡风最亲密的挚友兼战友,路翎以个人惨痛的经历验证了胡风的预见,这也许是历史和两个人开的最残酷、荒谬的玩笑。

外界普遍认为,出狱后,路翎的精神已经崩溃,不再是一个思路清晰、精神健康、独立思考的作家。依据有:1961 年 7 月,路翎因精神问题被送到北京安定精神病院治疗;出院回家休养期间,路翎写的申述信言辞混乱可笑,信中出现很多骂人的话,收信人地址也是五花八门,有的竟然没写地址;第二次被捕入狱后不久又被转送到黄土桥安定精神病院分院。但是路翎却坚决不承认自己有精神疾患,他的解释是:"我因不反革命,是冤假错案,因和监牢人员冲突激烈,几乎每日叫骂。叫骂以外,唱歌抗议,因此,我便被指控为精神病,被送到安定精神病院。"② 由此可见,路翎对自己在监狱和精神病院中的情况和举动是比较清楚的,这与外界印象判若两人。福柯认为,"疯狂不是一种自然现象,而是一种文明产物。没有把这种现象说成疯狂并加以迫害的各种文化的历史,就不会有疯狂的历史"③。因此,讨论路翎是不是精神病人,就有必要追溯路翎在这段时间的特定经历。

---

① 《胡风全集》(第六卷),湖北人民出版社 1999 年版,第 221 页。
② 朱珩青:《路翎传》,大象出版社 2003 年版,第 14 页。
③ [法]米歇尔·福柯:《疯癫与文明》,刘兆成等译,生活·读书·新知三联书店2008 年版,封底。

路翎在秦城监狱的牢房约有六平方米，光线昏暗，屋顶被铁丝网笼罩，室内有一个几寸高的地铺，一个便池（路翎也曾经住过没有便池的群众间），没有桌椅，门上有监视孔，门下方有送饭用的小洞口。每天除了吃饭、上厕所、例行提审外，路翎大部分时间都是默默地枯坐，没有人沟通交流，稍作反抗就会被惩罚：挨打、被拷、捆绑。在秦城监狱，路翎每个月都要受到惩罚。这对于崇尚原始强力、偏爱流浪汉自由不羁天性的路翎来说不仅是身体的监禁，更是精神的牢笼，在这里囚禁的是独立思考、精神自由的权利，而这种行为在革命与正义的名义下行使得名正言顺。路翎在无边的绝望中耗尽了生命和精神的能量，同时关在监狱中的其他"胡风反革命分子"，如徐放、绿原、谢韬、严望都曾经在寂静的夜晚听到路翎凄绝的嚎叫，40年代的斗士只剩下用嚎叫传递内心的压抑与愤懑。绿原回忆，"那是一种含蓄着无限悲愤的无言的嚎叫，乍听令人心惊胆战，听久了则让人几乎变成石头"[1]。旁人听来都如此痛彻骨寒，作为当事者的路翎情何以堪。终于他"病了"——"精神"病了，每日吃饭不知饥饱，昏睡不止，但只要一听到监狱的警铃声，马上惯性地将身体伸到门上的监视孔，以便看守可以看到里面人在做什么——这是监狱的纪律。在动物园式的囚禁、监狱纪律以及精神压制下，路翎终于变成了一个精神病患者、一个清醒的精神病患者，他清楚地看着自己一步步走向"疯狂"，却又不能自救。这也许是晚年环境改变后路翎不承认自己是精神病人的原因吧！

罗兰·巴特对福柯研究的评价切中了"疯癫"的社会本质："疯癫并不是认识对象，其历史需要重新揭示……疯癫不是一种疾病，而是一种随时间而变的异己感，福柯从未把疯癫当作一种功能现实，在

---

① 绿原：《路翎走了》，张业松编《路翎印象》，学林出版社1997年版，第155—156页。

他看来，它纯粹是理性与非理性，观看者与被观看者相结合所产生的效应。"①"疯癫"所造成的异己感既形成了规训主体的精神焦虑和压力，使其意识到"疯癫"本身的后果，又构成对其他人的警示和告诫，体制和意识形态通过制造"异己感"达到对社会各阶层的分化和掌控。"疯癫"的历程是理性的暴力，制造的效果是非理性的景观，在这个过程中，我们可以清晰地看到政治和革命如何以道德和正义的名义实施暴力。路翎以个人惨痛的经历烛照了历史的暴力与非理性，对路翎精神状况的关切不单单是人道主义的底线，更是指向历史深幽的通道，只有在政治、历史与个人的多重缠绕中明晰"疯癫"的"过程"，而不是仅仅关注一个"结果"，才能真正呈现路翎悲剧的社会学意义和价值，警醒后世。

20 世纪 80 年代后，伤痕文学、反思文学、寻根文学、先锋文学等文学风潮轮番上阵，各领风骚，与"归来者"作家群体迅速融入时代文学的主潮中不同，路翎的创作在各种文学热潮中都格格不入，不合时宜，毋庸讳言，此时路翎的文学创作已经不具备进入文学史序列的质量。十七年文学时期，路翎依凭对文学的独特理解，尝试在宏大叙事的文学版图中为个人情感保留滋生的空间，而在文学审美的多元性和艺术风格的个性被重新提及的时代，他却倒退回"十七年"文学歌颂的路子上。将近 30 年的监禁生活和"精神奴役"在路翎的身上留下了太深的伤痛和印痕，远远不是一道平反法令、一纸法院文书可以抚平慰藉的，不免让人唏嘘历史的无情与诡谲。刘小枫的一段话意味深长："社会主义事业有如那班定时开出的火车（历史的必然），某个人与这班火车的个体关系仍然是偶然的。社会主义事业的制度安排也许是一种精致、美妙的理性设计，然而，无论这种社会制度的设计

①　［法］米歇尔·福柯：《疯癫与文明》，刘兆成等译，生活·读书·新知三联书店2008 年版，封底。

如何完善，都是不切身的，不可能抹去个体偶在决然属我的极有可能的偶然。在社会制度、生活秩序与个体命运之间，有一条像平滑的镜子摔碎后拼合起来留下的生存裂隙。偶在的个体命运在按照历史进步规律设计的社会制度中，仍然是一片颤然随风飘落的树叶，不能决定自己飘落在哪里和如何落地。"① 这是历史对人的无情嘲讽，还是一种宿命？在历史轰隆隆的回响中，个人的声音渺小而微弱，但个体生命却以伤痕和记忆承载着历史之殇，也正唯有此，历史才得以鲜活，具有反思的力量。

---

① 刘小枫：《沉重的肉身》，华夏出版社 2015 年版，第 249—250 页。

结　　语

路翎一生命运多舛，幼年失怙，寄人篱下，战火离乱中度过了青少年时代，英年银铛入狱，再获自由已是两鬓斑白，晚年甚至流落到扫大街谋生。路翎的文学道路也是崎岖坎坷，虽因自身的文学才华，加之胡风的大力扶持，得以在 20 世纪 40 年代的文坛立足，亦因为七月派的特殊身份而过早被政治的"大手"扼住了命运的咽喉，曾经才华横溢的文学天才几度精神失常，令人唏嘘不已。而更令人遗憾的是，在 20 世纪 80 年代一阵"路翎热"后，路翎在文学研究中越来越走向"边缘"，最近十年以路翎为研究对象的专著寥寥，博士论文只有一本①，而且研究趋向于"同质"化，"被遮蔽"的并不比"被呈现"得少。无论是对于作家还是对于文学研究，这种趋势都值得引起深思。

路翎的文学创作跨越三个时期：20 世纪 40 年代、"十七年"、新时期。每个阶段的作品都呈现出不同的艺术风格，而这些风格的形成与作家艺术个性、社会思潮、政治语境、意识形态规约有着密切的关系。20 世纪 40 年代是路翎文学创作的"黄金"时期，佳作不断，风格多样，创作趋向于成熟、丰富，保持着良好的上升势头。进入"十

---

① 以中国知网和万方数据库的查询数据为准。

七年"，受当时政治环境和文学规范的限制，路翎不得不"改弦易辙"，在风格、题材、立场上做出调整，虽然也有优秀作品问世，但整体水准没有超越 40 年代。在路翎整个文学生涯中，这一时期的创作具有特殊的意义，它是路翎创作演进链上承上启下的一环，上承 40 年代的文学理念，下为新时期的"转向"埋下伏笔。典型的"十七年"文学文本和僭越当时文学规范的文本同时存在，那些"异端"文学作品也为"我们关于这段文学并不单一，苍白的想象"提供了佐证和支持。在文学创作的"收官"阶段，新时期"复出"的路翎是尴尬的，思想僵化、形式简单、语言贫乏的作品既令人失望，又令人痛惜，失望于英雄落魄、才华不再，痛惜于无辜者被政治旋涡吞噬、毁灭的残酷，艺术价值稀薄的创作倒是作为文化研究的案例，为理解作家、文学与政治、意识形态提供了生动的注脚。

路翎虽然在现代文学史和当代文学史上都占有一席之地，但也是被文学史和文学研究"定型"的作家。因为七月派的身份，文学研究和文学史更乐于在七月派的"框架"中阐释路翎，与七月派文学理念、美学风格相关的作品往往得到较多的关注，而与之"疏远"的作品则有意或无意地被"忽视"了。不可否认，胡风对路翎的影响、胡风文艺思想是路翎创作初期最重要的思想资源，但随着创作的深入，路翎在吸收借鉴胡风文艺思想的基础上，逐渐形成了自己独特的美学风格和表述方式，渐渐消退了初期的"火气"和躁动，创作日趋沉稳、圆熟，意蕴含蓄，风格多样。路翎创作上的变化是作家不断成熟的标志，却不太被注意、关注。同样，对路翎文学文本的阐释也有"画地为牢"的趋势，过于倚重于七月派的理论背景和立场，这在一定程度上"缩小"了作品的阐释空间。路翎不仅是七月派的成员，更是现当代文学的重要组成，破除流派的"束缚"，在更广阔的视域中呈现路翎文学，可以发现作家更丰富的审美价值。

文学史和文学研究是文学"经典化"的途径之一，当《饥饿的郭素娥》《财主底儿女们》《洼地上的"战役"》被选择作为路翎文学的代表作进入文学研究的"中心"地带时，也意味着《英雄的舞蹈》《蠢猪》《战士的心》等作品被"放逐"在"边缘"地带。这种现象并非单单存在于路翎的研究中，对于很多作家来说都存在，只不过在路翎研究中似乎更典型些。对"边缘"作品的发掘和"再解读"应该是文学研究的责任。从"边缘"切入更不失为理解作家的一个有效而独特的角度，可能会更全面的认识一个作家。

对文学作品的任何一种解读都可能是"误读"，文学史的任何一种选择也都意味着"遮蔽"，但这并不意味着所有的解读和选择都必须在唯一的维度上进行，多种维度的交叉也许会更为全面、真实地呈现作家的面貌。这是对作家和文学的敬意和尊重。

附　录

路翎作品目录

一　在报刊上发表的作品

作　品　名　称	发表刊物及日期
1.《秋在山城》(散文)(烽嵩)	《时事新报》1938年11月3日
2.《夜渡》(散文)(烽嵩)	《时事新报·青光》1938年11月8日
3.《在空袭的时候》(散文)(莎虹)	《大声日报》1938年11月17日
4.《血底象征》(诗歌)(莎虹)	《大声日报》1938年11月17日
5.《在襄河畔》(散文)(烽嵩)	《时事新报·青光》1938年12月1日
6.《一片血痕与泪迹》(散文)(烽嵩)	《弹花》1938年12月6日第2卷第2期
7.《高楼》(散文)(烽嵩)	《时事新报·青光》1938年12月7日
8.《在游击战线上》(小说)(流烽)	《大公报》1938年12月19、20日(未载完)
9.《朦胧的期待》(小说)(流烽)	《大声日报·哨兵》1939年1月8日、1月15日、1月22日、2月5日
10.《二摩论》(杂文)(未明)	《时事新报·青光》1939年2月20日
11.《合乎"逻辑"》(杂文)(嘉木)	《新蜀报·文锋》1939年3月5日

作 品 名 称	发表刊物及日期
12.《救援天津五同胞》(杂文)(未明)	《时事新报·青光》1939 年 8 月 16 日
13.《有备无患》(杂文)(未明)	《时事新报》1939 年 8 月 21 日
14.《畜界无奸论》(杂文)(未明)	《时事新报·青光》1939 年 8 月 23 日
15.《鬼之笑与笑》(杂文)(未明)	《时事新报·青光》1939 年 8 月 30 日
16.《评》突围令》(书评)	《新蜀报·蜀道》1940 年 5 月 3 日
17.《"要塞"退出以后:一个青年"经纪人"底遭遇》(小说)	《七月》1940 年 5 月第 5 集第 3 期
18.《祝福》(散文)(穆纳)	《时事新报·青光》1940 年 10 月 8 日
19.《家》(小说)	《七月》1941 年 4 月第 6 集第 3 期
20.《何绍德被捕了》(小说)	《七月》1941 年 4 月第 6 集第 4 期
21.《黑色子孙之一》(小说)	《七月》1941 年 9 月第 7 集第 1、2 期合刊
22.《祖父底职业》(小说)	《七月》1941 年 9 月第 7 集第 1、2 期合刊
23.《谷》(小说)	《死人复活的时候》《山水文艺丛刊》第 1 辑)1942 年 7 月版
24.《棺材》(小说)	《文学报》1945 年 5 月 10 日新 1 卷第 1 期
25.《蜗牛在荆棘上》(小说)	《文艺创作》1944 年 5 月第 3 卷第 1 期
26.《为请求募捐救济贫困作家致友人书》(路翎等六人)	《国民公报》1944 年 8 月 20 日
27.《卸煤台下》(小说)	《抗战文艺》1944 年 12 月第 9 卷第 5、6 期合刊
28.《熊和它底谋害者》(评论)	《中国学生导报》1945 年 1 月 12 日
29.《罗大斗底一生》(小说)	《希望》1945 年 1 月第 1 集第 1 期
30.《〈何为〉与〈克罗采长曲〉》(书评)(冰菱)	《希望》1945 年 1 月第 1 集第 1 期

续表

作 品 名 称	发表刊物及日期
31.《〈欧根·奥尼金〉与〈当代英雄〉》（书评）（冰菱）	《希望》1945 年 1 月第 1 集第 1 期
32.《一封重要的来信》（小说）	《希望》1945 年 5 月第 1 集第 2 期
33.《草鞋》（小说）	《新华日报》副刊 1945 年 7 月 25 日第四版
34.《英雄的舞蹈》（小说）	《新华日报》副刊 1945 年 8 月 15 日第四版
35.《破灭》（小说）	《文艺杂志》1945 年 9 月新 1 卷第 3 期
36.《自白》（小说）	《文艺杂志》1945 年 9 月新 1 卷第 3 期
37.《棋逢敌手》（小说）	《新华日报》副刊 1945 年 9 月 12 日第四版
38.《对"主观论"一文的意见》（附于舒芜的文章《论主观》之后）	《希望》（上海版）1945 年 12 月第 1 集第 1 期
39.《悲愤的生涯》（小说）	《中原文艺杂志希望文哨联合特刊》1946 年 1 月第 1 卷第 1 期
40.《人权》（小说）	《文坛月报》1946 年 1 月第 1 卷第 1 期
41.《感情教育》（小说）	《希望》1946 年 1 月第 1 集第 2 期
42.《可怜的父亲》（小说）	《希望》1946 年 1 月第 1 集第 2 期
43.《秋夜》（小说）	《希望》1946 年 1 月第 1 集第 2 期
44.《王老太婆和她底小猪》（小说）	《希望》1946 年 1 月第 1 集第 2 期
45.《瞎子》（小说）	《希望》1946 年 1 月第 1 集第 2 期
46.《新奇的娱乐》（小说）	《希望》1946 年 1 月第 1 集第 2 期
47.《谈色情文学——评碧野的〈肥沃的土地〉》（评论）（冰菱）	《希望》1946 年 1 月第 1 集第 2 期

续表

作 品 名 称	发表刊物及日期
48.《滩上》(小说)	《中原文艺杂志希望文哨联合特刊》1946年2月第1卷第3期
49.《两个流浪汉》(小说)	《希望》1946年3月第1集第3期
50.《市侩主义底路线》(书评)(未民)	《希望》1946年3月第1集第3期
51.《一个商人怎样喂饱了一群官吏》(小说)	《中原文艺杂志希望文哨联合特刊》1946年3月30日第1卷第4期
52.《俏皮的女人》(小说)	《文坛月报》1946年4月10日第1卷第2期
53.《翻译家》(小说)	《希望》1946年4月第1集第4期
54.《旅途》(小说)	《希望》1946年4月第1集第4期
55.《英雄与美人》(小说)	《希望》1946年4月第1集第4期
56.《中国胜利之夜》(小说)	《希望》1946年4月第1集第4期
57.《纪德底姿态》(书评)(冰菱)	《希望》1946年4月第1集第4期
58.《淘金记》(书评)(冰菱)	《希望》1946年4月第1集第4期
59.《乡镇散记》(散文)	《希望》1946年4月第1集第4期
60.《舞龙者》(散文)(冰菱)	《希望》1946年5月第2集第1期
61.《王兴发夫妇》(小说)	《希望》1946年5月第2集第1期
62.《舞龙者》(散文)(冰菱)	《希望》1946年5月第2集第1期
63.《认识罗曼·罗兰》(散文)(冰菱)	收入评论集《罗曼·罗兰》上海新新出版社1946年5月版
64.《幸福的人》(小说)	《文坛月报》1946年5月10日第1卷第3期
65.《程登富和线铺姑娘底恋爱》(小说)	《文艺复兴》1946年6月1日第1卷第5期

作 品 名 称	发表刊物及日期
66.《求爱》（小说）	《中原文艺杂志希望文哨联合特刊》1946年6月25日第1卷第6期
67.《王炳权底道路》（小说）	《希望》1946年6月第2集第2期
68.《我憎恶》（散文）（冰菱）	《希望》1946年7月第2集第3期
69.《从重庆到南京》（日记）（冰菱）	《希望》1946年7月第2集第3期
70.《嘉陵江畔的传奇》（小说）	载于《联合晚报·夕拾》1946年9月8日—10月10日
71.《张刘氏敬香记》（小说）	《希望》1946年10月第2集第4期
72.《平原》（小说）	《希望》1946年10月第2集第4期
73.《易学富和他底牛》（小说）	《希望》1946年10月第2集第4期
74.《高利贷者》（小说）	《呼吸》1946年11月1日第1期（创刊号）
75.《女孩子和男孩子》（小说）	《呼吸》1947年1月1日第2期
76.《蠢猪》（小说）	《呼吸》1947年3月1日第3期
77.《人性》（小说）	《时代日报》1947年3月10日—3月13日
78.《王贵与李香香》（书评）（未明）	《泥土》1947年4月15日创刊号
79.《天堂地狱之间》（小说）	《时代日报》1947年6月1日—6月10日
80.《关于绿原》（评论）	《天堂底地板》（荒鸡丛书）自生书店（重庆）1947年8月版
81.《路边的谈话》（小说）	《泥土》1947年9月第4辑
82.《凤仙花》（小说）	《泥土》1947年9月第4辑
83.《闲荡的小学生》（小说）	《人世间》复刊1947年12月20日第8、9期合刊
84.《这个家伙》（小说）	《时代日报·新文艺》1947年12月24日

作 品 名 称	发表刊物及日期
85.《歌唱》(小说)	《时代日报》1948 年 3 月 7 日
86.《致中国》(长诗)	《泥土》1948 年 3 月第 5 辑
87.《敌与友》(随笔)(未明)	《蚂蚁小集》1948 年 3 月第 1 辑《许多都城震动了》
88.《送草的乡人》(小说)	《中国作家》1948 年 5 月第 1 卷第 3 期
89.《预言》(小说)	《蚂蚁小集》1948 年 5 月第 2 辑《预言》
90.《对于大众化的理解》(评论)(冰菱)	《蚂蚁小集》1948 年 5 月第 2 辑《预言》
91.《在一个冬天的早晨》(小说)	《新中华》1948 年 5 月 16 日第 6 卷第 10 期
92.《初恋》(小说)	《人世间》1948 年 7 月 10 日第 11、12 期
93.《论文艺创作底几个基本问题》(评论)(余林)	《泥土》1948 年 7 月第 6 辑
94.《饥渴的兵士》(小说)	《泥土》1948 年 7 月第 6 辑
95.《泥土》(小说)	《蚂蚁小集》1948 年 8 月第 3 辑《歌唱》
96.《码头上》(小说)	《泥土》1948 年 11 月 1 日第 7 辑
97.《爱民大会》(小说)	《蚂蚁小集》1948 年 11 月第 4 辑《中国的肺脏》
98.《危楼日记》(散文)(冰菱)	《蚂蚁小集》1948 年 12 月第 5 辑《迎着明天》
99.《评茅盾底〈腐蚀〉兼论其创作道路》(评论)(嘉木)	《蚂蚁小集》1948 年 12 月第 5 辑《迎着明天》
100.《祷告》(小说)	《新中华》1949 年 2 月 16 日第 12 卷第 4 期

作 品 名 称	发表刊物及日期
101.《屈辱》(小说)	《蚂蚁小集》1949年5月20日第6辑《歌颂中国》
102.《文化斗争与文艺实践》(随笔)(冰菱)	《蚂蚁小集》1949年5月20日第6辑《歌颂中国》
103.《危楼日记》(续)(散文)(冰菱)	《蚂蚁小集》1949年5月20日第6辑《歌颂中国》
104.《危楼日记》(续)(散文)(冰菱)	《蚂蚁小集》1949年7月1日第7辑解放号《中国,你笑吧》
105.《泡沫》(小说)	《蚂蚁小集》1949年7月1日第7辑解放号《中国,你笑吧》
106.《吃人的和被吃的理论》(杂文)(木纳)	《蚂蚁小集》1949年7月1日第7辑解放号《中国,你笑吧》
107.《朱桂花的故事》(小说)	《天津日报》1949年11月18日《文艺周刊》第35期
108.《替我唱个歌》(小说)	收入《朝着毛泽东鲁迅指示的方向前进》读者书店1949年11月版
109.《女工赵梅英》(小说)	《小说》1949年12月1日第3卷第3期
110.《荣材婶的篮子》(小说)	《起点》1950年1月20日第1集第1期
111.《"祖国号"列车》(小说)	《起点》1950年3月1日第1集第2期
112.《锄地》(小说)	《文艺学习》1950年4月1日第1卷第3期
113.《林根生夫妇》(小说)	《山灵湖》第3辑(十月文艺丛刊)1950年4月
114.《粮食》(小说)	《文艺学习》1950年7月1日第1卷第6期
115.《想着列宁——纪念十月革命三十三周年》	《人民日报》1950年11月7日

续表

作 品 名 称	发表刊物及日期
116.《第三连》(报告文学)	《天津文艺》1951 年 8 月 1 日第 1 卷第 6 期
117.《春天的嫩苗》(散文)	《人民文学》1953 年 6 月号
118.《从歌声和鲜花想起的》(散文)	《人民文学》1953 年 7、8 月合刊
119.《记李家福同志》(报告文学)	《人民文学》1953 年 10 月号
120.《板门店前线散记》(散文)	《文艺报》1953 年 11 月 22 号至 12 月 23 号
121.《记新人们》(报告文学)	《中国青年报》1953 年 12 月 15 日
122.《战士的心》(小说)	《人民文学》1953 年 12 月号
123.《从七月二十七日下午十时起》(报告文学)	《文艺报》1954 年 1 月号
124.《初雪》(小说)	《人民文学》1954 年 1 月号
125.《你的永远忠实的同志》(小说)	《解放军文艺》1954 年第 2 期
126.《洼地上的"战役"》(小说)	《人民文学》1954 年 3 月号
127.《为什么会有这样的批评?——关于对〈洼地上的"战役"〉等小说的批评》(评论)	《文艺报》1955 年第 1、2 期合刊,第 3、4 期
128.《群峰顶端的雕像》(长篇小说《战争,为了和平》第 3 至 6 章)(小说)	《江南》1981 年第 2—4 期
129.《初雪》后记(序跋)	《文汇月刊》1981 年第 7 期
130.长篇小说《战争、为了和平》第 10 章(小说)	《雪莲》1982 年第 3 期
131.《巍峨的情感》(长篇小说《战争,为了和平》第 9 章)(小说)	《创作》1982 年第 3 期
132.《流过血的道路》(长篇小说《战争,为了和平》第 12 章)(小说)	《创作》1984 年第 1 期

二 出版的图书

作 品 名 称	出版单位及版次
1.《饥饿的郭素娥》(中篇小说,七月新丛)	南天出版社(桂林)1943 年初版;南天出版社(重庆)1944 年再版;希望社(上海)1947 年重印
2.《财主底儿女们》(上)(长篇小说) 《财主底儿女们》(下)(长篇小说)	希望社(上海)1945 年初版 希望社(上海)1948 年初版
3.《青春的祝福》(小说集,七月文丛)	南天出版社(重庆)1945 年初版;希望社(上海)1947 年再版,目次:《家》《何绍德被捕了》《祖父底职业》《黑色子孙之一》《棺材》《卸煤台下》《青春的祝福》《谷》
4.《蜗牛在荆棘上》(中篇小说,人民文艺丛书)	新新出版社(上海)1946 年初版
5.《求爱》(小说集,七月文丛)	海燕书店(上海)1946 年初版;上海新文艺出版社 1954 年重印,目次:《王老太婆和她底小猪》《瞎子》《新奇的娱乐》《草鞋》《滩上》《悲愤的生涯》《老的和小的》《棋逢敌手》《英雄底舞蹈》《俏皮的女人》《幸福的人》《江湖好汉和挑水伕的决斗》《一个商人怎样喂饱了一群官吏》《翻译家》《英雄与美人》《秋夜》《可怜的父亲》《一封重要的来信》《求爱》《感情教育》《旅途》《人权》《中国胜利之夜》《后记》
6.《云雀》(剧本)	希望社(上海)1948 年初版

续表

作 品 名 称	发表刊物及日期
7.《在铁链中》(小说集)	海燕书店(上海)1949年初版;上海新文艺出版社1954年重版,目次:《罗大斗底一生》《王兴发夫妇》《王炳权底道路》《两个流浪汉》《破灭》《程登富和线铺姑娘底恋爱》《在铁链中》
8.《燃烧的荒地》(长篇小说)	作家书屋(上海)1950年初版;作家书屋(上海)1951年再版
9.《朱桂花的故事》(小说集)	知识书店(天津)1952年初版;作家出版社(北京)1955年再版。初版目次:《试探》《替我唱个歌》《朱桂花的故事》《荣材婶的篮子》《女工赵梅英》《"祖国号"列车》《劳动模范朱学海》《锄地》《林根生夫妇》《粮食》。再版目次:《试探》《替我唱个歌》《朱桂花的故事》《荣材婶的篮子》《女工赵梅英》《"祖国号"列车》《劳动模范朱学海》《锄地》《林根生夫妇》《粮食》《英雄事业》
10.《迎着明天》(剧本)	天下出版社1951年初版
11.《英雄母亲》(剧本)	泥土社(上海)1951年初版
12.《祖国在前进》(剧本)	泥土社(上海)1952年初版
13.《平原》(小说集)	作家书屋(上海)1952年初版,目次:《易学富和他底牛》《泥土》《歌唱》《送草的乡人》《重逢》《饥渴的士兵》《屈辱》《码头上》《在一个冬天的早晨》《学徒刘景顺》《小兄弟》《路边的谈话》《凤仙花》《预言》《初恋》《契约》《蠢猪》《人性》《高利贷》《爱好音乐的人们》《女孩子和男孩子》《客人》《张刘氏敬香记》《闲荡的小学生》《这个家伙》《天堂地狱之间》《爱民大会》《校对者后记》

作 品 名 称	发表刊物及日期
14.《板门店前线散记》(散文集)	作家出版社(北京)1954 年初版,目次:《春天的嫩苗》《从歌声和鲜花想起的》《记李家福同志》《记新人们》《记王正清同志》《板门店前线散记》《从七月二十七日下午时起》
15.《初雪》(小说集)	宁夏人民出版社 1981 年初版,目次:《战士的心》《初雪》《你的永远忠实的同志》《洼地上的"战役"》《春天的嫩苗》《从歌声和鲜花想起的》《记李家福同志》《记新人们》《记王正清同志》《板门店前线散记》《从七月二十七日下午时起》《后记》
16.《战争,为了和平》(小说)	中国文联出版公司 1985 年初版

注:

1. 目录按照作品发表时间排序。

2. 作品未做特殊标注,署名均为路翎。

3. 收录到作品集,且未单独发表的作品在作品集目次中列出。

4. 小说《人权》原预计发表于 1945 年 6 月出版的《抗战文艺》第 10 卷第 4、5 期合刊,已编好,因国民党破坏而未出版。

5. 《感情教育》《可怜的父亲》《秋夜》《王老太婆和她底小猪》《瞎子》《新奇的娱乐》六篇小说合编为《有"希望"的人们》,于 1946 年 1 月在《希望》第 1 集第 2 期上同时发表。

6. 《翻译家》《旅途》《英雄与美人》《中国胜利之夜》四篇小说合编为《胜利小景》,于 1946 年 4 月在《希望》第 1 集第 4 期上同时发表。

7. 《张刘氏敬香记》《平原》《易学富和他底牛》三篇小说合编为

《平原》，于 1946 年 10 月在《希望》第 2 集第 4 期上同时发表。

8.《路翎晚年作品集》（张业松、徐朗编）中已整理收录的路翎晚年作品，本目录中不再重复。

9. 目录中收录的是笔者当前搜集到的作品，资料有限，可能存在遗漏，敬请谅解。

参考文献

一 中文著作

格非：《卡夫卡的钟摆》，华东师范大学出版社 2004 年版。

洪子诚：《中国当代文学史》，北京大学出版社 1999 年版。

胡风：《胡风评论集》，人民文学出版社 1984 年版。

胡风：《致路翎书信全集》，大象出版社 2004 年版。

胡适：《胡适文存》，华文出版社 2013 年版。

黄修己编：《赵树理研究资料》，知识产权出版社 2010 年版。

李大钊：《李大钊文集》，人民出版社 1984 年版。

李洁非、杨劼：《解读延安》，当代中国出版社 2010 年版。

李洁非：《典型文案》，人民文学出版社 2010 年版。

李慎之：《风雨苍黄五十年——李慎之文选》，明报出版社 2003
年版。

李世涛编：《知识分子立场：激进与保守之间的动荡》，时代文艺
出版社 2000 年版。

李书磊：《1942：走向民间》，山东教育出版社 1998 年版。

李扬：《50—70 年代中国文学经典再解读》，山东教育出版社
2003 年版。

刘剑梅:《革命与爱情》,上海三联书店2009年版。

刘挺生:《一个神秘的文学天才——路翎》,华东师范大学出版社 1997年版。

刘挺生:《思索着雄大理想的旅行者——路翎传》,华东师范大学 出版社1999年版。

鲁迅:《鲁迅全集》,人民文学出版社2005年版。

路翎:《致胡风书信全编》,大象出版社2004年版。

孟繁华:《1978:激情岁月》,山东教育出版社1998年版。

孟繁华:《中国当代文学发展史》,人民文学出版社2004年版。

孟繁华:《梦幻与宿命》,广东人民出版社1999年版。

孟繁华:《中国二十世纪文艺学学术史》,上海文艺出版社2001年版。

钱理群、温如敏、吴福辉:《中国现代文学三十年》,北京大学出 版社1998年版。

钱理群:《1948:天地玄黄》,山东教育出版社1998年版。

钱理群:《丰富的痛苦》,北京大学出版社2007年版。

钱理群:《精神的炼狱》,广西教育出版社1996年版。

钱理群:《周作人研究二十一讲》,中华书局2004年版。

沈卫威:《回眸"学衡派"》,人民文学出版社1999年版。

苏敏逸:《社会整体性观念与中国现代长篇小说的发生和形成》, 秀威资讯科技股份有限公司2007年版。

孙尚扬、郭兰芳编:《国故新知论——学衡派文化论著辑要》,中 国广播电视出版社1995年版。

唐小兵:《再解读》,北京大学出版社2007年版。

唐小兵:《英雄与凡人的年代》,上海文艺出版社2001年版。

王丽丽:《在文艺与意识形态之间》,中国人民大学出版社2003 年版。

王晓明编：《二十世纪中国文学史论》，东方出版中心 1997 年版。

许纪霖：《20 世纪中国知识分子史论》，新星出版社 2005 年版。

许纪霖：《中国知识分子史论》，复旦大学出版社 2008 年版。

杨义等编：《路翎研究资料》，知识产权出版社 2010 年版。

易晖：《"我"是谁》，百花洲文艺出版社 2004 年版。

余英时：《士与中国文化》，上海人民出版社 1987 年版。

张业松编：《路翎批评文集》，珠海出版社 1998 年版。

张业松编：《待读惊天动地诗——复旦师生论七月派作家》，安徽
  教育出版社 2008 年版。

张业松、徐朗编：《路翎晚年作品集》，东方出版中心 1998 年版。

张志忠：《迷茫的跋涉者》，河南人民出版社 1995 年版。

赵树理：《赵树理文集》，人民文学出版社 2005 年版。

赵园：《艰难的选择》，上海文艺出版社 1986 年版。

周扬：《周扬文论选》，人民文学出版社 2009 年版。

朱珩青：《路翎传》，大象出版社 2003 年版。

朱珩青：《路翎：未完成的天才》，山东文艺出版社 1997 年版。

二　中文译著

［法］米歇尔·福柯：《规训与惩罚》，刘北成等译，生活·读
  书·新知三联书店 2012 年版。

［法］米歇尔·福柯：《疯癫与文明》，刘北成等译，生活·读
  书·新知三联书店 2008 年版。

［德］汉斯·罗伯特·耀斯：《审美经验与文学解释学》，顾建光
  等译，上海译文出版社 1997 年版。

［美］韦勒克：《批评的诸种概念》，丁泓等译，四川文艺出版社
  1988 年版。

〔美〕格里德尔:《知识分子与现代中国》,单正平译,广西师范大学出版社 2010 年版。

〔美〕莱昂内尔·特里林:《诚与真》,刘佳林译,江苏教育出版社 2006 年版。

〔捷〕雅罗斯拉夫·普实克:《普实克中国现代文学论文集》,李燕乔等译,湖南文艺出版社 1987 年版

〔美〕萨义德:《知识分子论》,单德兴译,生活·读书·新知三联书店 2005 年版。

〔德〕马克斯·韦伯:《学术与政治》,生活·读书·新知三联书店 1999 年版。

〔俄〕巴赫金:《巴赫金全集》,白春仁等译,河北教育出版社 1998 年版。

三 外文著作

Franco Moretti, The Way of the World: The Bildungsroman in European Culture, London: Verso, 1987.